タッポーチョ
太平洋の奇跡

ドン・ジョーンズ
中村　定・訳

祥伝社黄金文庫

本書を自らの国のために全力を尽くし
報《むく》われることのなかった
現代の日本人の父親たち、
祖父たち、伯父たちに捧げる
——ドン・ジョーンズ

『タッポーチョ』刊行に寄せて

大場《おおば》栄《さかえ》

戦後三七年（編集部注：単行本『タッポーチョ』刊行時・昭和五七年）を経て、かつて敵として戦った相手が、私のことを小説にするとは、思ってもいなかったことである。

著者のドン・ジョーンズ氏が突然「大場大尉」と言って、私に電話をかけてきたのは、昭和四十年だった。当時、彼は新潟《にいがた》のアメリカ文化センターの所長をしていた。すでに大場大尉と呼ばれることがなくなって久しかった私にとっては、その呼びかけは異様であり、不気味でさえあった。いったいこの男は何を考えているのだろうか？　と私が用心しなかったと言ったらウソになる。

しかし、それから毎年のように訪ねてくる彼と話してゆくうちに、私たちは互いに敵であったにもかかわらず、というよりも敵であったがために、と言うべきかもしれないが、お互いにそれまで知らなかったことがわかったり、符合することがあったりして、われわれのサイパン戦の話ははずんだ。

その過程で、私は、ドン・ジョーンズ氏が気持ちのいい男であるということもわかり、かつて殺し合った相手だというのに、私たちの間には、奇妙な友情が生まれた。ドン・ジヨーンズ氏が、私の居所をつきとめ海兵隊の戦友たちに伝えたために、私のところへは、何人もの元海兵隊員が訪ねてきたり、便りをよこしたりするようになった。

私の心中には、玉砕で死ぬべきところを生き残ったことについて、果たして正しかっただろうかという思いがつねにあった。しかし、この人たちが一様に私たちの抗戦を称《たた》えてくれることは、すでにタッポーチョ山を下りた夜、私たちの歓迎パーティを開いてくれたことで経験ずみで、心中ひそかに驚いたものだ。今さら褒《ほ》められてもしようがないが、私としても、今考えると、よく戦えたものだと思う。そして、私たちの戦いの日々を評価してくれることを通して、アメリカ人のものの考え方の一端を知ったように思う。

しかし、彼が私たちの戦いぶりを小説にしたいから、当時のことを一つ一つ克明に聞かせてくれ、と言ってきたときには、初め私は拒絶した。今さら私はアメリカ人に顕彰されたくはなかったし、本当にあのころの私たちの気持ちをわかってくれるとも思えず、下手《へた》をすれば誰かを傷つける結果になると恐れたのだ。

しかし、今は日本人に対して、ひじょうに敬愛の念を持って接するようになっている彼に「そのきっかけとなったのは、あなたがたの存在である。私にとって忘れ難《がた》い日本人であるとともに、この戦いは歴史のページからもかき消されるべきではない」と強く口説《くど》かれ、私はついに同意した。

大場氏（左）、著者のジョーンズ氏、訳者の中村氏の三人で原稿の改訂作業中の１枚（中村定氏提供）

そして、どうせ書かれるのなら、できるだけ事実を間違いなくつかまえてもらいたいと思って、私は、彼の質問に対する答えをテープに吹き込んでは送った。また彼の招待で、彼の勤務地であるパキスタンまで訪ねて、彼の細かい質問に答えたこともある。

こうした私の話とドンが知っていた状況に基づいてできたのが、この小説である。

できたものを見せてもらってみると、ところどころ、彼がフィクションの筆を加えているし、起こったことの解釈がわれわれ日本人とは違うところもある。しかし、主なことはほとんど事実に沿っていて、アメリカ側から見たら、こういうことにもなるだろうと認められた。

実際のわれわれの洞窟抗戦の生活は、もっと暗く、不衛生きわまりなく、陰惨で、こんなに勇ましく米軍を手玉にとったようなことではなかった。しかし、米軍基地からパンを盗んできたことも、大掃討があったときのことも、堀内一等兵の活躍や数々の戦闘も、野営地の中で神がかりになる兵隊が現われたことも、すべて事実である。

その意味では、われわれのゲリラ戦の経過がこれほど具体的に描《か》かれたことも、今までない。われわれが書いたら、自分のことはもっと控《ひか》えてしまうであろうし、他の人のこともこうは書けなくなる。そういう意味では、アメリカ人だからこそ、そしてサイパンでわれわれと戦った敵だったからこそ書けた小説、ということになるのだろう。

この本がどのように読まれるかについては、私には懸念《けねん》がある。しかし、この本が、かつては敵同士だった私たちの戦後の長い交流を経て、敵の眼で書かれたわれわれの戦いの記録であることは間違いない。

＊この文章は昭和五七年一二月『タッポーチョ「敵ながら天晴」大場隊の勇戦512日』刊行時に大場栄氏より寄稿されました。

目次

協力／ Cellin Gluck（映画『太平洋の奇跡』US Director）
本文装丁／中原達治

タッポーチョ　太平洋の奇跡

序　過去から来た男

「今日、日本語をしゃべるアメリカ人が来て、午後もう一度来るとのことでした」

　家に帰ったとき、玄関の扉の下に挟《はさ》まれていたその書置きを見て、大場栄《おおばさかえ》は、皺《しわ》の深く刻《きざ》まれた顔を曇《くも》らせた。

　妻が彼の前に茶碗を置いたが、彼は、かすかに頷《うなず》いただけだった。

　過去は蘇《よみがえ》らない。彼は無意識に唇を動かして、そうつぶやいていた。眼は、テーブルの上に置いた書置きに注いだまま動かなかった。過去は、過去を作るよすがとなった多くの人たちとともに死んだものだ。彼は、ゆっくり小さな紙切れを握りつぶしながら、今まで紙切れがあった空間を見つめ続けていた。間違いなく、過去は今もある。

　しかし、今や、それがあるのは束《つか》の間《ま》でしかない。ごくわずかな切れぎれの記憶の中にあるだけである。それも、間もなく、忘れ去られる過去になっていくであろう。時が経《た》つうちに、栄光の時代は、誰にもわからない深淵《しんえん》に滑《すべ》り落ちてしまうであろう。〝栄光〟という言葉を繰り返すうちに、大場のむずかしくこわばった顔には、苦笑《にがわら》いといっていい笑いが浮かんだ。そんな言葉は、あの恐ろしい何年間かを説明しようとするとき、誰にも、とりわけ一九四五年（昭和二十年）以降に生まれた人たちには使えなかった言葉だ。彼らにとって、いや、あの何年かを生き抜いた多くの人たちにとっても、あの何年かは、忘れられるべき……まるでなかったように無視されるべき年月なのだ。

彼は、焦点の定まらぬ眼でテーブルを見続け、彼がほとんど考えることを拒《こば》んできた思いにふけった（ほとんどの日本人にとって、あの時代は、一部の人たちが、勝てない戦争に国を誤り導いた時代なのだ。その人たちのあくなき支配欲、征服欲が何千何百という若い人たちの生命を犠牲にした。誠実で献身的な若い人たちは、自分たちが戦う理想を信じ、喜んで、天皇陛下のため、そして国のため、自分たちの生命を投げ出した。しかし、それらの人たちは顧《かえり》みられず、忘れ去られている）。

彼は溜息をつくと、眉をこすって彼の心をかき乱すこの一連の思いを振り払おうとした。

「それでいいんだ」

彼は声に出して言った。

「何がそれでいいの？」

そう問い返す声が大場を現実に引き戻した。彼は、妻がお茶を入れ替え、煎餅《せんべい》の器を出すのを見た。

「たいしたことじゃない」

ゆっくりそう答えた彼の顔にある種の笑いが浮かんだ。

「いや、たいしたことか」

妻のみね子は、テーブルの傍《そば》に跪《ひざまず》いて、四五年連れ添ってきた夫の顔を見た。夫のことなら、夫が思っているよりもはるかによくわかるようになってから、もう長い年月を経ている。

「尾山《おやま》さんの書置きは、なんだったの？」

彼女は、まじまじと夫の顔を見ながら訊《き》いた。

「アメリカ人……前にここへ来たあのアメリカ人がまた来たんだ。今日の午後また来る、と言っていったらしい」

大場は、明るく無造作《むぞうさ》に答えた。

「素敵！」

そう言ってから、夫の眼をうかがいながら、みね子はつけ足した。

「じゃない？」

「そうだよ」

彼は、すでに読んだ新聞を採《と》り上げて、一面の記事に引き込まれたように装《よそお》いながら答えた。

夫がそれ以上話したくないらしいのを感じたのか、みね子は立ち上がって、台所へ戻っていった。

立ち去っていく彼女の後ろ姿を見つめながら、大場の心は、隣人の書置きが喚《よ》び起こした問題に戻った。彼は、それが彼女、ほかの誰よりも彼の内部にしまい込まれている記憶について知っている彼女であっても、自分が感じている動揺を分かちたくなかった。彼が復員してからの苦しかった一年、夜ごとに続いた恐怖の夜を……そして昼も、彼が、悪夢と現実の区別がつかなくなってその両方から逃げようとしたのを看護し続けたのは、彼女だった。彼女がいなかったら、一年以上続いた戦争の悪夢を克服することはできなかったに違いなかった。

彼女の強さが、彼ら二人が生き続けることを可能にしたのだ。彼女はまた、絶望も知っていた。一九四四年(昭和十九年)、大場が戦死したという通知を受けて、彼の葬儀を取り運んだのは彼女だった。しかし、そのみね子さえ、あの何年かの彼の生活を方向づけ、その後ずっと彼の心の中にしまい込まれた名誉や恥辱、喜びや絶望、愛や憎しみがわかっているとはいえないことが、彼には確かなことに思われた。

それなのに今、政府の記録を通じて彼の所在を見つけ出したこのアメリカ人は、あの記憶を掘り返し、三七年の沈黙を破って、死体解剖をしたがっている。

大場は、ふと、雨戸を閉めて、自分たちは留守だと装おうかと考えた。しかしすぐ、彼は、そのアメリカ人に対してよりも自分自身に怒りを感じて、首を振り、その考えを振り払った。

その後、彼は、自分の家の前の庭にある小さな井戸に落葉が積もっているのを見て、明日の朝は、それをきれいにして、二カ月前の水不足のときから使えなくなっているポンプに油を差さなくてはいけないと思った。

そのとき突然、聞こえてきた音に、直感的にいやなものを感じた。井戸の向こうで、タクシーが止まったのである。後ろのドアから降りた男の後ろ姿を見て、彼には、それがあのアメリカ人だとわかった。ハーマン・ルイス氏――彼自身が呼ばれたがっている呼び方に従えば、ルイス中佐だ。

「この人は過去に取り憑《つ》かれているみたいだ」と大場は思った。

「私を大場大尉と呼ぶぐらいなんだから」

彼は、その人物が、門をぎこちなく開けてから、いったん立ち止まって、まるで自分が見ているものを記憶に刻み込もうとするように、家や庭を見つめているのを見た。だが、やがて門から家へ向かって歩きはじめると、生垣《いけがき》の陰に隠れて、その姿は大場の眼からは見えなくなった。

玄関のベルが鳴った。大場は胃の筋肉が緊張するのを感じた。迎えに出なくてはならないとわかっていた。しかし、彼の心は、身体を動かそうとするのを拒《こば》んだ。

一〇秒ほど置いて、ベルはまた鳴った。そのじりじりしているような音にせっつかれて、今度は、彼は急いで立ち上がろうとしたが、とたんに、お茶をテーブルの上にこぼした。彼は、急いでハンカチを出してこぼれたお茶を拭きながら、みね子に、小さい声で、玄関へ出るように言った。

お茶のこぼれた跡《あと》を拭《ぬぐ》っている彼の耳に、みね子と客が言葉を交《か》わしている声が聞こえた。それから一秒もしないうちに、靴を脱《ぬ》ぐためにかがみ込んで赤くなった顔のまま、かつての合衆国海兵隊中佐ハーマン・H・ルイスが部屋に入って来た。

「大場大尉、またお目にかかれて幸せです。しばらくです」

ルイスは微笑《ほほえ》みを浮かべながら歩み寄り、手を広げた。

「ああ、ルイスさん。お元気ですか？　本当にお久しぶりです」

自分がまだお茶の染《し》みついたハンカチを左手に持っているのに気づいて、大場は、テーブルの上の空《から》になっている茶碗を身ぶりで示した。

「お迎えに出ないで、すいませんでした。ちょっとごらんのとおりお茶をこぼしてしまったものですから……どうぞ、おすわりください」

ルイスがむずかしいことをするようにぎこちなく、大きな身体を座布団の上に下ろすのを見て、大場は、サンルームの洋風のテーブルにすわるようにすればよかったと悔《く》やんだ。彼はちらっとルイスの顔をうかがって、どうしてこの男にこんな不安を感じなければならないのだろうか、と思った。彼の頭の中を、三七年前、彼らが初めて会ったときの光景がよぎった。あのときは、あらゆる本能的な感覚に反して彼を信じた、と大場は思った。今は、どうしてそうなれないのだろう?

それから数分の間、二人の男は互いに冗談を言い合ったが、その後、ぷつっと沈黙に陥《おちい》った。しかし、ルイスは、気まずい感じではなく、その沈黙を楽しんでいるようだった。彼は大場を見ながら、はじめは微笑みを浮かべていたが、しだいに歯を見せて笑いはじめた。大場は、その沈黙と笑いが続くにつれて、しだいに、通じはするがどこか心許《こころもと》ないそのアメリカ人の話す日本語の意味を取り違えたのではないか、という恐れを感じはじめていた。

「あなたに持ってきたものがあります」

やっと、ルイスが言った。

ルイスは立ち上がって、玄関へ行ったと思う間もなく、細くて長い箱を持って戻ってきた。そして、それをいかにも大事なもののように大場の前のテーブルの上に置いた。

大場は何も言わなかった。表情も変わらなかった。

彼は、動悸《どうき》が激しくなるのを抑《おさ》えようとして、深く息をついた。息が詰まるような感覚が喉《のど》まで上がってきた。彼は目頭《めがしら》がうるむのを感じた。彼には、中を見なくても、箱の中のものがわかった。三七年の間、どんなにこのときを待ち焦《こ》がれたか。しかし、再び、彼の心は、彼が手を出そうとするのを押し止《とど》めた。

彼は、すわったままではあったが、無意識のうちに、直立不動のような姿勢をとった。それから、涙が見えないように眼をそらしたまま、テーブルの向かい側のアメリカ人に頭を下げた。その後もまだ彼はためらって、戸惑《とまど》った表情をしているみね子の方を見た。

やがてゆっくり、うやうやしく箱の蓋《ふた》を取った。

「あなたの軍刀ね」

眼から溢《あふ》れる涙を抑えられずに、下唇を嚙《か》みながら、みね子があえぐような声で言った。

「心から感謝します、ルイス中佐……ありがとう……」

大場は、何年もの間、自分の生命の一部として大事にしていたその金属と紐《ひも》に触ろうとはせずに言った。

みね子は落着きを取り戻して、じっとすわっているルイスの方を向くと、繰り返すことで感謝の気持ちを表わそうとするかのように、夫が一言発するごとに低く頭を下げた。

大場の顔にもやっと微笑みが浮かびはじめた。この男に過去をかき乱されたくない。そう身構えてきたのに、この男は、私が考えもしなかった方法で私の防御《ぼうぎょ》を破った……。

ルイスの顔からは、微笑みは消えていた。彼も、喉で息が詰まるような感覚を感じていたのだ。彼は、二〇年前カンザス州の在郷軍人会に寄贈したときまで溯《さかのぼ》って、最後にはニューイングランド州のある少年の寝室の壁に掛けられているのを見つけるまで、どうやってその軍刀の跡《あと》をたどったかという話をするつもりだった。しかし、彼はそうしないで、上着のポケットから封筒の束を出して、二人の間に続いている緊張を破ろうとした。

その束をテーブルの上に置くと、ルイスはそれを大場の方へ押した。

「もう一つ……」

彼は咳払いして続けた。

「あなたに見せたいものがあります」

大場も、一時的にでも軍刀のことを忘れさせてくれるかもしれない話題は歓迎だった。彼は頭を上げて言った。

「なんですか?」

ルイスは、テーブルに肘《ひじ》をついて、身体を乗り出した。

「六カ月前、あなたに会ってから、私は、今も私に住所がわかっている海兵隊時代の友だち全員に手紙を書きました。私は、みんなに、ついにあなたを見つけたと伝え、あの日、あなたの奥さんがわれわれ二人を撮《と》った写真を同封したんです。これがその返事です。ちょっと読ませてください」

ルイスは、封筒の束に手を伸ばすと、ゴムで束ねたその中から一つを取り出した。

「あなたは、この人たちを知らないかもしれない。しかし、この手紙のように、彼らはあなたを知っているんです。これはボッブ・ロールからのものです」

ルイスは、冒頭の何節かに眼を走らせると、「いいですか」と続けた。

「元気でいるに違いないと思っていた大場大尉にどうか伝えてください。私は、彼を見つけ出すのに大変な時間がかかったのは当たり前だと思っています。彼は一度だって容易に見つけ出せる男だったことはないのです。彼に、同封した私の九歳の孫デイビッドの写真を見せてやってください。ちなみに、この孫も大場さんのことは何もかも知っています。

彼もよろしくと言っています」

「次は、ジム・ジョーンズのものです。あなたは憶《おぼ》えていないでしょうか？　われわれのクラブであなたのためのパ、ー、テ、ィー、をやったとき、感激し過ぎて飲めなかった男です」

大場は、笑って頷《うなず》いた。実際、彼には、ジム・ジョーンズはもちろん、あのアメリカ軍との最初の夜のことについての記憶は、そんなにたくさんなかったのだ。ルイスが手紙を読むのを聞きながら、大場はあの驚き戸惑った日を思い出していた。

あの日の朝の九時には、いや正確には、八時五九分には、私は、私の前で手紙を読んでいるこの男の敵だった。その一分後、私は戦争……私の戦争を止めたのだ。あの日、その後起こったことは信じられないようなことだった。アメリカ軍は、私を殺さなかった。投獄しようとさえしなかった。代わりに、何百人もの若い兵隊たちが私たちを見に押しかけ、私と握手しようとする将校たちが何人か出てきた。

そして夜は、あの日三回目……しかし、二年間では四回目……のシャワーを浴びた後、将校たちのクラブに連れて行かれ、司令官や大勢の将校たちと一緒のテーブルにすわらされて、乾杯した。

ルイス氏……ルイス中佐は、そのとき、私の傍《かたわ》らにすわり、ぎこちない日本語で、そのパーティーが私を讃《たた》えて催されているものであることを説明してくれた。私のテーブルへ来た人たちが乾杯するたびに、私はグラスを上げてそれに応じた。間もなく、私は、自分が帝国軍人に適《ふさ》わしくないほど、愛想よく返杯し、笑っていることに気づいた。この人たちは敵だったのだから……少なくとも、その朝までは敵だったのだから……その状況は馬鹿げていた。

あの夜のそのほかのことは、ぼんやり霞《かす》んだ途切れ途切れの記憶でしかなかった。私に握手してきたいくつもの手。酒。男たちの歌。うまくできなかったけれども、私にキスしようとした看護婦を含めて、何人かの制服を着た看護婦たち……すべてが奇妙な夢のような感じだった。

「……そして、もし、彼が合衆国へ来ることがあれば、彼はいつでもわれわれのところへ泊まる招待を受けているのだ、ということを彼に伝えてもらいたい」

大場は、自分がほかの考えにふけっていたことをさとられないように、急いで、ルイスが読み続けている言葉に意識を集中した。

「あの人たちがまだ私を憶えていてくれることを、光栄に思います」大場は、頭を下げながら言った。

「憶えているですって？　あなたのことを憶えているなんていうことではなく、あなたを捜して、彼らがこの一年半をどう過ごしたと思いますか？」

ルイスは微笑みを浮かべながら尋《たず》ねた。

「あなたは、あの国に完全なファン・クラブを持っているんですよ。いつの日か」と言いかかって、彼はすわり直した。

「この人たちを訪《たず》ねられるように、私はあなたを合衆国へ連れて行きたいと思います。たぶん、私は、あの夜一生懸命……」

彼は、みね子が食事の支度をしながら聞いているかもしれない台所の方を見ながら、ためらってから続けた。

「あなたとベッドをともにしようとした、あの看護婦も見つけ出してみせます。彼女のこと、憶えているでしょう？　彼女は、大場大尉と愛し合った唯《ただ》一人のアメリカ人看護婦になりたかったのです」

「まあ、とにかく」

ルイスは、一息ついたあと、言い足した。

「あなたが国のためにしたことを高く評価しているアメリカ人のグループがいるのです」

大場はただ頷《うなず》いた。それから、話題を変えようとして、一緒にサンルームの椅子に移らないかと誘った。

ルイスは、不器用に立ち上がって、手紙の束を採《と》り上げると、大場のあとについて、小さな前庭に面したガラス張りの部屋へ移った。

二人が椅子に腰を下ろし、みね子が冷えたビールを二本持って現われたとき、ルイスは言った。

「ご承知のように、この三七年間、日本人は誰も、あの戦争のとき日本人がどう戦ったかについてはほとんど話しません。まるでそんなことはなかったようです。若い人たちは、日本が敗《ま》けたということ以外、あの戦争のことを何も知らないのではないですか？　あなたは、どうしてそういうことになっているのだと思いますか？」

大場は、その質問に、表面的な言葉以上の意味が込められているのを感じた。彼は、自分のコップにゆっくりビールを注《つ》いで、答えを見つける時間を稼いだ。

「それは、われわれが、国民として、戦争を放棄したからです。否定的に反省することによって得られるものは何もありません。われわれが今日のようになったのは、建設的な考え方、建設的な行動によってです」

「あなたの意見の後半の部分については、議論の余地はありません」とルイスは言った。

彼の表情は、それまでよりも真剣になっていた。

「建設的な考え方、建設的な行動が日本を偉大にしたのです。しかし、起こったことを考えること、それが歴史であると考えることを、あなたはどうして否定するのですか？　それから学ぶ建設的な教訓はないというのですか?」

大場は、眼を上げて、相手の眼をちらりと見てから、また、自分のコップを見つめた。

「おそらく、そうです」

彼は考え考え答えた。

「私もそうだと思います」

ルイスが語気を強めて言った。

「にもかかわらず、何百万という善良な人たちが国のために見事に戦いました。彼らは献身的で勇敢でした。その中の多くの人たちは勇敢過ぎるぐらい勇敢でした。その何千何万という人たちは、国のために、そして天皇陛下のために自分の生命を投げ出していたからです」

大場は、口を挟《はさ》もうとした。しかし、ルイスがさえぎった。

「そして、その中には、優《すぐ》れた兵士だった人たちがたくさんいました。彼らは、たいていの国なら国民的英雄とされるような勇敢な戦功を樹《た》てています。それなのに、この国では、無視され、認められていません」

ゆっくり、一語一語嚙みしめるように、大場は言った。

「われわれは、自分たちがしたことを知っています……心の中でわかっています。それで十分なんです。ほかの人に理解させたり評価させる必要はないんです。われわれは、ほかの人が認めてくれることを必要としません」

「あなたがそれを必要としないことも、それに身を挺《てい》したほかの人たちがそれを必要としないことも、私にはわかります」

ルイスは自分のコップにかぶさるように上体を乗り出して、大場を見つめた。

「私はこの国のほかの人たちのことを話しているんです。自分たちの国にまったく関心を持っていないように見える大衆のことを話しているんです」

ルイスは再び椅子に背をもたせかけると、ポケットから煙草を出して、それに火をつけた。

「私には……」

彼は煙を窓の方に吐き出しながら続けた。

「現在の日本人は、少なくともあの当時の日本人に比べると、自分の国について、かなり無関心のように思えるんです。とくに若い人たちは、自分が生まれた国に対してよりも、自分が働いている会社に対して忠誠心を持っているように見えます」

庭を見ていた大場は、ルイスの方に顔を向けると、声を高めて言った。

「そんなことはありません。私は、日本人であることに誇りを持っています。私の友人たちも、私の妻も……私たち日本人は依然としてわれわれの国を愛し、日本人であることに自尊心を持っています」

「しかし、それはあなたがた古い日本を忘れずにいる世代の人たちです」

ルイスは主張した。

「新しい世代の人たちはどうですか？　明日の日本をつくる人たちは？　その人たちに、あなたがたはどんな遺産を残したことになるのですか？　私個人の見方を言いますと、私は、あなたの国の若い人たちにもう少し愛国心というか……日本人であることに誇りを持ってもらいたいように思うんです」

「私たちの国の若い人たちは、誇りを持っています」大場の声は自信に溢《あふ》れていた。

「しかし彼らは、戦争中のわれわれのように、狂信的ではありません。彼らは、今日の日本に……自分たちがその建設に手を貸してきた日本に、誇りを持っています」

彼は息をついで、続けた。

「ルイスさん。あなたは、戦前の、指導者たちを信ずることしか知らなかった時代のことを言っています。今日、われわれは当時よりもいろいろなことを知っています。われわれは帝国主義的な理想主義に関心を持っていません。すべての人のためのよりよい生活に関心を持っているんです。それを得ようと決心しているんです」

「そして、あなたがたは、それを得ました」ルイスは言葉を挟んだ。

「あなたの国の人たちは、一九四五年に戦争に負けたかもしれない。しかし、そのとき以来、あなたがたがずっと続けてきた経済戦争には、間違いなく勝ちました。今日の日本を見てごらんなさい。世界で最も発展している国の一つです」

ルイスは、思考作用が言葉に追いつかず煙草を灰皿にこすりつけてためらいながら、再び話しはじめた。

「……これを可能にしたのは、積極性であり、聡明さであり、新しく生まれた方向であり、今日の日本人を作り上げているあらゆるものであることは、間違いありません」

「しかし、あなたは一つ忘れています」

大場は言った。

ルイスは、一方の眉を大きく吊り上げて、大場が続けるのを待った。

「もう一つ欠かせないものがあります。過去の完全な否定です。そこには、自己憐憫《れんびん》や反論の余地はありません。われわれが成《な》し遂《と》げた現在の進歩を実現するためには、過去を忘れ去り無視することが必要だったんです」

「それは、そのとおりだと思います」

ルイスは認めた。

「私は、それがなすべきことだったことは否定しません」

彼は、椅子を窓の方に向け、庭を見て続けた。

「私が言いたいのは、あの〝戦争〟を振り返って、認められるのが正当なことは正当に認めるべきときだ、ということです。おそらく、今は、この国のまさにあらゆる人たちの父や祖父や伯父が大変なことをやったのだということ、それに対して誰も感謝してこなかったということも認めるべきときです」

大場は答えようとしてから、サンルームのすぐ内側の畳にすわっていたみね子の方を見た。彼と眼が合っても、彼女の顔には、なんの感情も表われなかった。数秒後、彼は再びルイスに眼を向けた。

ルイスは、大場の沈黙で勇気を奮《ふる》い起こしたようだった。

「私は思うんです。日本人は、罪の意識というか恥の意識というものを捨てるべきです。そして、それだけのことをした人たちを誇りと思うべきです」

「ルイスさん、あなたがおっしゃることは、たぶんそのとおりでしょう」

大場は、自分のコップをいじり回しながら言った。

「しかし、もう誰も関心を持ちません。なんの役にも立たないのに、どうして過去を掘り起こすんですか？」

ルイスは答えた。

「日本の歴史を書いた本から、そのページが完全に脱けているからです。それは今まで書かれてこなかったたし、今書かれなかったら、永久に書かれないことになります。私が〝今〟というのは、この一〇年以内という意味です。その後になったら、事実を話せる人はどこにもいなくなってしまうでしょう」

言われたことの中身を分析して、大場は考え込んだ。ルイスは私の内に秘められているものを引っぱり出したいだけでなく、それを世間に広めたいのだ。彼は、ルイスが次に何を言うかを察知して、ルイスの次の言葉を聞いても、がっかりしなかった。

「それが、私が訪ねてきた本当の理由なんです」

ルイスは、深く息をつくと、自分の味方になってもらいたいと期待しているみね子の方をちらりと見て、続けた。

「私は、大場大尉についての本を書きたいんです。日本じゅうの人たちに、少なくとも日本の勇士だった人の話を知ってもらいたいんです。おそらく、あなたの話は、ほかの人たちが自分たちの話をし出すのを促《うなが》すことになるでしょう。そして、おそらく……まったくおそらくですが……われわれは歴史の本の中の失われたページを書き起こし、あるべきものを埋めることができるのです。そのために、私はあなたの承諾を得たいし、あなたに手伝ってもらいたいんです」

大場は首を振った。

「ルイスさん、私はお手伝いはできません。あなたがしたいと思うことがどういうことか、どうしてそれをしたいと思うのかは、よくわかります。しかし、私がしたことはどんな些細《ささい》なことでも、国のためにしたんで、本を書くためにしたのではないんです」

「私は、こんな考えを、あまりにも突然持ち出したことを悔《く》いています」

ルイスは、大場の拒否を最終的なものとは受け取っていないことを示す態度で言った。

「どうか、今晩、このことを考えてください……あなたと奥さんとお二人で……」

二人の男はみね子を見た。みね子はずっと畳の上にすわったままだった。ルイスは、彼女から、なんらかの励ましの兆候を受け取りたかった。しかし、彼女の表情は、この問題をどう考えているのか、何も表わしていなかった。

「もし、あなたのほうがよろしければ」

ルイスは大場に言った。

「私は、明日の朝もう一度来ます。そして、そのときもっと話し合いましょう」

大場は、ルイスに、自分たちの家に泊まるようにすすめた。しかし、ルイスは辞退した。彼は、大場夫婦が自分のいないところで話し合えるようにしたかったのである。

蒲郡駅近くのホテルへ、ルイスを車で送って戻ってきたとき、大場は、みね子が軍刀の入っている箱に蓋《ふた》をしたのに気づいた。

彼はもう一度蓋を取った。そして、きわめて慎重に、箱から軍刀を取り出すと、彼がそれに触った最後のとき、つまり、あの運命の日、彼がルイスにそれを進呈したときのように、それを持った。

彼の感慨は、茶を入れた二つの茶碗をテーブルの上に置いたみね子の声でさえぎられた。

「あなたは、彼が本を書くことは認めないんでしょう?」

大場はゆっくり頷いた。

「それがいいわ。私たちは、こうして何年も生き、家族を養い、満足できる生活をしてきているんですもの。それを今変える必要なんかなんにもありませんもの」

大場は、丁寧に軍刀をテーブルの上に置いた。彼は何も言わなかった。

「私は、あなたがどんな苦労をしてきたかわかりますわ。あなたがしたことも知っています。それを立派なことだと思っています。それで十分じゃありません? たとえルイスさんの言うことが正しいとしても、どうしてあなたが、国に何を考えるべきか伝える人間にならなければいけないんですか? 彼が書くにしても、誰かほかの人を見つけてもらいましょうよ」

じっと軍刀を見たまま、大場はまた頷いて言った。

「そのとおりだ」

「それに」

みね子は続けた。

「彼は外国人です。どうして私たち日本人が考えることを心配しなくちゃならないんです？　確かに彼の言うとおりでしょう。これから五年経《た》っても六年経っても、変わらないでしょう。そうしたら、あのころ本当にあったことは永久に忘れられるでしょうけど……」

みね子が話している間、大場は放心したように右腕についている星形の傷跡《きずあと》を指でたどっていた。その傷跡は、肘《ひじ》の近くのもっとぎざぎざした傷跡と直接つながっている。中国軍の弾丸が右の前腕から入って肘の近くで抜けたのだ。みね子だけが、それが、彼の身体に記《しる》された三つの傷の一つであることを知っていた。そして、それこそが、彼が、国に生命を捧げた人たちと一緒だったことを生涯にわたって記録しているものであることを。

大場は、みね子が話すのを数秒前に止めて、彼の反応を待っているのに、突然気づいた。

「すまん、すまん。私は、伴野《ばんの》少尉や尾藤《びとう》軍曹や、そのほか何年も思い出すことがなかった人たちのことを考えていたんだ。みんな優れた軍人で、みんな全力を尽くして死んでいった。今日《こんにち》、彼らはもういないのに、どうして私はこうして生きているのか？　たぶん、私は、彼らに何かしなくてはいけないんだ。彼らのために、また、ほかに何人いるかわからない人たちのために、私は、ルイスさんに頼まれたことをすべきなんじゃないか」

その夜、大場はほとんど眠れなかった。断続的にわずかにあった睡眠の合間、彼は、何時間も、寝室の暗闇を見つめ続けた。

翌朝、ルイスを乗せたタクシーが着いたとき、大場は門の前で待っていた。ルイスが近づくと、大場は扉を開けた。

ルイスは、玄関に入って、大場と握手をし、靴を脱いで、大場の案内でサンルームへ向かいながら、変化を感じていた。彼は、いつものようにお茶を持ってきたみね子に挨拶をした。そして、彼の提案を積極的に受け入れそうなこの反応は、みね子のせいだろうかと思った。ルイスと大場が向かい合って、お茶を飲みはじめたとたん、大場が口を開いた。

「昨夜、私は、あなたがおっしゃったことについて、いろいろ考えました」

自分がなんと言うか、もう相手は承知だ。そう思いながら彼はゆっくり話しはじめた。

「私は自分がしたことを公《おおや》けに認められたい気持ちはまったくありません。しかし、戦争のときのわれわれの話が、日本の若い人たち……そしてその子どもたちのものになる遺産だというあなたの意見には同意します。そういう話が語り継がれなければならないと思います。そのために……」

大場の眼は、ルイスの眼にじっと注《そそ》がれた。

「私は、あなたが本を書かれるのを手伝う決心をしました。それを完成することは、努力する価値のあることだと思うからです。おそらく、これは、私が国のために戦う最後の戦いになるでしょう」

それから二時間、彼らは、具体的な仕事の進め方について議論した。大場は、ルイスが必要とする事実問題を何時間かかってもテープに吹き込むことに同意した。ルイスは、自分が必要とする問題点のリストを作成した。それは、出身地の中学校で先生をしていた大場の戦争前の経験にはじまって、彼が軍隊に入った経緯《いきさつ》、彼が負傷した三回の戦闘の詳細を含めた支那《しな》および満州での経験、サイパンへの航海、およびサイパンでの戦闘とその後の抗戦について、彼が思い出すことができるあらゆることにわたっていた。

お茶がビールに替わって長い時間が経ち、彼らがすわっていたテーブルのまわりに丸められた紙屑がいっぱいに散らかったとき、二人の男は、やっと、それぞれの椅子にもたれかかって、笑い合った。大場が言った。

「一段落したところで、私は、昨日、私の軍刀を返してくださったことに、改めてお礼を申し上げたい。あのときは、私はあんまり感動してしまったので、あなたにきちんとお礼を申し上げなかったんじゃないかと思うので……」

「あなたにお返しするのに、三七年もかかりました」

ルイスは、テーブル越しに手を伸ばして、大場の肩をつかんだ。

「こんなにも長くかかったことを申し訳なく思っています」

二人の男は、あの日のこと、彼らがタッポーチョ山の西側の海岸近くの空地で初めて顔を合わせ、簡単だが、それぞれの生涯に一章を画した記念すべき儀式を行なったときの感動を思い返した。

「あれは遠い昔でした」

ルイスは、大場にというよりも自分自身に言った。

「ほんとうに」大場は答えた。

大場は、一日に数本と決めている煙草の一本に火をつけて、二人の幻想の世界を破った。

「それはそうと、私はぜひとも、今日は昼食に招待させていただきたいんです。あなたの好きな料理はなんですか？　それで、お互いに祝う会にしたいんです。街へ出る途中にひじょうにいい料理屋があって、あなたの好きなものをどんなものでも作ってもらえます」

ルイスは、東京に来てから、たいていの日本料理は味わったことがあった。しかし、彼は、およそ食道楽ではなかった。招待者の気分を損《そこ》なう危険を冒《おか》して、彼は、自分が一番気に入っていて、昼食に最もよく食べる日本料理は、おそらく、あなたがたが考えている料理屋では出さないものだと説明した。

「なんですか?」大場が訊《き》いた。

「カツドンですヨ」

ルイスは、申し訳なさそうに答えた。ご飯の上に豚肉の揚げたものと卵の混ざったものを載《の》せた簡単な料理だ。アメリカでのホットドッグに当たるといってよい。カツドン?　それだったら、町で一番うまいカツドンを作る小さな料理店が近くにあって、電話で注文すれば、数分のうちに配達してもらえるということになった。

ルイスは、実際には、大場が本を書くという提案に同意するとは信じていなかった。したがって、彼は、この一年、自分の家と呼んできた新橋《しんばし》のアパートのエレベーターの中でも、大場の物語の中にどういう話を入れるべきかを考えることで、頭がいっぱいだった。

エレベーターは四階で、揺れて止まった。興奮していたルイスは、自分の部屋へ向かって飛び出して、通りかかったメイドと危《あや》うくぶつかりそうになった。

彼は、小さなリビング・ルームのソファに上着をほうり投げると、真っすぐ、ダイニング・ルームの四分の一を占《し》める大きくて乱雑に散らかった机に向かった。机は、部屋の唯一の窓からの光をいっぱいに受けていた。

彼の〝家〟は、二つの部屋に、寝室と台所と浴室がついているだけだったが、一年前、アメリカの小さな輸出入商社の極東駐在員として東京へ来たとき必要だった条件はすべて満たしていた。二人の子どもはとっくにそれぞれ家庭を持ち、自分は離婚して、ルイスは、それまでの人生とはまったく違った何かをする必要を感じていた。

外交官として九つの国に二五年間勤めてきて退職したとき、彼にその仕事を選ばせたのは、日本へもう一度行きたいという漠然とした欲求だった。戦争の直後、二七歳のとき、初めて見た東京、それから三年間、占領軍として滞在した日本が彼の心を捕えて放さなかったのである。

彼は、実際には、大場を見つけるまで、自分がどうして日本へもう一度来たかったのかわからなかった。本を書こうという考えは、東京へ来てから六カ月ほどの間に生まれたものだった。最初は、「誰かが本を書くべきだ」という考えだった。それがしだいに、自分が書くべきだ、その主題は大場でなければならない、という堅《かた》い信念のようなものに変わっていた。

ルイスは、両手を組み合わせた親指の上に顎を載せて、タイプライターに挟んだ純白の紙をじっと見つめた。彼は、いろいろな場面に分けて、その構成を考えた。小説の中身のほとんどは、大場が彼に約束したテープに基づくことになるであろうと思われたけれども、彼は、それに入れなければならないもう一つの側面があることを知っていた。捕えがたい大場大尉を罠《わな》にかけようとして過ごしたあの失敗の一六カ月間のことだ。計画するたびに、裏をかかれたり、出し抜かれたりしたことを書かなければならない……。

ルイスは、当時、敵についての情報を収集し、その情報によって敵を破《やぶ》る方法を案出することを任務とする師団付の情報将校だった。しかし、彼や師団の作戦計画将校がどのような策略を実行に移しても、大場とその部下の残存抗戦集団は、島の大きな特徴になっていた一五〇〇フィート（海抜四五七メートル）の山タッポーチョのまわりの、凹凸は激しいけれども縦横わずかに三マイル（約四・八キロメートル）と四マイル（約六・四キロメートル）の狭い地域で、生き残り続けた。

大場が戦ったその勝ち目のない戦いをよく知っているのは、もちろん本人だが、本人を除けば、自分より知っているものはいないのだし、しかも、大場の頑強な抵抗についてアメリカ側からの見方を書くのに、自分より適しているものはいないのだから、とルイスは自分が書く理由を正当化した。

「あるがままに述べよ」というのが、彼が海外勤務外交官として報告書を書くときに心掛けてきた準則であり、国務省に入る前にジャーナリストとして習い覚えた準則である。それを、この小説を書いていく原則にする、と彼は決めた。

彼は、本を書こうとしたことはなかったし、おそらく、再び書こうとすることもないだろうと思った。しかし、この、どんな人の基準に照らしても勇士である男の物語は、彼が書かなくてはならない小説だと思った。うまく書けるかどうかは、神のみぞ知る——だが、これは、私が書く小説なのだと。

自分の政府のために二五年働いてきた男が、実際にはよその国の問題について、こんなにも強く感ずるのは奇妙ではないか、とも彼は思った。単純に公正の問題なのだ、と彼は自分に言った。それぞれの国がそれぞれの戦いに功《いさおし》を残した英雄《ヒーロー》を持っている。しかし、日本人は、一九四五年からは戦争に背を向けて、ただ未来を見ることにする決定をしてから、自分たちの中に英雄がいたことを胡麻化《ごまか》している。

大場が当然受けるべきだと考えられる評価を、大場に与えたいというルイスの当初の目的は、すでに別の目標に道を譲っていた。彼は、今は、この国民に一つの認識を捧げたかった。その国の歴史の一部として永久に残り得る認識である。もし、それに成功するならば、自分の生涯において成し遂《と》げることができる最も大きな事業になる、と彼は自分に言って聞かせた。

ルイス自身のサイパンにおける経験は、彼の記憶にかなり明瞭に刻まれていた。しかし、アメリカ軍全般の戦いぶりに関する実際的な資料としては、カール・W・ホフマン少佐が書いた『サイパン――終結のはじまり』と題する合衆国海兵隊の出版物に頼らなければならなかった。

彼は、サイパンでの戦闘に関与したさまざまな部隊について、また、サイパンの中心都市ガラパンのすぐ下の海岸から北、東、南へ動いたそれらの上陸部隊の位置と活動について書いたその本のページをめくりながら、ときどき、ページの余白にメモを書き込んでいった。

二度、彼はページの脇に〝引用〟と走り書きした。彼らと戦っていたときでさえ、アメリカ軍は日本の兵士たちに健全な敬意を持っていたという彼の観点を支えるものだった。

「兵器や装備が不足していたにもかかわらず、個々の日本兵の名誉ある死に方をしようという意志、七回生まれ変わって国に報いよう（七生報国《しちしょうほうこく》）という意志は、ある程度、それらの不足を補った。ここに、ほかの国の軍人と比べると、――仮にほかの国にもあったとしても――きわめて稀《まれ》な特性があった」

彼が印をつけた二番目の文章は、日本の組織的戦闘能力が壊滅したことを指摘した後、著者が、その戦闘経過を要約している文章の一節だった。

「しかし、敗北はしたが」とホフマンは書いている。「彼らは戦った。しかも日本軍は、この状況においても、あるいはほかのいかなる状況においてもそうだったが、見事に戦った。世界じゅうのあらゆる国の人たちの戦闘能力と比べるとき、日本の兵士たちは、最強のグループに評価されなければならない。

彼らの戦うときの心理は、しばしば狂信的と言われてきている。しかし、こうした言い方に含まれる意味は、日本軍に対する正当な評価とは言えない。おそらく〝鼓舞《こぶ》された愛国主義〟と言うほうが、より公正な評価であろう。いずれにしても、日本人は、いかなる国民でも誇りにする戦闘的特質を持っている」

ルイスは、大場が第一八歩兵連隊の一員としてサイパンに到着したのは、一九四四年六月十五日の米軍上陸のわずか三カ月前だったことを知っていた。しかし、戦いの初期の段階には、彼はどこにいたのか、あるいは戦いの最終段階をどのように切り抜けたのかについては知らなかった。

彼は、彼自身の経験と結びつく、あるいはまた大場の動きや大場についての観察に結びつく内容を、ホフマン少佐の手記から抜き書きしはじめた。

1 戦《せん》禍《か》

――昭和十九年六月

中野《なかの》勇吉《ゆうきち》軍曹は、横に広い顔を突き出して、右手の、蔓草《つるくさ》に蔽《おお》われたサンゴと黒い岩でできている五〇メートルの断崖をまじまじと見た。それから、眼を前に移して、ほとんど前が見えないほどいっぱいに茂っている木の葉を透《す》かして、自分がいる渓谷の様子をうかがい続けた。

彼は、崖の上の戦闘の音が近づいてくるほとんど二時間の間、うつ伏せになったままだった。今や、その音が、すぐ頭上に来ていた。山下《やました》大尉と中隊の仲間が後退したということだ。立ち向かうか、退却するか、いよいよ彼の番が近づいていた。

彼は、もう一度、自分の機関銃に装着されている四五発のピカピカの弾丸を連ねた挿弾《そうだん》子《し》を調べた。それから振り向いて、部下の二人が、必要があれば、新しい挿弾子を補充する用意をしているのを見た。彼の分隊の任務は、中隊のほかの者が崖の上で敵の進撃を阻《はば》んでいる間、この渓谷を確保することだった。そのために、彼はこの位置を選んでいた。

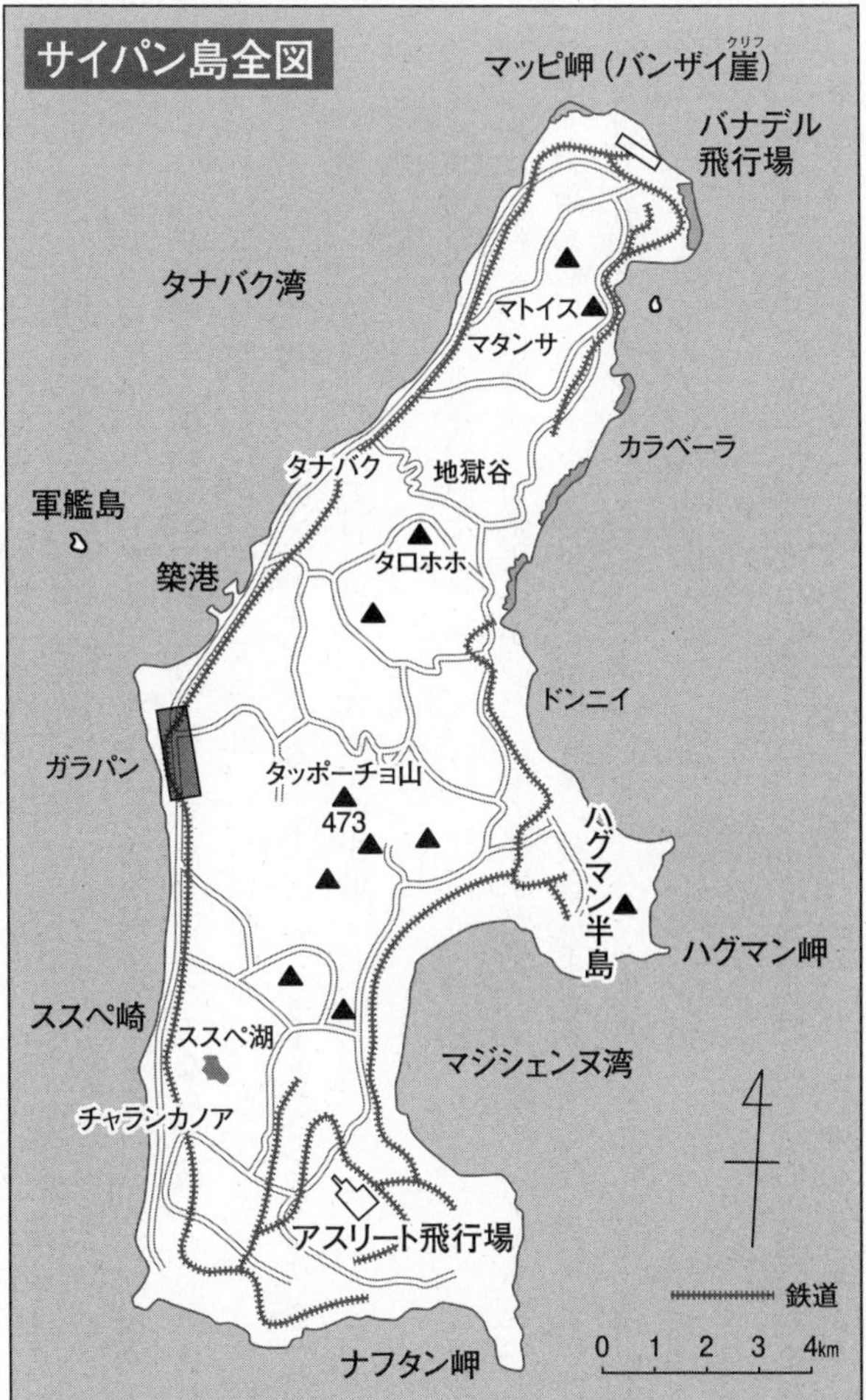
サイパン島全図
マッピ岬（バンザイ崖《クリフ》）
バナデル飛行場
タナバク湾
マトイス
マタンサ
カラベーラ
タナバク
地獄谷
軍艦島
タロホホ
築港
ドンニイ
ガラパン
タッポーチョ山
473
ハグマン半島
ハグマン岬
ススペ崎
ススペ湖
マジシェンヌ湾
チャランカノア
アスリート飛行場
鉄道
0 1 2 3 4km
ナフタン岬

ここは渓谷の幅が三〇メートルに狭《せば》まっていて、崖から左手のジャングルに蔽われた山までの間が、絶好の射撃距離になっている。

ここなら、と彼は確信をもって考えた。海岸から丘陵部まで日本軍の防御を打ち破《やぶ》ってきたアメリカ軍の戦車、艦砲射撃、航空機も役に立たない。ここなら、彼らも兵隊らしく戦わなければならない。したがって、ここでは、彼らは勝てない、と。

渓谷の下手《しもて》一〇〇メートルの広くなっている川床《かわどこ》にカムフラージュをした鉄兜《てつかぶと》が現われたのを見て、彼は身体をこわばらせ、かすかに頭を低くした。

「やってきたぞ」

彼は、両側の二人にささやいた。

彼の指は、軽く軽機関銃の引金にかかった。中の様子が見えないジャングルから、さらに何人かの敵兵が川床に入るのを見て、彼の心臓の鼓動はますます速くなった。すでに目標地点は、五〇メートル離れた空間部に定《き》めていた。今や、彼らがそこに着くまで眼を離さずに待っているだけだった。

第二海兵連隊G中隊第三小隊のジョージ・スティーブンス少尉は、崖の上で交《か》わされている撃《う》ち合いに耳を傾けて、それに合わせるように自分たちの前進を抑《おさ》えた。彼には、F

中隊が高地で堅塁を築いている敵と遭遇していることがわかっていた。敵はゆっくり北へ撤退しながら、海兵隊におびただしい人的損耗《そんもう》を与えているに違いないのだ。

スティーブンスの小隊は、崖の下のその狭い渓谷を掃討《そうとう》する命令を受けていた。しかし、まだなんの抵抗も受けていなかった。

しかし、F中隊との戦闘隊形を維持するには、進行速度を緩《ゆる》めなければならない。スティーブンスは、自然にできた空地の端に隊員たちを停止させると、左翼と右翼を前進し続けていた分隊にも、止まるように合図した。

そのとき、突然、頭の上の戦闘音にかぶさって、すぐ近くで、九九式軽機関銃の鋭い断続音が立て続けに鳴った。スティーブンスと全隊員は、断続音の二回目の炸裂《さくれつ》が、頭上の空気を裂《さ》く前に、伏せた。スティーブンスは、自分のまわりの兵隊たちの様子を点検するために、転《ころ》がって横向きになった。苦痛でもだえている兵隊が見えた。

「衛生兵！　衛生兵はどこにいる？」

その呼び声は、遠くの方から、衛生兵が今、前へ向かっているという声がスティーブンスに返ってくるまで、ほかの者によって、繰り返された。

若い少尉は、分隊長に向かって叫んだ。

「ドンブロフスキー伍長！　二人連れて、右手へ回れ。あの畜生をやっつけるんだ！」

伍長は、自分の分隊の二人に合図して、スティーブンスに指示された方向へ向かって、のたうつように這って進みはじめた。三人が、遮蔽物《しゃへいぶつ》か隠れ場所になる藪《やぶ》や岩や土地の隆起を捜《さが》していると、彼らの頭上の木に、銃弾が鋭く炸裂した。肘《ひじ》を使い、身体をよじりながら、三人は、彼らを身動きできなくしている敵の機関銃に反撃できる位置に向かって、少しずつ動いた。

中野軍曹は、自分が撃った弾丸で四人倒れたのを見た。あとの者は、生《お》い茂っている下《した》草《くさ》で蔽《おお》われた岩の後ろに消えていた。彼は、連続音をもう二度爆発させて発射した。それから、敵の反応を待った。

彼は、敵が攻撃してくるのを望んでいた。しかし、敵は何もしてこない。時間が一分二分と過ぎた。彼は、敵が側面攻撃をしようとしているのだとわかった。ゆっくり身をくねらせて後ろへ退《さ》がると、彼は、部下の一人に機関銃を持つように合図して、代わりに自分の銃を受け取り、二人を連れて崖の方へ向かった。そこには、彼が選んでおいた第二の防御陣地があった。渓谷の床から一〇メートルほど上の、身を隠すには恰好《かっこう》の崖に刻まれた窪みだった。

ジャングルの木の葉に隠れて、三人の兵士は、崖に身体をへばりつけて足がかりを見つけながら、岩棚まで登った。中野軍曹が、窪みが左に急カーブして狭い洞窟をつくっているのに気づいたのは、大きく張り出したサンゴの突出物の先まで行ったときだった。それは入口から二、三メートルのところへ来てやっとわかる洞窟だった。

青野吉蔵《あおのよしぞう》が、家族の隠れ場所としてそこを選んだのは、その洞窟がいかにも自然な隠れ場所になっていたからだった。すでに一〇日あまり、彼は家族を生き延びさせるために悪戦苦闘してきていた。米軍による最初の空襲があったのは六月十一日（昭和十九年）だった。ガラパン市で洋服屋をしていた彼は、その日から家族を連れて島の西側の山へ逃げなければならなかった。それから連日、空襲と艦砲射撃を避けてこもっていたが、六月十五日、アメリカ軍が上陸してからは、その進撃から逃れなければならなかった。

彼らは二日間何も食べていなかった。彼の下の娘光子《みつこ》は熱病にかかって、これ以上どこへも動かせない状態だった。彼の妻とガラパンの病院で看護婦をしていた上の娘、千恵子《ちえこ》も、疲労困憊《こんぱい》の極に達していた。

彼には、自分たちは死ぬしかないとわかっていた。アメリカ軍は捕虜をつくりたがらない。もし捕虜にするとしたら、婦女を凌辱《りょうじょく》し、男を拷問《ごうもん》にかけて楽しむためだ、と彼は聞かされていた。自分は武器を持っていない。捕えられるのを避けるために、自分および女たちの生命を守るには、どうすればいいのか。彼は、隠れていた場所のすぐ下で発砲があったのを聞いたとき、その決断のときが迫ってきたのを感じた。彼は、急いで拳大《こぶし》の石を集めはじめた。それを、アメリカ兵に投げつけるつもりだったが、場合によれば、家族を殺すために使うつもりでもあった。

崖を登って洞窟に近づいてくる靴の擦《す》れる音が聞こえた。アメリカ兵の頭が洞窟の入口に現われたら、まず一番大きい石で殺そうと身構える。

彼は待った。が、そのとき、日本語でささやく声が聞こえた。部下を、低い声で急がせている日本兵の声だった。それがわかって、瞬間、ホッとする。しかし、すぐ、この隠れ場所が見つけられることになると気づく。兵隊たちは、洞窟の入口に機関銃を据《す》えはじめていた。とんでもない。ここを死闘の焦点にされては……。

「何をしているんだ？」

青野は洞窟の奥から小声で訊いた。

びっくりして中をのぞき込んだ最初の兵隊は、怯《おび》えた顔の男に小銃を向けた。

「お前たちは誰だ？」

その兵隊が尋ねた。それから、彼らが民間人であるとわかると、小声で「静かにしろ！」と言うなり、背中を見せて、谷の方をうかがいはじめた。

千恵子は、熱でうなされる一〇歳の妹を抱きかかえていた。彼女の母は、跪いて祈っていた。今や避けられそうもない死から救ってくれるように願う言葉は、ほとんど声になっていなかった。

恐怖に怯えながらも、千恵子は、彼女らに起こったことをどうにもできなかったこと、どう変えることもできなかったことに怒りと挫折感を感じていた。彼女は、何か自分ができる積極的な行動はないかとまわりを見回した。そのとき、洞窟内が爆発するような音が響いた。九九式軽機関銃が連射された。

一瞬前に、敵の機関銃がいないと叫んだドンブロフスキー伍長は、自分の声がスティーブンス少尉に聞こえるように立ち上がった。それを目がけて火を噴いた九九式軽機関銃の連射のうちの五発が、彼の身体を突き抜いた。

とたんに、叫び声に続いて一斉射撃が、洞窟の中になだれ込んだ。何百という怒り狂った蜂のように、飛びはねる弾丸が壁から壁へびゅんびゅん風を切った。

千恵子は、銃弾が妹を貫いた衝撃を感じた。彼女は、妹が咳《せき》をして、その口から血が流れるのを、恐怖におののきながら見た。母が悲痛な声を上げるのが聞こえた。二人の兵士が機関銃の脇に横たわっていた。三番目の兵士は、立ち上がって「畜生！」と叫ぶと、敵に向かって小銃を撃《う》ちはじめた。

彼女には、立っていた兵隊を洞窟の奥の彼女の妹の上まで吹き飛ばした手榴弾が爆発した音も聞こえなかったし、感じもしなかった。

数分後、洞窟の中へ入ってきたアメリカ兵は、中野軍曹と二人の兵隊の死体を注意深く調べた。それから、青野一家のくずれた死体もちらりと見た。

光子と兵隊の死体の下で、千恵子だけが息をしていた。しかし、アメリカ兵は気づかなかった。

青野――千恵子は、一八歳になったときから、家族以外の誰からも名前で呼ばれるのを拒否していた――が意識を取り戻し、眼をあけて悲鳴を上げたのは、約一時間後だった。死んだ妹の眼が、何センチも離れていないところから、彼女を見つめていたのだ。兵隊の死体が彼女の上にかぶさっていて、彼女は身動きできない。圧《お》しつぶされるようなその重みから脱け出ようともがきながら彼女は、また喉まで上がってきた悲鳴を押し殺した。

すすり泣きながら、死体を押しのけると、彼女は、洞窟の出口の方へ、夢遊病者のようによろよろ歩いた。

しかし、そこで、彼女は止まって、後ずさりし、地べたにへたり込んだ。ほんの一〇〇メートルほど先のところで、アメリカ兵たちが野営している。ある者は、ジープやトレイラーから荷物を下ろし、ある者は野外の火で料理をし、ある者は眠っていた。

しだいに、爆発があったときまでのできごとが頭に浮かんできて、彼女の恐怖は怒りに変わり、そしてさらに——彼女はこの悲惨な事実を確かめようとして洞窟の中を振り返った——自分の両親や妹を殺した者に対する憎しみに変わった。

三メートルほど離れたところに、九九式軽機関銃は据えられたままになっていた。彼女は、片腕を発射機構の上に垂らして横たわっていた死体を押しのけると、その銃口を何も気づいていないアメリカ兵の方に向けた。

注意深く、彼女は引金を引いた。しかし、何も起こらなかった。彼女はもう一度引いた。それから、機関銃の傍にくずれるように倒れた。彼女の身体は、声を殺したむせび泣きで震《ふる》えていた。

2 玉砕《ぎょくさい》

——昭和十九年七月

アメリカ軍高等司令部は、総力を挙《あ》げての〝バンザイ攻撃〟が開始されるとすれば、それが起こるのは、タナバク港から北のマッピ岬《みさき》の上り斜面まで広がる海岸線の平野部になるだろうと確信していた。その周辺丘陵地帯に、タッポーチョ山周辺から撃退された日本軍の残存兵力が後退していたからである。

日本陸海軍の合同司令部——中部太平洋方面艦隊司令部、第三一軍参謀長、第四三師団司令部——もその地域に移動していた。

昭和十九年七月六日、侵攻から二二日後、アメリカ軍情報部の報告書は、日本軍には、二つの作戦が残されていると述べていた。つまり、〝残存日本軍は、島の北端で全滅するまで戦闘しながら撤退し続けるか、解体した兵力を結集して、最後の総攻撃をするか、である〟と。

この報告書が書かれた日の夜明け前、斉藤義次《さいとうよしつぐ》陸軍中将と島に残された日本軍の最大の集結部隊は、〝地獄谷《じごくだに》〟の名で知られていた地域のいくつもの洞窟の中にひしめき、苛烈《かれつ》きわまりない砲撃を受けていた。二〇キロメートル南の、チャランカノア村近くに据えられた八インチ砲が、谷を見下ろす米軍観測所の指示のもとに、足の踏み場もないように砲弾を浴びせかけていたのである。

二十数名の兵隊とともに一つの洞窟の中でかがんでいた木谷敏男《きたにとしお》曹長の眼は、爆発のたびに濃くなるコルダイトの煙で赤くなっていた。いや、その煙がなくても、彼の眼は、自分たちが何もできなくなっている状況の口惜《くや》しさで痛んでいたのかもしれなかった。彼と歩兵第一三五連隊のほかの者たちは、斉藤中将の命令を受けて、タッポーチョ周辺から撤退し、地獄谷へ北上してきていたのである。そこで、他の部隊と合流して最後の防御線を形成するためだった。

しかし、暗闇の中を隠れ隠れ、やっと三、四時間前に地獄谷へ着いた彼らは、アメリカ軍が勝利を完全に手中に収めるために勢い込んで始めた弾幕砲撃にちょうど間に合わせたように到着する羽目《はめ》となった。骨まで砕くような轟音がまさに絶え間なく響き続けた。歴戦の木谷も、砲弾が降り注ぐ間じゅう、鼓膜が破れるのを防ぐため、耳をふさいでただじっと伏せているしかなかった。

絶え間なく続いた砲撃は、二時間後にやっと止んだ。そのとき、木谷は、司令部のある洞窟の前に落ちた砲弾が、斉藤中将ほか数名の幕僚を負傷させていることを知った。彼は、負傷者を助けなければならないと司令部へ駆けつけた。

彼が斉藤中将を見たのはこのときが初めてだったが、彼は、将軍の姿に衝撃を受けた。サイパンの全陸軍の最高指揮官は、果たしてこれが生きている人かと思われるほど、弱々しくやつれ果てていた。彼のシャツは血に染まり、榴霰弾《りゅうさんだん》で受けた傷に包帯を巻いたところからも血がにじんでいた。しかし、中将は誰の助けも借りずに立って、か細いながらも権威ある声で、地獄谷へ集まった各部隊の全将校を集めるように参謀に命じていた。

木谷は、これから何が起ころうとしているのか、自分もぜひとも知っておきたいと思い、洞窟の中の暗さのため、階級章が見えないのをいいことに、将校たちにまぎれこんでいた。大きな洞窟の中は、しだいに人でいっぱいになり、その数は五〇名近くになった。その中の多くの者は新しい包帯を巻いていた。

参謀の合図で斉藤中将が立ち上がると、洞窟の中は、シーンとなった。ときどき感動で震《ふる》える声で、年老いた武人は、彼の生涯でも最も困難な訓示を朗読しはじめた。たった一つ灯《とも》されたローソクの光が、彼が読んでいる紙を照らし、戦いに敗れた将軍の影を映《うつ》し出し、半白の髪の白い部分を反射していた。彼の手はかすかにも動くことなく、彼の眼は、

昭和19年6月中旬の大場隊を中心にみた日本軍主要指揮系統

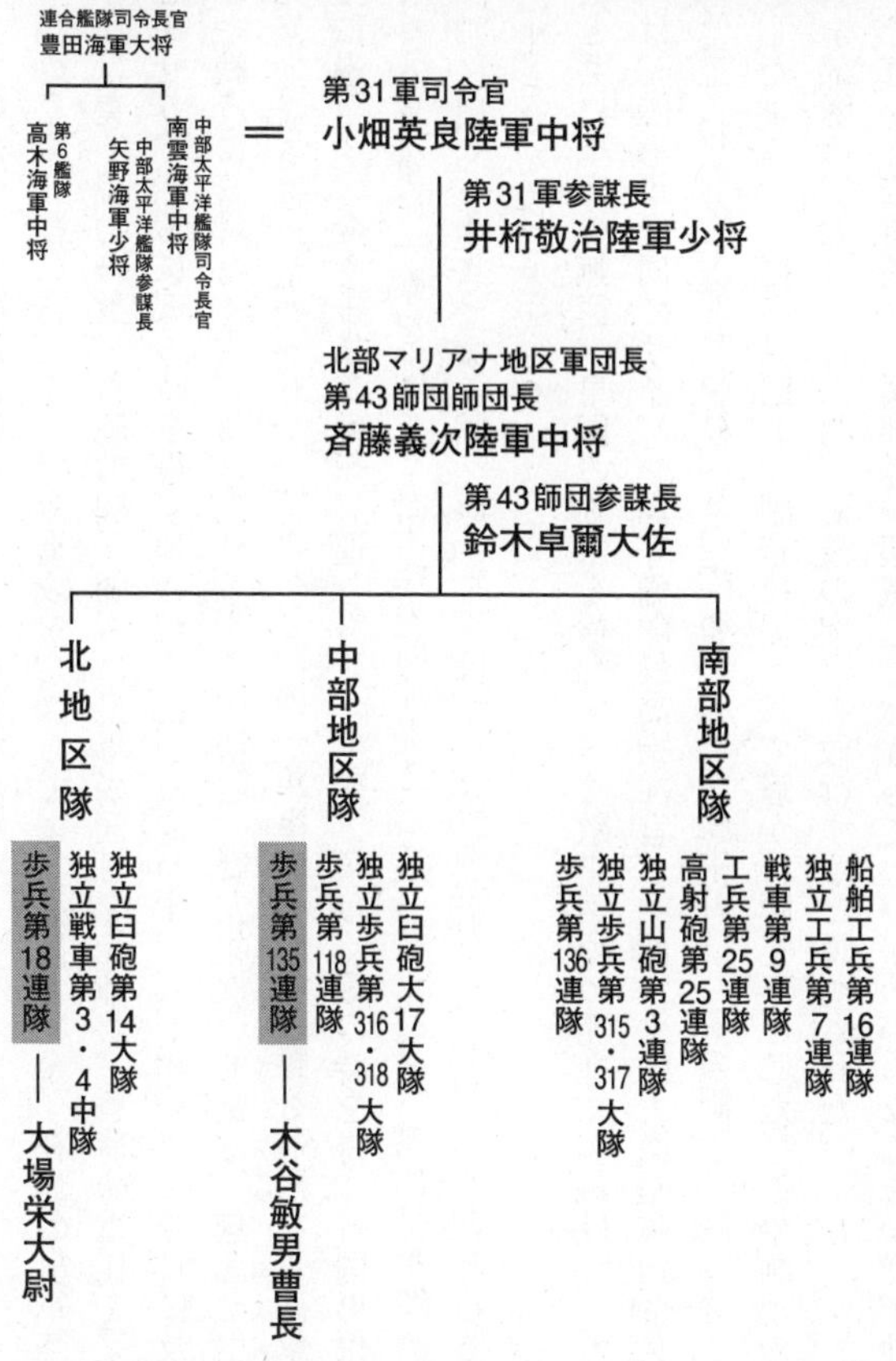
連合艦隊司令長官
豊田海軍大将
中部太平洋艦隊司令長官
南雲海軍中将
中部太平洋艦隊参謀長
矢野海軍少将
第6艦隊
高木海軍中将
＝
第31軍司令官
小畑英良陸軍中将
第31軍参謀長
井桁敬治陸軍少将
北部マリアナ地区軍団長
第43師団師団長
斉藤義次陸軍中将
第43師団参謀長
鈴木卓爾大佐
北地区隊
独立臼砲第14大隊
独立戦車第3・4中隊
歩兵第18連隊
大場栄大尉
中部地区隊
独立臼砲大17大隊
独立歩兵第316・318大隊
歩兵第118連隊
歩兵第135連隊
木谷敏男曹長
南部地区隊
船舶工兵第16連隊
独立工兵第7連隊
戦車第9連隊
工兵第25連隊
高射砲第25連隊
独立山砲第3連隊
独立歩兵第315・317大隊
歩兵第136連隊

決断力を示していたが、その声はほとんど聞きとれなかった。

「サイパン島の皇軍将校に告ぐ――米鬼進攻を企図してより茲《ここ》に二旬余、在島の皇軍陸海軍将兵、軍属は克《よ》く協力一致、善戦敢闘、随所に皇軍の面目を発揮し、負荷《ふか》の重任を完遂せんことを期せり、然《しか》るに天の時を得ず地の利を占《し》むる能《あた》わず、人の和を以《もっ》て今日に及びたるも、今や戦うに資材なく攻むるに砲類 悉《ことごと》く破壊し、戦友相次いで斃《たお》る。無念七生報国を誓うに暴逆なる進攻依然たり、〝サイパン〟の一角を占有すると雖《いえど》も熾烈《しれつ》なる砲撃下に散華《さんげ》するに過ぎず、今や止《とど》まるも死、進むも死、生死、須《すべか》らくその時を得て帝国男児の真骨頂《しんこっちょう》あり。今米軍に一撃を加え、太平洋の防波堤として〝サイパン〟島に骨を埋めんとす。戦陣訓に曰《いわ》く〝生きて虜囚《りょしゅう》の 辱《はずかしめ》 を受けず〟〝勇躍全力を尽くして従容《しょうよう》として悠《ゆう》久《きゅう》の大義《たいぎ》に生きるを悦《よろこ》びとすべし〟。

茲《ここ》に将兵と共に聖寿《せいじゅ》の無窮《むきゅう》、皇国の弥栄《いやさか》を祈念すべく敵を索《もと》めて発進す、続け」

この訓示は、陸海軍合同のサイパン島守備隊最高指揮官、中部太平洋方面艦隊司令長官南雲《なぐも》 忠一《ちゅういち》海軍中将の名で発せられたものであった。斉藤中将は、この訓示を読み終えると、ほっとしたように一同を見回し、副官に促《うなが》されて静かに腰を下ろした。この訓示のもと、陸海軍全部隊は、七月七日未明、最後の突撃を敢行すると説明された。

木谷は、それから二時間、所属部隊が壊滅してどうしていいかわからなくなって、地獄谷周辺をうろついていた兵隊たちを集めて歩いた。彼自身が属していた大隊自体、一週間前、タッポーチョ山北側の高地で敵の一斉砲撃を受けて壊滅し、彼は、ほんの一握りの部下と地獄谷にたどり着いたのである。地獄谷にはそういった壊滅部隊の残存兵が何百人と谷のまわりをさまよっていた。

彼には、自分が最後の突撃でどんな任務を担《にな》うことになるか、どういう命令系統で動けばいいのか、見当もつかなかったが、ともかく最後の総攻撃を少しでも有効なものとするためには、これらの離隊兵を組織しなければならないはずだということだけはわかったのだ。

木谷の連隊、歩兵第一三五連隊は、アメリカ軍の上陸が始まるわずか三週間前にサイパンに着いていた。中国の荒野で四年戦ってきた彼にとって、サイパンでのこの二〇日ほどの戦闘は、まったく勝手の違う戦場だった。耐えがたい暑さ、踏み分けて進むことも困難で、どこからも水を得られないジャングル、退却に次ぐ退却、熾烈《しれつ》な砲爆撃——すべて、中国戦線とはまるで違った悪条件だった。しかし、今初めて、総攻撃を命令されたのだ。敵に一矢報《いっしむく》いることができるかもしれない。木谷は、所属する部隊がなくなってさまよっている兵隊の間を歩き回って、兵器を持っている者を見ると、立ち止まって訊《き》いた。

「お前はどこの部隊だ？　指揮官は誰か？」

兵隊が、自分の本隊がわからなくなっていると言うと、木谷は、自分の後についてくるように命じた。こうして、彼は、自分の洞窟へ戻るまでに、軍曹一人、伍長二人を含めて三二人の兵隊を集めていた。何人かは弾薬を持っていなかったが、全員、武器は持っていた。がっしりした体格の木谷曹長は、全員の注目を集められるように、みんなより一段高い岩の上に立って言った。

「ただ今より、お前たちの指揮は木谷曹長がとる。わが司令部は、明朝までに起死回生の総攻撃の計画をたてた。各自は、今のうちに、兵器の整備、点検をしておいてもらいたい」

方向を失っていた兵隊たちに、自信を回復したような反応があった。混乱した戦場で、一度部隊と離ればなれになった兵隊は、一般的には、もはや誰かの指揮下には入りたがらない傾向が強かったが、一方では、一人でどうすればいいのかわからない心細さから、強い指揮を求めてもいた。木谷の態度は、この後者の気持ちに訴えたのである。多くの下級指揮官たちが、部下を失って、自分もどうすればいいのかわからずにうろうろしている中で、木谷は、これだけの兵隊を自分についてくるようにしたことにかすかな満足を覚えた。

木谷は、作ったばかりの小隊のことを、新たに入った軍曹に任せると、自分は、最後の突撃でどうすべきかを知るために、もう一度、司令部へ出かけた。

そこでは、戦いに備えての最終的な準備の代わりに、一種の酒宴が進行中だった。ローソクが灯《とも》された暗い洞窟の中で、四人の将官を囲んで、三〇人近い陸海の幕僚たちが、あぐらをかいてすわっていた。下士官たちが、缶詰のカニやイカ、それに酒を配って歩いていた。

洞窟の中央にローソクが二本立ち、その前に新しい白布が敷かれ、白布の上には、サラシに巻いた四振《ふ》りの軍刀が置かれていた。

中央に、中部太平洋方面艦隊司令長官南雲忠一海軍中将、第四三師団長斉藤義次陸軍中将の二人がすわり、その両脇に中部太平洋方面艦隊参謀長矢《や》野《の》英雄《ひでお》海軍少将、第三一軍参謀長井《い》桁《げた》敬治《たかはる》陸軍少将が並んでいた。

木谷には、南雲中将と斉藤中将はわかったが、あとの二人の将官が誰であるかはわからなかった。しかし、四人の前に置かれたサラシに巻いた軍刀やその場の空気から、この将官たちが今から死のうとしているのだということはわかった。

「これはどういうことだ？」と木谷は思った。四人の最上級指揮官が、敵との戦いではなく、こういう形で死を選ぼうとしていることの意味がよくわからなかった。

「閣下たちは、どうしてこんなことをされるんです？」

木谷は、隣りに立っていた人物にそっと尋ねた。暗くて、その人物の階級章は見えなかった。彼は、自分の階級章も見えないことを期待した。

「閣下たちは、サイパンを防御できなかった責任をとって自決されるのだ。それに――」

その人物は、木谷の方を見ないで言葉を続けた。

「年齢的に玉砕の先頭にはお立ちになれないので、まず覚悟を示して、直接の指揮は鈴木《すずき》大佐に任《まか》せることにされたのだ」

木谷が、最後の総攻撃を言い表わすのに〝玉砕〟という言葉を聞いたのは、そのときが初めてだった。木谷は、全身の力が脱《ぬ》けるのを感じた。

明朝未明の攻撃が、決死の突撃であることは知っていたが、今、将軍たちの死の儀式を目《ま》のあたりにして、それが死へ向かうものであることを、改めて痛切に感じさせられたのである。

四人の将官は、背筋を伸ばし、眼を閉じて、直立したような姿勢で正座していた。まず、斉藤が皇居に向かって遥拝《ようはい》すると、他の三名の将官も一緒に遥拝して、また元の姿勢に戻って眼を閉じた。

木谷には、将軍たちが何か祈るように、かすかに唇を動かしたのが見えた。その間、洞窟の中は、なんの音もしなかった。遠い敵の砲弾の音さえ止んでいるようだった。

斉藤中将は、眼を開けたとき、かすかに咳《せ》き込んだ。あとの三人は眼を開けて真っすぐ前を見ただけで、動かないままだった。それから、四人は、前に立っている将校たちに軽く頭を下げた。

それぞれの副官が、正座している将軍たちの後ろへ回って、拳銃を出し、それを下に向けて持った。

ゆっくりした動作で、南雲、斉藤両中将が自分の前の軍刀を取り上げた。あとの二人もすぐにそれに続いた。四人は、注意深くサラシを後ろへ引いた。きらきら光る刃が一〇センチほどむき出しになった。将軍たちは、軍刀の切先を自分の腹に当てると、低いが鋭い声で叫んだ。

「天皇陛下万歳！」

ほとんど同時に、四人が持った軍刀は、それぞれの腹壁を突き破った。一瞬の間を置いて、四人の頭に、副官たちが放った拳銃の弾丸が撃ち込まれた。洞窟の中に、爆発音が響いた。

斉藤中将と井桁少将の身体は、脚に起こった死の痙攣《けいれん》で、右前に倒れた。南雲中将は、膝の上に額を載せた形で、そのまま動かなかった。時に、七月六日の午前十時——。

四人の指揮官の自決は、名誉を尊んで率先範を垂れたものだとは思いながらも、すでに敗北が決まったような気がした。木谷は複雑な気持ちで、自分の小隊へ戻った。

彼は、部下たちに、司令部の洞窟で見てきたことを説明したが、〝玉砕〟という言葉は使わなかった。彼は、攻撃は夜半過ぎに開始されることになろうと述べ、それまで、準備を整え、できれば眠っておくように命じた。

夕刻になり、木谷は、斉藤中将に代わって最後の突撃の指揮をとることになった第四三師団参謀長鈴木卓爾《たくじ》大佐を司令部に訪ねた。彼は、かつて鈴木大佐に仕《つか》えたことがあって、鈴木大佐の指揮で突撃できることに、個人的な喜びを感じていた。

鈴木大佐は、木谷がまだ生きていたことを喜んで、彼を旧友のように迎えた。木谷が、離隊兵を集めて小隊を編成したことを報告すると、大佐は何回も頷《うなず》いて、よくやってくれたと言ってから、眼を光らせて言った。

「木谷曹長、君にしてもらいたいことがある」

大佐は、戸板を横にした間《ま》に合わせの机へ木谷を誘い、サイパン北部の地図を引っ張り出して、「この突撃を効果あるものとするために、ぜひしておきたいことなのだ」と言った。

大佐は、アメリカ軍の最前線と報告されていた位置を図上で示し、山岳地帯からマタンサとタナバクを結ぶ海岸道路まで西に延びている細い地域を指で差しながら続けた。

「木谷の小隊に、この海岸道路から山岳地帯までの敵陣の威力捜索（防衛力の強弱を調べること）をしてもらいたい。それを夜中の一時までに報告してもらいたいんだ」

鈴木大佐の命令は、命令というより懇請《こんせい》に近かった。木谷は、地図を丁寧に調べ、要点を副官がよこした地図に写してから、弾薬を必要としている部下のために、弾薬の供給を求めて、認められた。

小隊へ戻ると、木谷は、部下たちに任務を説明し、どうすればそれを遂行できるか、具体的な状況を描《か》いて説明した。

「この×印が」と彼は分隊長たちに地図を示した。

「われわれが敵の攻撃を誘う地点だ。挑発の発砲をするときには、その前に全員遮蔽物《しゃへいぶつ》を見つけておいて、絶対に応戦してはいかん。敵の応射が静まるのを待って、次の地点へ移る」

「もし、敵が突っ込んできたら、どうするんでありますか？」

伍長の一人が訊いた。

「われわれの任務は、敵の戦闘配備を確かめることであって、戦うことではない。突っ込んできたら、退却するんだ。敵と交戦する機会は、今夜、その後である」

木谷は、自分たちの陣地とアメリカ軍の陣地の中間の空で絶えず燃え上がる照明弾が気にかかった。アメリカ軍は、ある程度一斉射撃を続けた後、必ず陸上の曲射砲と艦砲の両方で照明弾を打ち上げる。それが、付近一帯を白昼のように変えてしまう。それが心配だった。

時間が十分あるわけではない。あたりが闇に包まれるのを待って、木谷は部下を引率して、音を立てないように、闇に隠れながら、南方二〇〇〇メートルに位置しているはずの敵陣へ向かった。

およそ一〇〇〇メートル南下して、丘陵地帯から平野部に変わるところで、木谷は部下に合図して、全員で、アメリカ軍陣地と思われる丘へ向かって一斉に射撃した。

ただちに機関銃の掃射があった。彼らは、わずかな起伏の陰にじっと伏せ続けた。頭上で照明弾が炸裂《さくれつ》しだし、迫撃砲が数発撃ち込まれた。木谷は、身を横にひねって、誰も、それ以上挑発するような動きをしていないことを確かめた。

じっと動かずにいるうちに、照明弾の間隔は遠くなり、砲撃は止んだ。木谷は、部下たちに合図すると、匍匐《ほふく》のまま、次の×印地点へ向かった。

海岸道路からわずかに二〇〇メートルの地点へ侵入するまで、木谷たちは、敵を三回挑発し、三回機関銃と小銃の射撃を受けた。それによって、木谷は、射撃がいつでも右と左の丘の上からで、丘の間からはないことを発見した。丘の間隔はおよそ二〇〇メートル、この間には陣地はないと判断できたが、木谷は念のため、部下二名を連れてさらに一〇〇メートル前進して、丘の間には陣地がないことを確認した。

これは貴重な情報になるはずだった。彼は、まわりの地形を頭に刻み込むと、照明弾が止むのを待って、ほとんど匍匐で地獄谷へ引き返した。途中で人員を確かめると、迫撃砲で三名負傷し、最初の掃射で二名殺されていた。

木谷が司令部の洞窟へ入って行くと、鈴木大佐は幕僚たちと会議をしていたが、大佐は会議を中断して、木谷の報告を聞いた。

「米軍の陣地は、ここところにあります。いずれも機銃陣地です」

木谷は、地図を示して続けた。

「ただし、この二つの丘の間の約二〇〇メートルの間に陣地はありません」

鈴木大佐は、木谷のがっしりした肩をたたいて労をねぎらうと、木谷にそこで待っているように言い、幕僚たちの方を向くと、さっそく、木谷の情報を入れて、説明しだした。

「目標をこの二つの丘の中間に置く。ここを突破して、一気にタナバクの砲兵陣地を蹂躙《じゅうりん》する。それができたら、そこで態勢を整えてガラパンへ向かう。前進開始の時間は――」

大佐は時計を見て続けた。「今から一時間半後、午前三時とする」

大佐は、幕僚たちが命令を伝えるために洞窟を出はじめると、改めて木谷の方を見て言った。

「木谷曹長、君の小隊は、部隊本部の前を前進してくれんか。攻撃部隊の道案内になってもらいたいんじゃ。ご苦労じゃが頼むぞ」

木谷は、直立不動の姿勢をとって「ハイッ」と答えたが、大佐が、単に曹長に対してというよりも、若い友人に対するような話し方をしたのに、ジーンとするような感激を覚えた。

しかし、自分の小隊へ戻りながら、これほどに期待される自分の小隊も、けっして十分に組織されているとは言えない兵隊の群れであることを考えて、これで成功の見通しがあるだろうか、と考えざるを得なかった。

彼が、天皇陛下の名のもとに、祖国のため命を捧げる覚悟をしたのは、これが初めてではなかった。しかし、勝利がほとんど見込めないまま戦うのは、初めてだった。かつて中国の戦場で、きわめて不利な戦況に陥《おちい》ったことはあった。しかし、これほどに圧倒的な、死以外には考えられない戦力の差を承知して戦ったことはなかった。彼は、この突撃に参加する兵士の半数以上が、武器を持っていないことを知っていた。持っている場合でも、棒の先に銃剣を縛《しば》りつけているだけのものが少なくない……。

木谷は、自分はおそらく最初に死ぬ一人になるだろう、と思った。しかし、一人でも多くの敵を斃《たお》してやる。それが、わが祖国への自分の務《つと》めだ。今、わが軍の装備を考えてもどうしようもない。それしかない、と自分に言い聞かせた。

午前三時少し前、木谷の小隊に前進命令が届いた。木谷は、敵前一〇〇メートルまで隠《おん》密《みっ》に前進し、そこで、突撃命令を待つことにした。

しかし、一〇〇メートルも進まないうちに、鈴木大佐自身と二人の副官が追いかけてきて「前進速度を落とせ」と命じた。ほかの部隊はまだ編成中だということだった。木谷は、改めて、前進命令が出るまで、そこで停止して待つことにした。

前方数百メートルで炸裂《さくれつ》した照明弾が、鈴木大佐の顔を映し出した。木谷は、大佐の顔がふだんと変わらず、少しも動じていないのに感銘を受けた。差し迫っている死にたじろぐことなく、いかに敵に打撃を与えるかにのみ心を向けているのだ。木谷は、自分もそうなっているだろうか、と思った。

間もなく、後続部隊を点検に行った副官が戻ってきて、前進準備が整ったことを伝えた。

「よし、前進開始！」

木谷は、小隊を引率して、前よりもゆっくり前進し、間もなく道からはずれて、敵の前線と日本軍の前線の間にあった灌木《かんぼく》地帯とサトウキビ畑の中を静かに進んだ。照明弾が散発的に炸裂して、ときどきあたりを明るくしたが、敵が日本軍の接近に気づいている気配はなかった。

照明弾の明かりで、二つの小高い丘がくっきり見えたとき、鈴木大佐は、木谷に、改めて合図するまで攻撃を待つように命じて、本隊へ戻った。


ついに、後ろの方のどこかから、突撃を合図する拳銃の音が鳴った。湧き上がる喚声を耳に、木谷は飛び上がるように立ち上がると、暗闇の中を疾走した。彼の後ろから、一五〇〇名の兵士が突撃していた。サイパン島一つを奪うことがいかに困難か、敵に思い知らせる最後の突撃だ。銃剣をつけた小銃を小脇に前かがみに走りながら、木谷は、自分のまわりというまわりで、弾丸が飛び、榴弾が炸裂するのがわかった。しかし、まだ一人のアメリカ兵も見えなかった。

右足が何か柔らかいものの上に乗って、誰かの手で脛《すね》をつかまれた。彼は危うく倒れそうになったが、よろけながらも、つかまえられた足の方に向き直り、足元の近くを銃剣で突いた。そして、足をつかんでいた力が緩《ゆる》むと同時に、足と銃剣を引いた。

今や、敵の姿が見えないのは、まわりにあるタコツボ壕の中にいるためだとわかった。彼はそれに用心して前進した。すぐ近くで銃口から吹き出る火花が散って、彼は一瞬眼がくらんだ。発射された弾丸が彼の左腕の下を通って脇腹をかすめた。即座に、彼は小銃を下へ向け、火花の出たところを撃つと同時に、銃剣の先が何か金属的なものをかすめ、肉体に食い込むまで突進した。

首を振り振り、前方の大地に注意を配りながら、彼は、息が切れそうになるのをこらえて、走り続けた。

突然、頭の真上といってもいいところで照明弾が炸裂し、暗闇だったあたりに黒と白の輪郭《りんかく》が浮かび上がった。別の照明弾の光で、まわりを動き回る影が映《うつ》し出された。その瞬間、木谷は、近くにあった木の幹に身体を押しつけて隠れた。突然眼の前が明るくなったことに勢いを得た彼の小隊の兵隊たちが、突撃の足を速めているのが見えた。しかし、危ない！　と叫ぶ間もなく、ほとんどの者が、塹壕《ざんごう》から撃ち出される敵の銃火でバタバタ倒れていった。

木谷の頭に〝全滅〟という言葉が浮かんだ。彼は、自分もここで死ぬだろうと思った。しかし、死ぬのは、もっと大勢の敵兵を倒してからだ、と彼はしきりに自分に言い聞かせた。

爆発音と叫び声は、ますます激しくなっていた。アメリカ軍の迫撃砲が、一〇メートルほど先から、ほとんど零《ゼロ》距離射撃で、数秒の間も置かぬ速さで規則的に発射され、それが、彼の後ろから来る日本兵に榴霰弾《りゆうさんだん》を浴びせていた。

木谷は、持っていた三つの手榴弾の一つを取り出すと、安全ピンを外《はず》して、迫撃砲の後ろに見えたヘルメットに向かって投げつけた。さらに彼は、頭の上で榴霰弾が爆発しているのものともせず、一台のジープに引かれてのろのろと走りはじめていたトレイラーに向かって突っ走り、追いつくやいなや、トレイラーの蔽《おお》いを引き上げ、もう一発、手榴弾を投げ込んだ。

それからさらに二〇メートルぐらい走ったとき、彼は、眼の前が真っ赤になり、身体が宙に浮くのを感じた。二トンの榴霰弾が彼の至近距離で爆発したのである。熱い衝撃が広がる感じとともに、意識が遠くなっていった。しかし、彼は、爆風でそばにあった穴の中へ放り込まれただけだった。

彼は意識を失って倒れたまま動かなかったが、穴に守られて、ほかには傷を受けなかった。彼が意識を取り戻したのは、何かわけのわからない叫び声を聞いたときだった。痛みをこらえながらやっと身体を起こし、穴から出ないように身体を低くしてまわりを見ると、周囲はアメリカ兵ばかりだった。トレイラーから上がる炎があたりを照らしていた。後ろの方で声を嗄《か》らして叫んでいる日本語の命令が聞こえた。そっちを見る間もなく、その付近から悲鳴が上がった。時限信管つきの榴弾が、突撃してくる日本兵に壊滅的な打撃を与えていた。

木谷は、急いで小銃に弾丸をこめると、全力を振りしぼって、穴から躍《おど》り出た。しかし、四歩も走らぬうちに、身を翻《ひるがえ》して木陰に飛び込まなければならなかった。一〇人を越《こ》す敵兵が、彼の方へ走ってきたのである。彼は、狂ったように、手許に残っていた手榴弾を木の幹にたたきつけて信管を外した。導線が燃える時間は七秒である。彼は、その時間ぎりぎりまで手に持ってから、それを走ってくるアメリカ兵に向かって投げつけた。それが、近づいていたアメリカ兵の真ん中で爆発した。彼の耳の中ではその爆発音が響いていたが、敵がひるんだ隙に、彼は、銃を腰に構えて撃ち続けながら、突撃を再開した。

息も切れぎれに、一刻も早く自分の生命を終わらせてくれる敵弾を待ち望みながら、彼は、ひたすら突進し続けた。と突然、眼の前に黒い影が現われた。かすんで見えたが、それは彼の眼がうつろになっていたからかもしれなかった。本能的に、彼は、敵の身体を貫き通せとばかり、体重をかけて銃剣を突き出した。ところが、強い衝撃ではね返され、彼は歯をきしらせた。そのとたん、銃剣が折れ、はずみで、彼は頭から何か金属に激突して倒れた。頭がガーンとなって、すぐには身体を起こせなかったが、やっと上体だけを起こすと、ペタッとすわった姿勢で、彼は恐るべき敵の方を見た。

しかし、そこには、敵の姿は見えなかった。照明弾が光り、戦闘の騒音が聞こえるだけだった。おれをたたきのめした敵はどうしたのだろうか。狐につままれたような気持ちであたりをうかがい、気がつくと、彼は大きなトラックのタイヤに寄りかかっていた。彼が敵だと思った黒い影は、低空で炸裂した照明弾に照らし出された彼自身の影だったのだ、としだいにわかってきた。しかし、もう疲れ果てて動けなかった。彼は、ぼんやり後方で聞こえる戦闘の音に聞き入っていた。が、そうしているうちに、ふと、それがどうしてはるかに後ろの方で聞こえるのだろうと思った。自分は敵の前線を越えて、その後ろに出てしまったのだ！ そのうち、彼は、照明弾の光が薄れてきたのに気づいた。寄りかかっていたトラックの向こうから、夜が白みはじめていた。敵の前線とぶつかっている戦友たちのところへ戻ろうと思った。しかし、続いていた戦闘の音も、もう消えそうになっていた。もう戻ってもどうにもならないとわかった。どうすればいいのだ。自分は死に損《そこ》なってしまった……。

薄明るい光の中で、何台ものトラックやジープが止まっているのが、彼に見えてきた。タッポーチョ山を囲むいくつもの丘の黒い輪郭《りんかく》が東の空にくっきり浮かんでいた。敵に見つけられることも気にしないで、がっしりとした木谷曹長は、立ち上がると、上の方に広がっているジャングルに向かって、静かに歩き出した。

3　行　軍

――昭和十九年六月

死にかかっている兵隊のうめき声が、洞窟の中で絶え間なく続いていた。左の顎《あご》の一部と耳を削《そ》ぎ取られた兵隊の声だった。大場大尉は、洞窟の入口にしゃがみ込んでいたが、首を回して、薄暗い洞窟の中をうかがうように見た。洞窟の中には、一〇人以上の負傷者が、間に合わせの担架《たんか》の上や地べたに横たわっていた。大部分の者は意識があって、なんの声も出していなかった。

四人の衛生兵と一人の軍医が、この洞窟と、一〇メートルほど離れたところにあるもう一つの、ここ以上に多数の負傷者を収容している洞窟を掛け持ちしていた。負傷者のほとんどは、その日一日生きられそうもなかった。

大場の指揮下には、まだ一二〇人の兵隊がいて、それぞれ仕事を分担していた。何人かは、崖下の廃墟になった家の貯水槽から腐っている水を汲んできては沸《わ》かしていた。そうすることによってしか、飲み水は得られなかったからだ。そのほかの者の半分は、周辺の哨戒に当たり、後の半分は歩哨勤務交代のために寝ていた。

大場は、かすかに、南の方で砲弾が爆発する音を聞いた。彼は、そこまでの距離がどのくらいあるのか判断しようとした。洞窟の入口はその方向を向いていたけれども、渓谷の南側に立っている崖が、島の上の空を蔽《おお》っている煙以外何も見えないように、視界をさえぎっていた。

彼は名前を呼ばれて、洞窟の方を振り返った。石川賢次《いしかわけんじ》軍医が、動かない人影の一つを指して、「また一人です」とだけ言った。高い頰骨が目立つ、やつれ果てた石川軍医は、かつて東京の病院の医師だった。今、彼の専門知識は、銃砲によって切り裂《さ》かれたり砕《くだ》かれたりした兵士たちの生命を生き延びさせるためにだけ、酷使されていた。

大場は、衛生兵の手助けをしていた部下の二人に合図をした。二人は、その死者の身体を抱《かか》え、半分引きずって、洞窟の入口まで運んだ。大場は洞窟の外に一歩踏み出して、上空を調べ、航空機の気配がないことを確かめると、二人に、五〇メートル離れたところにある溝《みぞ》に死体を運ぶように命じた。そこが、死者たちの集団墓地になっていたのである。風向きの加減で、大場の鼻孔に、吐き気がするような死臭が運ばれてきた。すでに一三体が窪みの中に重ねて横たえられ、それぞれ薄く土がかぶせられていた。自分の最後の休息所もあそこになるのではないかという思いが、彼の頭をかすめた。

大場は、木の箱にすわって煙草を喫《す》いながら、患者たちを見つめている石川を振り返った。

「少しは休んだほうがいいぞ。疲れで、貴公が倒れたら、われわれはお手上げだからな」

「自分が参っているのは疲れじゃなくて苛立《いらだ》ちですよ」

石川は、傷を負っている兵士たちから眼を離さずに答えた。

「われわれは衛生隊ということになっているが、負傷兵を手当てする薬品も器具も持っていないんです。われわれはまだ誰一人米兵を見ていないっていうのに、もう部隊として満足に働けないのが実状じゃないですか？　これはいったいどういう戦争なんです？」

大場は、士気沮喪《そそう》している軍医をまじまじと見た。軍医の言葉は、戦うことに疑問を示すようでさえあった。しかし、この軍医が、こんなにも意気消沈しているのは、薬品や器具がないためにむざむざとあまりにも多くの生命を失ってきたからだ、と大場には理解できた。大場と石川――二人は三月に朝鮮を出航して台湾沖で船を沈められた第一八連隊の数少ない生き残り将校だった――は、多くの生命を奪った苛烈な試練に耐えてきた者同士が持つ一種の引力で、二人は互いに引きつけられていた。大場が指揮していた衛生隊の八人の軍医のうち、生き残ったのは石川だけだったのである。衛生隊といっても、軍医は彼一人、ほかに医療の心得がある者といえば衛生兵の渡辺《わたなべ》伍長がいるだけだった。

大場は、煙草をもみ消して残りを銀のケースにしまいかけていた軍医に、同情する言葉を掛けようとしたが、はっきりした言葉にはならなかった。彼は改めて何か励ます言葉を言おうとした。そのとき、洞窟に通ずる岩の斜面をよじ登ってくる音が聞こえた。

拳銃を引き出して、彼は急いで入口へ向かった。岩を登ってきたのは、岩崎《いわさき》軍曹だった。本部へ派遣していた命令受領のための下士官である。

岩崎軍曹はあえぎながらも、腕をぴんと張って敬礼した。

「隊長殿！　命令です」

「ご苦労」という大場の言葉を待って、岩崎は、革の図嚢《ずのう》から通信紙に筆記した命令文を出し、いつもしているように読みだした。

しかし、大場は、岩崎が読むのを待っていられなかった。彼は、「見せろ」と手を出して通信紙を受け取り、素早く内容に眼を走らせた。

北地区警備隊は、その警備を撤収《てっしゅう》し、明払暁《ふつぎょう》までにドンニイ北側へ集結せよ、というものであった。チャランカノア南北の両海岸にアメリカ軍が上陸したときから、大場の隊は北地区警備隊に属し、主戦場からは遠い北部にいてただ爆撃、砲撃だけを受けていた。

しかし、敵はすでに、西海岸ではタッポーチョのわが防御線を破り、東海岸では、サイパン中央部の半島ハグマン半島を占領したと聞いていた。ドンニイへということは、いよいよ第一線である。

大場は、命令文を読みながら、彼が記憶しているサイパンの地図を思い浮かべた。彼は、島の東側へは行ったことはなかったが、どの道を行けばいいかはただちにわかった。

ドンニイには、弾薬、糧秣《りょうまつ》、資材の集積所があるし、サイパン島最大の水源地がある。そこを確保しようということだと理解できた。

命令は、北地区警備隊長花井《はない》少佐の名で発せられていた。

第一線への進出は、待ちに待っていたことだった。しかし、北地区警備隊と呼ばれていた部隊には、大場の衛生隊のほかに独立臼砲《きゅうほう》第一四大隊、独立戦車隊第三、第四中隊がいたが、いずれもアメリカ軍上陸の直前、サイパンに到着する前に船を沈められて、臼砲や戦車をすべて失い、なんにも武器を持っていない部隊だった。

したがって、わずかでも全員小銃を持っている大場の衛生隊は一番ましだったのである。それで圧倒的な火器を持っているアメリカ軍とどうやって戦えるのかと思うと、大場も、勇躍という気持ちにはなれなかった。ただ、第一線に出ずに後方にいるまま死にたくはなかった。これでやっと死ねるという気持ちだった。

「当番!」

大場は、待機していた部下の一人に怒鳴《どな》るように言った。

「伴野少尉を呼んでくれ」

そう言ってから、彼は、命令文を石川に見せた。

伴野少尉は、満州時代からずっと大場の第一の部下だったが、部下というよりも最も深く結ばれている戦友といったほうがよかった。二人は、乗っていた船を沈められ、そのために起こった石油の炎上で同じように火傷《やけど》し、サイパンへ着いたばかりのころ、同じところで療養生活を送った。そのころの大場の気持ちを最もなごませてくれたのが、伴野少尉のユーモアだった。

その伴野少尉が来て、格式張った敬礼をした。しかし、眼は、いつものようにいたずらっぽくきらきらしていた。

「伴野少尉、いよいよ第一線へ進出だぞ。今夜、ドンニイへ向かうことになる」

伴野は微笑んだ。

「やっときましたね。われわれは歩兵として行くんですか？　それとも衛生隊として行くんですか？」

「ある程度両方だろう。だが、向こうへ着いたら、おそらくもう患者収容の必要はあるまい。歩兵として攻撃に参加することになるだろう」

満州で一緒に戦ってきた二人は、自分たちが訓練を受けてきた戦闘に参加できるのを喜んでいた。サイパンへ向かうとき――大場の部隊は本当はグアムへ向かったのだが――衛生隊の任務を与えられたことを、二人はけっして歓迎していなかった。やっと、戦闘の音を聞くだけの満たされない日々が終わるのだ。二人は示し合わせたように相手を見て、かすかな笑《え》みを交《か》わした。

大場は伴野に命令文を見せた。そして、一緒に地図を調べ、およそ八キロの行軍の計画を立てた。

計画が終わると、大場は、高林《たかばやし》准尉《じゅんい》、尾藤軍曹、石川軍医、杉浦《すぎうら》医療班長を呼んで、命令を伝えた。

「第一線の状況はよくわからないが、敵はドンニイに侵入した模様である。北地区警備隊は、明払暁《ふつぎょう》までにドンニイ北側に集結し、この敵を攻撃する。隊の出発は、今夜の十二時とする。よいな。それまでに準備を整えよ。携行食は二日分。動けない患者たちには下士官一名と衛生兵二名を残していく。出発まで、兵たちをできるだけ休ませておくようにせよ」

必要な指示を終えると、大場は、兵隊二名を連れて地形調査に出た。まず、谷の反対側の山を頂上まで登ると、そのまま真《ま》っすぐ一〇〇メートル先の丘まで行った。そこからは、タッポーチョ山の斜面を蔽《おお》っている煙と、その中でひっきりなしに起こる爆炎が見えた。タッポーチョ山の南側斜面でも、まだ戦闘が続けられているということだった。地図を見なくても、ドンニイは、彼が立っている丘のすぐ南に位置することはわかった。ドンニイ方面でも砲声が続いていた。敵がドンニイに迫っていることは明らかだった。あそこへ向かうのだ。とそこへと続く道の方を眼で追いながら、大場は、ついに敵に遭《あ》うことができる満足を感じていた。

午後十一時半、大場指揮下の各小隊は集合を終わった。最も本部近くに集まった高林准尉の小隊に、高林は、行軍の目的を、ドンニイ救援のためだと告げ、〝戦陣訓〟を奉誦《ほうしょう》させていた。高林が最後に「お前たちの生命はおれがもらった」と告げている声が、大場の胸にも、妙な気負いではなく実感として響いた。

木の葉を漏れるかすかな光の中で、大場の軍刀がキラリと光った。

「付け剣《けん》！」

「捧《ささ》げ銃《つつ》！」

はるかに皇居を遥拝《ようはい》し、続いてそれぞれの父母や妻子、兄弟に別れを告げると、部隊は、静かに動きだした。

半月が厚い雲にさえぎられて、かすかな明かりを漏らしていただけだったが、四キロメートル南のタッポーチョ山の上で間断なく光る照明弾が、夜道を照らす明かりになった。

彼らは、基地の二キロ南にあった東西に走る道路を横切った後、タッポーチョにつながる鋸《のこぎり》の歯のような尾根に沿う山道をたどった。その道を反対の方向へ向かって、戦闘の残骸のような人たちがぞくぞく続いていた。幼児を背中に、二人とか三人の泣きわめく子どもたちの手を引く女の姿も少なくなかった。道端にぺたっとすわって、自分の上半身が露《あら》わになっていることも忘れたように、呆然とただ人々の行列を見つめている若い女性もいた。ぞくぞく続く人の波の中には、武器を持っていない兵隊や負傷兵たちもいて、遠くの照明弾が彼らの無表情な顔を映し出していた。

島の南端から発射されているらしい巨大な砲弾が、彼らのまわりで、ところ構わず轟音を立てて落下していた。特定の目標を狙《ねら》っているものではなく、ただ日本軍を脅《おびや》かすために撃ち続けられている砲撃だった。大場たちは、それは無視していた。しかし、二度、衝撃波を顔に受ける至近距離での爆発があり、鋭い音で風を切る金属の塊りが下の谷へ落ちていった。

午前二時、彼らは、再び島の東西を結ぶ幹線道路を横切った。そこで、大場は、部隊を止めて、小さな懐中電灯で地図を調べた。そこから南東へ向かって、ジャングルに蔽《おお》われた傾斜地を下っていけば、ドンニイのすぐ北の集合地点へ出るはずだった。大場は、部隊を分散待機させると、他の部隊との連絡を確保するため、尾藤軍曹ほか二名を斥候《せっこう》に出した。

間もなく、尾藤軍曹たちは戻ってきたが、「臼砲《きゅうほう》大隊と戦車隊は、およそ二〇〇メートル先の峡谷にいますが、花井部隊本部とは連絡が取れませんでした」ということだった。

大場は、ここまで来たら、他の部隊と合流したほうがよいと考え、部隊を臼砲大隊がいたという峡谷へ向かって前進させた。すると、危うく踏みつけてしまいそうなところに、臼砲大隊が縦隊でじっと伏せていた。

大場が、連絡のために前の方へ歩いて行くと、前の方から指揮官らしい人物が歩いて来た。おそらく、それが臼砲大隊の大隊長だと思われたが、実際には、暗くて顔も階級もわからなかった。その指揮官らしい人物は、ただ「花井部隊本部がまだ来ていない。私のところから連絡将校を出しているが、貴官のところからも出して欲しい」と要請した。

しかし、大場は、間もなく夜が明けるのに、今、連絡将校を出してもしようがないと思った。夜が明けたら、一切の行動は封じられる。そうしたら、将校を一人手離すだけになってしまう。それよりも、夜が明けたとき困らぬような準備をして待機すべきだと思い、要請には従わなかった。

午前四時までに、大場は、——あまり木が生えていないのが心配だったが——その峡谷でできるだけの陣地編成をした。南の台地に歩哨を立て、峡谷の中心部で、高林の小隊に

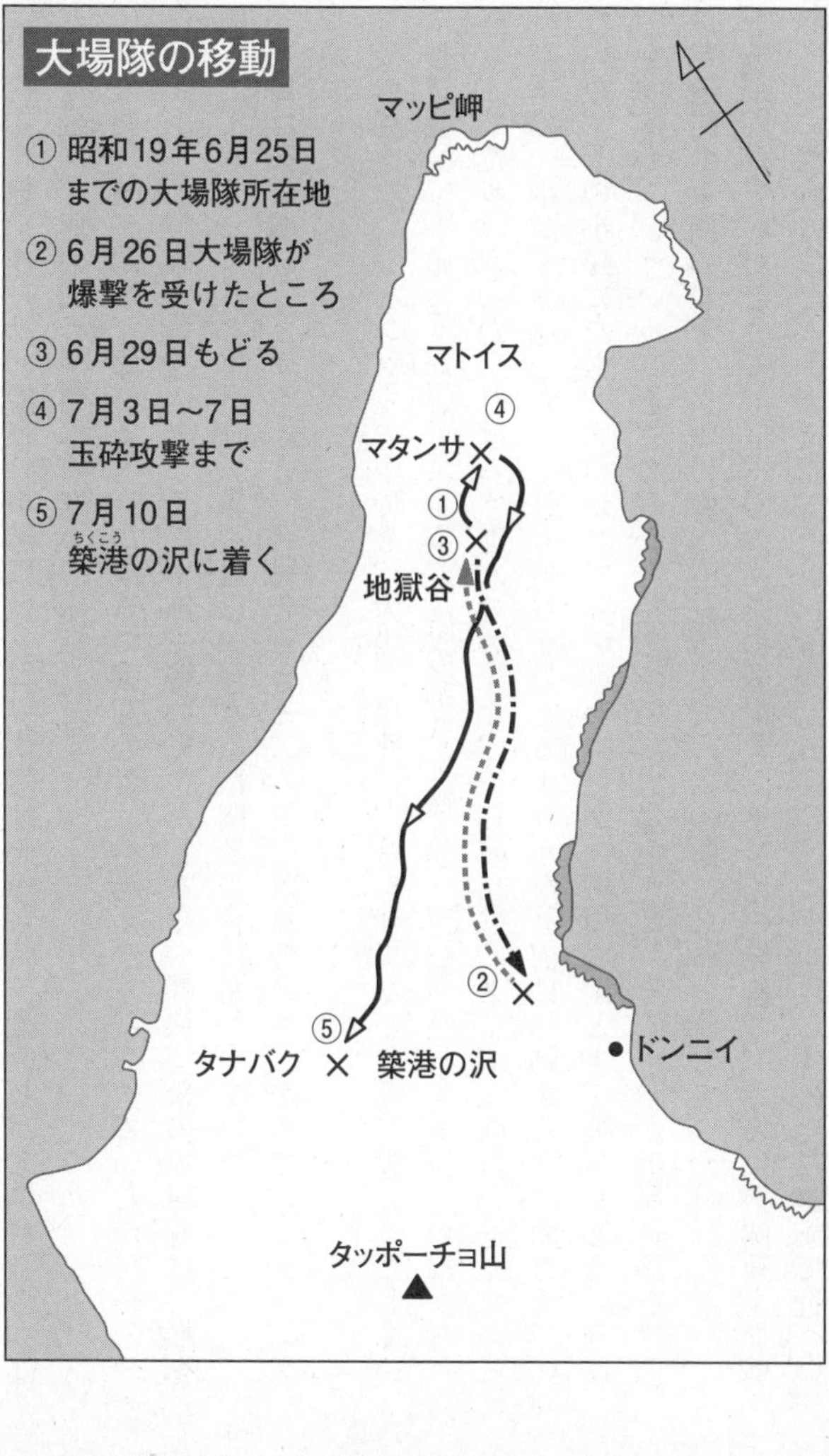
大場隊の移動
① 昭和19年6月25日
までの大場隊所在地
② 6月26日大場隊が
爆撃を受けたところ
③ 6月29日もどる
④ 7月3日〜7日
玉砕攻撃まで
⑤ 7月10日
築港《ちくこう》の沢に着く
マッピ岬
マトイス
マタンサ
地獄谷
①
③
④
②
⑤
タナバク
築港の沢
ドンニイ
タッポーチョ山

は、掩体《えんたい》陣地を作らせ、伴野の小隊にはタコツボ陣地を作らせて配置し、大場自身の本部と医療班は北側の山の洞窟に陣取って休息した。

その間、絶え間なく聞こえていた両軍の戦闘の音は途絶えがちになっていたが、一〇〇〇メートルと離れていないところで甲高《かん》く響いていた日本軍の軽機関銃の連射音は、喉《のど》を鳴らして吠えるようなアメリカ軍の三〇口径水冷機関銃の音に変わっていた。

大場は夜が明けるとすぐ起きて、尾藤軍曹と二人で、敵陣の方へ広がっているジャングルの中へ入った。

姿の見えないジャングルの中でも、大場と尾藤は、音を立てないように動こうとしていたし、数メートルごとに立ち止まって敵の動きを探るために聞き耳を立てていたから、遅々《ちち》とした歩みだった。しばらく進んでいくと、彼らの一〇〇メートル前方を進んでいる日本軍の一小隊を発見した。それも彼らが見えるよりかなり前に移動する音が聞こえていたのだ。その小隊になら、気づかれてもいいわけだが、気づいたとき、彼らがどういう反応をするか、どういう音を立てるかわからない。大場たちは、その小隊が海岸道路を横切って道路の東側のジャングルの中へ消えるまで、岩の陰にじっと隠れていた。

彼が隠れていたところでは、敵の小銃の発射音、迫撃砲の発砲音、さらに機関銃を発射している振動音までが聞こえた。それは敵が、五〇〇メートル足らずのところまで近づいて来ているということだった。さらに様子が見えるところまで進むと、日本軍の陣地へ向かって赤と青の弧を描いて飛んでいくアメリカ側の曳光弾《えいこうだん》も見えた。また、前方のジャングルで、二度にわたって黒い油煙が凄《すさ》まじい勢いで立ちのぼるのも見えた。アメリカ軍の火炎放射器が火を噴いていたのである。

しかし、自分たちが編成した陣地はさし当たって敵からの攻撃の対象になりそうもないことを確認して、大場と尾藤は陣地へ戻った。

ところが、陣地へ戻って間もなく、単発機の高い爆音が突然聞こえてきた。見上げると、フロートをつけた複葉機が一機、頭の上を通り過ぎるところだった。発見されたかな、という懸念《けねん》が大場の頭の中をかすめた。しかし、考えている間もなく、その飛行機は、急旋回したと思うと、彼らの頭の上二〇〇メートル足らずの高さまで急降下し、そこから翼を翻《ひるがえ》して弧を描くように南へ飛んで行った。

「壕へ入れ！」

大場は、やはり爆音を聞いて上を見上げていた兵隊たちに叫んだ。まずいことになった。なんらかの攻撃を受けることになりそうだ、と感じたが、下手《へた》に動いたらかえって敵の攻撃に対応できなくなる。ほかの指示は出せなかった。

数分後、同じ飛行機が、今度は、前よりはるかに高い高度で戻ってきて、大場隊の頭上を旋回しはじめた。

何がくるのか？　と考える間もなく、三機編隊の爆撃機が上空に現われた。先頭の一機がキーンと鼓膜を裂《さ》くような鋭い金属音を立てて急降下してきたかと思うと、今度はそれ以上に鋭い金属音を立てて急上昇した。ほとんど同時に、凄まじい轟音と地響きがして、谷いっぱいに岩や土が舞い上がる。続いて次の一機が同じように急降下し急上昇して、同じような爆発を引き起こす。さらに次の一機もそれを繰り返す。それで三機の爆撃は終わったはずだが、その後も、次々に編隊が来襲し、谷の中は立て続けに爆撃された。

大場自身は、指揮班、医療班とともに、北側の山の中腹の洞窟に入って、壁にしがみついていた。爆弾が投下されるたびに、洞窟自体が激しく揺れ動く。ときに鋼鉄の破片が飛び込んできては、洞窟の壁に突き刺さる。すでに死は覚悟していたわけだが、こういう形で受身になると、恐怖に耐えるだけで精一杯だった。

しかし、その状態が続くうちに、大場は、恐怖を押しのけて怒りのようなものがこみ上げてくるのを感じた。

これは戦いではない、と彼は心の中でつぶやかずにいられなかった。手一本足一本外へ出せない状態で、どうして戦いだといえるだろう？　怯《おび》えた子どものように、ただすくんでいることが名誉ある行動になるわけはない。しかし、外へ踏み出ても、戦うことはおろか、敵を見ることもできずに死ぬことは目に見えている。犬死にしかならない。戦いの真髄は、名誉の追求にあるのではないか、と彼は考えた。男はそこで自分自身を証明するのだ。勝つことができれば、勝利の栄光を得ることができる。しかし、たとえ死んでも、敵に相応の被害を与える戦いをしてからなら、名誉ある死だといえるだろう。

しかし、これは戦いではない。一方的な虐殺ではないか。大場は、どんなことをしてでも、部下たちを兵士として戦える立場に立たせなければならない、と思い続けた。それまでは死ねない、それまでは部下たちを死なせられないと……。

耳をつんざくような轟音、目もくらむ閃光《せんこう》、焼けつく金属が跳ね回る音の中で、大場は部下の悲鳴を聞いたように思った。まわりを見ようとしたが、洞窟の中は砂埃《すなぼこり》で何も見えない。彼は、改めてその中へ呑み込まれていくような恐怖を感じた。今度は、うめき声が聞こえた。しかし、彼には、それがどこから聞こえてくるのか確かめられなかった。しだいにまわりの空気が澄んできたとき、大場にはやっと、洞窟の中を見えなくしていたのは、直前の爆弾だとわかった。

爆弾は、まだ谷間を揺り動かし続けていたが、大場は身体の震《ふる》えを抑《おさ》えて、うめき声が聞こえるほうへ這って行った。かすかな光の中で、うめいている兵隊の影が見えた。彼はその兵隊に手を伸ばした。すると、彼の手に、兵隊の腸から突き出ていたまだ熱い金属片がぶつかった。靴ぐらいの大きさだった。どうすればいいか、大場が考えようとしたとき、うめき声は途絶えた。

大場は、ゆっくり、自分がうずくまっていた細い溝のようになった窪みへ這い戻った。改めて、安全圏に身を置いて日本軍を攻撃し、殺すだけで、兵士として戦おうとしない敵を呪《のろ》った。卑怯な奴らだと思うが、それに対して自分たちは閉じこもっているしかない。その口惜《くや》しさが新たにこみ上げてきて、外へ飛び出したくなったが、彼はそれを必死にこらえていた。

爆撃が終わったのは、正午過ぎだった。しかし、それで敵の攻撃が終わったわけではなかった。上空に飛行機がいなくなると間もなく、突然、何十発もの砲弾がところかまわず炸裂しだしたのである。

大場は、上空に飛行機がいなくなったのを知ると、すぐ洞窟から出て、部隊の損傷を調べようとしたが、あわてて身体を引っ込めた。どこで発射しているのかまったくわからなかったが、少なくとも十数門の重迫撃砲による連続砲撃が続いた。

洞窟の入口に伏せて見ていると、伴野少尉のタコツボ壕に砂塵がもうもうと上がったのが見えた。大場は「しまった！　伴野の隊は全滅だ！」と思った。

この砲撃は夕方五時ごろまでに終わったが、そのときまでに、大場がここまで率《ひき》いてきた兵隊の半数以上が戦死していた。大場がやられたと思った伴野の小隊は、その装備がほとんど使いものにならなくなってはいたが、かろうじて全滅は免《まぬが》れていた。しかし、高林の小隊は、掩体陣地に爆弾の直撃を受けて、二一名全員が跡形《あとかた》なく粉砕されていた。高林の「お前たちの生命はおれがもらった」という言葉は、まさに事実になってしまったのだ。石川軍医のずたずたに引き裂かれた死体が、彼が安全なところへ移そうとした兵隊の隣りに横たわっていたのも無残だった。

日が暮れかかって間もなく、一人の軍曹に率いられたおよそ四〇人の部隊が、峡谷の上の山から大場たちの陣地跡に近づいてきた。ほとんどの者が、普通の戦場だったら入院させられて当然のような傷を負ってあえぎあえぎ歩いていたが、彼らは、谷を根こそぎひっくり返したようなアメリカ軍の攻撃の跡を見て呆然としていた。左手に血のにじんだ布を巻いていた軍曹は、大場の前へ来て敬礼すると、自分の名前を飯島《いいじま》と名乗った。

「なぜ、お前たちは退却するのか？」

敵に遭《あ》うこともなく殺されそうになったばかりの大場は、敵前から退《しりぞ》いてきたらしい彼らに、本当に腹が立った。彼は、怒りを顔に表わして尋ねた。

「われわれは、マタンサへ移動せよ、という命令を受けたのであります」

疲れきった表情ながらも、背筋を伸ばして軍曹が答えた。

「一三六連隊は、そこで反撃を計画しております。われわれは、それに合流するのでありま す」

彼は、マタンサと二キロと離れていないところからここまで行軍してきたのだ。しかし、そんな反撃のことは何も聞いていない。それどころか、そこから南下せよ、と命令されてここへ来たのだ。いったい、どういうことなのか？　大場にはわけがわからなかった。

「敵は、どのへんまで接近しておるのか？」彼は、とにかく状況を確認しようとした。

「南五〇〇メートルです」

軍曹は答えた。

「しかし、敵はすでに、このすぐ東の低地を占拠しました。明日になったら、われわれは包囲されます」

それに間違いはなさそうだった。ドンニイ北側へ集結する当初の攻撃計画が挫折したことは、花井部隊本部が到着しない今となっては、明らかだった。どうすべきか？　大場は、とにかく飯島軍曹が連れてきた兵隊たちに、隊の食糧を分けてやるように指示した。彼らは、三六時間何も食べていないということだったからである。間もなく、臼砲大隊の大隊長が、

「ここで夜が明けたら、明日は全滅になる。夜明け前に、旧陣地に復帰して、花井少佐と連絡を取りたい」と連絡してきた。

大場も、その判断は同じであった。とにかく、のろのろしていて敵の中に取り残されて夜が明けたら、部隊の全滅は、間違いなかった。今となったら、再編して次の指示を仰ぐのが最善の方策と考えられた。

頭上では、照明弾が絶えず炸裂し、峡谷に不気味な光を投げかけていた。大場は、歩ける者全員に、出発地点へ戻る準備をするように命じた。

命じながら、大場は、あまりにもこの戦争が不公平であることに心が萎《な》えてゆくのを感じた。すでにサイパンへ着くまでに、彼の連隊の六〇パーセントは海底に沈んでしまっていた。そして、今日の午後には、彼の部隊で残っていたものの半分が殺されてしまった。彼も彼の部下たちも、まだ一人の敵にも遭っていないというのに、だ。しかも、自分は早くも部下に退却を命じている。いや、命じたくないが、退却を命ずるしかなくなっている……。

軍曹が連れてきた兵隊たちは、食事をすると、どっと出た疲れで、藪の窪みに倒れ込んで寝てしまった。その間に、大場と彼の部隊の生き残りは、再び出発点へ戻る行軍の準備を整え終わった。

午後一〇時、大場は飯島軍曹を起こした。部隊本部を失った中隊と、本隊からはぐれた小隊は、新たな死に場所を求めて、行を共にすることになったのである。合流した一団は、照明弾にさらされるのを避けながら、北へ向かって出発した。

潜行する隊列の右前方で銃声が響いていた。ということは、東部沿岸地域に沿って、彼らよりずっと前をアメリカ軍が前進しているということだった。大場は、飯島軍曹が連れてきた兵隊の中から三名を尖兵《せんぺい》に立てた。本隊の五〇メートル前を進んで、敵に遭遇したら、敵の攻撃を引きつける役割である。

夜の間、彼らの周囲では、島の南端に据《す》えられた八インチ砲からの砲撃がところかまわず爆発し続けていた。狙《ねら》われているわけではないと覚悟を決めなければ、一歩も歩けない。至近距離へ飛んできたら、そのとき伏せるのだ。それに気を配りながら、大場隊の隊列は西へ向かって歩き続けた。

4　敵陣突破

――昭和十九年六～七月

黒々とした空がかすかに明るくなってきた。夜明けに、大場たちの一団は、アメリカ軍が上陸したときから出発前まで隠れていた渓谷の上に、予定より二日遅れてたどり着き、渓谷の斜面を歩いて、というよりも滑《すべ》って降りた。

谷の上から見ても、大場が残して出た救護所は、四日前よりはるかに混んでいた。担架《たんか》に乗せられた兵隊や、包帯姿の痛々しい兵隊たちが、二つの洞窟の中へは入《はい》りきれずに、外に作られた形ばかりの緑の葉のカムフラージュを施《ほどこ》した蔽《おお》いの下に横たわっていた。

大場は、負傷者がぎゅうぎゅうに詰め込まれている洞窟の中で、彼が責任者として残した渡辺伍長を見つけた。渡辺は、大場の顔を見ると、前日、付近を通りかかった一中隊に敵の砲撃が命中し、生き残った者が担《かつ》ぎ込まれているのだ、と訴えるように言った。その中隊は、島の北端のマッピ岬の防衛に当たっていたが、敵が進撃してくる南へ移動するように命令され、その移動中に敵の無差別砲撃をまともに受けてしまったのである。大部分の者がその場で死んで、中隊はほとんど全滅の状態となり、かろうじて生き残った者が渡辺の救護所へたどり着いたのだという。

大場は、仙台で医学の勉強を始めたとたんに召集を受け兵隊になったという若い伍長の顔をまじまじと見つめた。疲労のため、彼の眼は焦点が合わなくなっており、言葉も不明瞭になっていた。わずかに貯《たくわ》えてあった薬品類も、前日の負傷者のために使い切ってしまったということを彼は言ったが、その言葉の端々《はしばし》には絶望の色が濃く現われていた。

大場は、彼に、負傷者をそのままにして、少し睡眠をとってから別の洞窟のほうも見るように命じた。もう一方の洞窟も、傷ついた兵隊たちがひしめいていたからである。

外へ出ると、大場は、伴野を呼んで、増え続けている死者たちを兵隊たちに埋めさせるように指示した。死者たちの耐えがたい腐臭がすでに谷間に充満していたのである。

つねに陽気だった伴野は、峡谷で空襲を受けたときから、変わってしまっていた。あのときの恐怖が、彼の眼から輝きを奪い、丸く愛くるしい顔に深刻な影を刻みつけていたのだ。大場の命令を受けた男は、大場がかつて親友と考えていた男ではなく、ほとんど見知らぬ男のようになっていた。

大場と伴野は、ともに満州で戦い、ともにその年の三月に輸送船〝崎戸丸《さきとまる》〟で釜山《プサン》を出港し、それが撃沈され、生き残った仲間なのである。〝崎戸丸〟が撃沈されたことによって、彼らの歩兵第一八連隊の将兵は、三九〇〇名のうち二二〇〇名が海底に消えていた。

大場たちも、氷のように冷たい海に、一八時間も漂《ただよ》っていた。それは、最初のうちは、燃えさかる油との闘いであり、後には、凍《こご》えとの闘いであり、最後は、水のしみ込んだ救命具で漂い続ける闘いだった。

その果てに、翌日、一七〇〇名が護衛艦艇に救助され、そのうちの何百人かは、もともとの行き先だったグアムへ運ばれたが、大場や伴野たちはサイパンへ運ばれたのだ。

そして、サイパンへ着いた最初の十数日も、二人はともにガラパンの小学校の同じ教室に起居して、火傷《やけど》と疲労の治療を受けた。荒れ果てた教室での暑くて長い日々、大場は、その小学校の馬場《ばば》校長から、サイパンについてのいろいろな知識を教えられた以外、伴野とだけ話をして過ごしたようなものだった。その伴野が遠くへ行ってしまう感じが、大場には寂しかった。

七月三日の午後遅く、大場は、残っている部隊はマタンサに移動せよ、という命令を正式に受けた。そこから最後の総攻撃をするという飯島軍曹の話はやはり本当だった。

サイパン島全陸上作戦の司令官であった第三一軍司令官小畑英良《おばたひでよし》中将が、アメリカ軍侵攻の数日前からパラオ島へ出張していて、戻れなくなったため、島の全陸上軍の最高指揮官には斉藤義次第四三師団長が任命されていた。その斉藤中将自らその攻撃を指揮するというのである。

攻撃は、四日後の七月七日、と大場は聞かされた。

大場は再び伴野少尉を呼んだ。

「命令によれば、歩くことができる者は全員マタンサへ集結せよ、ということである。ただし、一人で歩くことができない者は、それに加わることを許されない」

伴野の眼に、明らかな疑惑の光が宿った。その光を感じながら、大場は「その者たちは……」と低い声で続けた。「それぞれが選ぶ方法で、自らの命を断つのを援助される」

伴野は、よそよそしく頭を下げると、不貞腐れた足どりで去って行った。

それを見届けると、大場は、渓谷へ通じる小道へ向かって歩いた。彼は、胸にたまった重みに耐えられなくなりそうだった。部下たちから見えないところまで来ると、彼は地面に身体を投げ出した。彼の眼からは、涙が溢《あふ》れた。声を殺して、彼はすすり泣いた。なんという運命なのだ、と彼は自問した。彼は、優《すぐ》れた兵士だったのである。満州および支那での何年かの間、彼はそれを証明してきている。

にもかかわらず、この〝神に見捨てられた島〟では、彼は、逃げたり隠れたりする以外、何もしていないのだ。敵を攻撃したことがないどころか、敵の姿さえ見たことがない。そんな屈辱の日を経て、今、自分は何をしたか？　何よりも私が責任を持っている部下の生命を……神は許してくれるだろうか？　そのつもりではなくても、結果的には私は天皇陛下を裏切り、部下の家族たちを裏切っているのではないか？　彼の頭の中で、あの最後の日、健気《けなげ》に微笑んでいた妻の顔が浮かんでは消えた。彼は眼を閉じた。それとなく暇乞《いとまご》いに家に帰った日のことが思い出された。どこへ向かうのか、そのときはまだわからなかったが、釜山を出た船が、一昼夜、宇品《うじな》へ寄港したときのことだ。

あわただしく家へ帰った大場は、数時間で再び船が待っている宇品へ向かう汽車に乗った。そのとき、みね子は、当時ほとんど見られなかった煎餅《せんべい》の小さな箱を彼に渡した。彼女はモンペをはいていた。彼女の美しい知的な眼は、うつむき加減ではなく、さらりとしていて、けっして勇ましそうではなかったし、わざとらしい微笑を浮かべてもいなかった。ただ、本当についていたのか、それともそう思っただけだったのか、彼女は二度、大場の軍服から糸屑を取った。あれは、まわりにいた近所の人たちに目立たないように彼に触ろうとした彼女の精いっぱいの仕草ではなかっただろうか。

大場は何を言ったらいいか、ほとんど考えられなかった。彼が口に出す言葉は、彼自身にも、みんな大袈裟《おおげさ》で馬鹿みたいに聞こえた。最後に、彼はみね子と黙礼を交《か》わして、駅へ向かって足早に歩き、そのまま、振り返らなかった。彼は何年も知らなかったが、日露戦争のときの美談を頭に刻み込んでいたみね子の父は、早くから、夫が戦争に行くとき泣かないように、娘に注意していたのである。

「そういうことをするのは、悪い女だ」と父は言っていた。

「遠く離れた夫の士気を鈍《にぶ》らせる」と……。

頭の中を走るそうした光景に心を奪われていたとき、手榴弾が炸裂する音が小さな谷の中でこだました。木の幹に寄りかかって、額を手で支えてうつむいていた大場は、頭を上げ、眼を開いた。続いて、二発目の爆発音が向かい側の斜面に跳ね返って聞こえてきた。それは彼が責任を持っている負傷者が自決したことを意味していた。彼の命令によってだ。

大場は、おもむろに官給の自動拳銃のケースの留め金を外《はず》すと、拳銃を取り出した。薬室を見て弾倉が入っていることを確かめる。それから安全装置を外した。

彼は、自分の気持ちが落ち着いてくるのを感じていた。もはや迷いはなくなっていた。自ら生命を断つのが最も名誉ある行動だ、と自分を合理化できて、救われたような感じだった。死ねる。死んでも不名誉ではない。彼は拳銃をコメカミに当てようとした。

しかし、そのとたん、心の奥の方から、死ぬまで戦うほうがより価値があるのではないか、という声が聞こえてきた。刀をアメリカ兵の血で染めてから死ぬほうが、はるかに意義があり、はるかに名誉ある死に方になるのではないか、とその声はささやいた。彼は、四日後に予定されている総攻撃について考えた。そこで取り返しができるかもしれない。彼の顔には、かすかに笑みが浮かんだ。そうだ。そこで、私は優れた兵士であることを証明できるかもしれない。そこで、みね子も誇りとすることができる死に方ができるかもしれない……。

頭の中が、霧が晴れるようにすっきりしてくるのがわかった。この数週間、しだいに濃く重なっていた霧がすべて晴れる感じだった。彼は勢いよく立ち上がろうとした。しかし、立ち上がれなかった。脚が身体を支えられなかったのだ。今や、心は新しい目標に向かってはっきり目覚めたのだが、身体は、死を受け入れようとしたときに起こった反応から回復していなかったのだ。

彼は、自分がまだ拳銃を持っているのを見て、かすかな笑いを浮かべながら、革ケースにしまった。それから、煙草を出して火をつけると、吸った煙を溜息でもつくように強く吐き出した。

彼は、軍隊へ入ってからこれほど幸せに感じたことはなかった。どこでどのように死ねばいいかがこれほどはっきりわかって、それが名誉あるものであると、これほどはっきり自覚できたことはなかったからである。彼は、死を受け入れたことによって自分の身体に起こっている衝撃は、自分が死を恐れたからではなく、意識の底で、その死が名誉あるものではないと承知していたからだ、と理解できた。四日後にめぐり合う死がそれと違うことをはっきり感じた。死を喜んで迎えられる気持ちがこれほどみなぎっている。天皇陛下への最後の御奉公になる……。

彼は、煙草を地面にこすりつけて消すと、今度はよろめくこともなく立ち上がった。彼は野営地へ戻ると、これまでになく決然とマタンサへの移動準備を指揮した。まだ洞窟の中から、ときどき、手榴弾、あるいは小銃の音がしたが、彼はもはや気にもとめなかった。

マタンサへ向かう道は、南のアメリカ軍前線との中間の空で絶えず炸裂《さくれつ》する照明弾の光で、青白く照らされていた。その中を大場の隊は、二列縦隊で整然と行軍した。すると、まわりのジャングルの中から、本隊とはぐれたという前線部隊からの小集団の兵隊や後方防備に当たっていた中隊の一部などが出てきて、隊列に加えてくれ、と申し出てきた。大場は、そういう形で、彼らが同じ運命を共有するつもりになっていることに、心の底から慰められるものを感じた。

しかし、マタンサに着いて彼らが見たのは、組織を失った兵隊たちの混乱だった。指導者を失って、どうすればいいかわからなくなっている兵隊たちが何百人も、廃墟になった村の中をただうろうろ動き回っていたのだ。

大場は、ここでは何よりも組織能力を回復することが必要だと考えた。彼自身、上級指揮官である花井少佐を見失って、確立した命令系統の上に立っていない。彼は、途中で自分の傘下《さんか》に加わった兵隊たちを含めて、今は八〇名になっていた部下の指揮を伴野少尉に委《ゆだ》ねて、自分は、斉藤中将の司令部を見つけに出た。

しかし、谷の間を探して歩いても、斉藤中将の司令部がどこにあるのか、彼にはわからなかった。代わりに見つかったのは、彼の原隊である第一八連隊の連隊長代理松下《まつした》少佐の指揮所だった。第一八連隊連隊長の門間《かどま》大佐が〝崎戸丸〟の沈没で戦死してからは第一八連隊の連隊長代理は松下少佐が務めていた。大場の中隊は、一時、北部地区警備隊に編入されて花井少佐の指揮下に入ったとはいえ、花井少佐を失った今、命令を仰ぐべきは、斉藤中将の司令部でなければ、松下少佐だと考えられた。大場は、松下少佐が指揮所としていたマンガン鉱採掘跡の洞窟へ入っていった。

松下少佐は、二十数名の本部要員とともにローソクの光で地図を調べていて、大場が部隊を引き連れて到着したことを報告しても、ほとんど顔を上げずに、厳《きび》しい声で、どれだけの兵器を持っているか、尋ねた。幸い、大場は、部下たちがどれだけの兵器を持っているか正確に調べていたので、即座に正確な数を答えることができた。すると、少佐は、やっと突き刺さるような眼を大場に向けて、大場の中隊は、マンガン鉱採掘跡から三〇〇メートル内陸に入った山間の地点で野営し、そこから七日未明に予定される総攻撃の先陣を切るように、命じた。若い中尉が、現在地と野営予定地を地図で示した。大場は、そこが、マトイスの海軍陸上司令部から三〇〇メートルと離れていない場所になることを心に留めた。

大場が、伴野少尉たちを待たせていたところへ戻ると、伴野のところへは、大場が知った以上に総攻撃についての情報が集まっていて、大場は伴野から、斉藤中将が司令部を地獄谷へ移したこと、多くの部隊がその周辺に移動したことなどを知らされた。

そういう話に耳を傾けているところへ、飯島軍曹が、大場の指揮下から離れなければならない、と言いに来た。彼は、マタンサで、原隊の中隊長と再びめぐり合って、原隊へ戻るように命令されたというのである。

大場は、せっかくなじんだ飯島たちがいなくなることも残念だったが、それ以上に、二〇の小銃と機関銃分隊が一分隊なくなることが残念だった。しかし、この段階で彼が努《つと》めてきたのは、命令系統の回復である。命令系統を無視することはできない。彼が指揮し続ける兵隊たちは、いくらかでも使える銃を持っているのだから、マタンサで見るほかの兵隊たちの装備に比べれば、よほどましなのだ。彼は、飯島を激励して出した。

大場が、残った部隊を率いて指示された野営予定地へ着いてみると、そこは、つい最近まで、彼の部隊よりもずっと大きな部隊の野営地だったことがわかった。ジャングルに蔽《おお》われて空中偵察で見つけられない、野営には格好の場所だった。炊事をした、黒く焦《こ》げた穴も残っていて、そのそばには炊事道具もいくつか残っていた。しかし、大場が一番必要だと考えた食糧は、かけらも残っていなかった。

この必ずしも不適当ではない野営地に落ち着いて、部下たちがほとんど寝静まってしまうと、大場は加藤《かとう》主計軍曹を呼んだ。そして、松下少佐の地図で見た海軍のマトイス司令部の場所を地図で示し、加藤に、そこへ二人の部下を連れて行って、食糧を分けてもらって持ち帰るように指示した。大場は、海軍部隊は食糧を十分に持っていることを知っていたのである。といっても、普通のときだったら、海軍が陸軍に糧秣《りょうまつ》を分けることはない。しかし今は違うだろう。この期《ご》に及んだら、残ってさえいれば分けてくれるはずだ、と大場は確信していたのだ。

「少なくとも、全員に一食分以上はもらってこい」

大場は、そう言って加藤を帰した。

七月六日の朝、大場は、命令を下しているような大声を聞いて、眼を覚ました。彼は、蔓草《つるくさ》に蔽われた穴を寝床にしていたから、すぐには、その声が誰の声かわからなかった。

彼は、肘《ひじ》を突いて腕時計を見た。六時ちょっと過ぎだった。背中が湿った地面にこわばりついて、なかなか身体を起こせないでいると、同じ声がまた聞こえてきた。

「……死ぬことを急いではならない。総攻撃の命令はデマだそうだ」

大場は飛び起きた。誰だ？　なんということを言うのか？　彼は藪《やぶ》の中を急いで、声に近づいたが、声の主《ぬし》のまわりは兵隊がいっぱいで、その中心に誰がいるのかわからなかった。その間も、声は続いていた。

「……海軍部隊は、総攻撃には参加しない。持久戦を続けて、連合艦隊が本島を奪回に来るときを待つ――」

声は加藤だった。いったい何を考えてそんなことを言っているのか？　大場は、「道を開けろ！」と声を荒らげ、兵隊をかき分けて、加藤軍曹がいるところまで突進した。

「待て！　何を言っているのか！」

彼は怒鳴った。大場の気配に気圧《けお》されて、加藤は口をつぐんだ。大場は集まっていた兵隊たちに「お前たちは、元いたところへ戻れ！　勝手に遮蔽物から出るな！」と言うと、加藤の方を向き、「加藤！　お前は私と一緒に来い！」と命令した。

大場は、最初は、加藤が自分の許可も得ずにとんでもない命令を伝えていたことに腹を立てていた。だが、加藤が狂っているわけではないと知って、誰か然《しか》るべき上級者の命令を彼は受けたのだろうか、と思った。しかし、明らかに斉藤中将の命令、松下少佐の命令とは違う。そんな命令を兵隊に伝えられたら、兵隊は迷う。迷ったら、突撃は力のないものになってしまう。突撃をするとすれば、逆の命令を兵隊たちに聞かせてはならないと考えたのである。彼は、どんな大声を出しても部下たちには聞かれる心配のないところまで来ると、加藤の方は見ないで、強い口調で訊いた。

「お前は今の命令をどこで聞いたのか？」

「リョ、糧秣《りょうまつ》受領に行ったとき、カ、海軍の司令官が海軍部隊に命令しておられたのです。サ、参謀が、自分にも、会える限りの兵にそのとおりに伝えよと命ぜられたのです」

加藤は、どもりながら答えた。「ジ、自分はその命令に従ったのであります」

「わかった。しかし、海軍は海軍だ。部隊にはお前が勝手に命令してはいかん！　おれが命令するまで、勝手なことは言うな！　わかったら、行け！」

　加藤を帰すと、大場はその場に腰を下ろして考えた。今度の総攻撃が、それによって勝てるという見通しのもとに進められているわけではないことは明らかである。しかし、海軍が言うように、持久戦を続けていれば、本当に連合艦隊は島を奪還に来るのだろうか？　そうだとしても、これだけ組織を破壊され、装備の貧しい軍隊が、島の片隅に追い込まれて、どうすればそれが可能だろうか？　いや、その前に、自分はいったい誰に忠誠の義務を負っているのか？　自分がその一員である帝国陸軍にか？　それとも、海軍の司令官にか？

大場は最後の総攻撃を死に場所と考えてきたことに、霞《かすみ》がかかってくるのを感じた。彼が学んだ戦略によれば、増援隊が期待できるときには、戦いを引き延ばすことに努《つと》めるべきだということになる。しかし、戦いでいかに死ぬか、名誉ある死に方をするか、不名誉な死に方をするかは、それ以上に重要な問題ではないだろうか？　誤った見通しで死に場所を失うことは、最大の恥辱である……。

しかし、勝利の可能性があるとき、それを捨てる行動をとっていいのか？　本当のところ、お前は勝利の可能性をどう考えているのか？　もちろん、最後の勝利を疑ってはいない。これは一部の戦闘であって、全体としての戦争だとは考えていない。とすれば、他の皇軍部隊が他の地域で勝利への戦いを進めているとき、故意に自分の生命を捨てていいのか？　一人の兵士が死ぬことは、天皇陛下から一人の兵士を奪うことではないか……。

兵隊を迷わせると加藤の発言を止めたが、大場は自分自身に迷いが生じるのを抑えられなかった。頭の中では、どう考えても結論が出ない。誰かとこの問題を論じ合いたい。それによって、もう少し確かめられるのではないか。そういう気持ちで、大場は、ジャングルの中で三々五々たむろしている部下たちのいる方へ歩いた。

もう昼に近い、彼が近づいて行くと、あっちからもこっちからも議論している声が聞こえた。明らかに、加藤が伝えた海軍の命令について論じ合っている。それぞれの兵隊は、それを自分の情念に従って解釈していた。その中に、何人かの下士官と話している連隊本部から来ていた森田《もりた》少尉がいるのを、大場は見つけた。

「森田少尉！」

彼は声をかけた。

「ちょっと、ここへ来てくれ！」

森田は、すぐ大場のところへ駆け寄ると、自分のほうから言い出した。

「大尉殿、お聞きになりましたか？」

大場は歩きながら答えた。

「ああ、海軍の命令のことは、加藤軍曹から詳しく聞いたよ」

大場の後について歩きながら、森田は言った。

「いえ、私が言っているのは、斉藤閣下のことです」

「斉藤閣下がどうした？」

「閣下は、われわれが、ここで生命を捨てることが悠久《ゆうきゅう》の大義に生きる道だということを明示されて、率先自決されました。われわれは、もう、なんの心配もなく敵の砲火の正面に立つことができます」

どのような基準に照らしても、森田は優れた兵士だった。森田自身がそう言ったことはなかったが、大場は、彼は武士の家系ではないかと思っていた。軍人としての態度、威厳のある声、いずれも後天的に得たというよりも、先天的に備わっているもののようであった。大場は、眼を輝かせている若い将校の中に、滅私奉公の誠意がみなぎっているのを見て、それに水を差すのをためらった。しかし、そこに狂信に近いものを感じて、彼は言わずにはいられなかった。

「しかし、それは無益な死だ」

森田は、まるで殴りかかられたように、飛び退《の》いた。大場の階級が森田より下だったら、森田の軍刀は大場の首へ向かってひらめいたに違いない、とさえ大場には思われた。

「いったい、どういう意味ですか?」

森田が訊《き》いた。彼の顔には、信じられない思いと怒りが混じっていた。

「……つまり、斉藤閣下の死は無益な死だとおっしゃるんですか?」

「いや、そうではないが……」

大場は、森田の気迫に押されるのを感じた。彼は、傍《かたわ》らにあった丸太に腰を下ろしながら、わずかしか残っていない煙草の箱を森田の前に差し出して、一本取らせようとした。若い少尉は、ややためらってから、差し出された煙草を辞退して、大場と向かい合う岩にすわった。

「おれたちは、戦争をしているんだろう」大場は、ゆっくりしゃべりはじめた。大場には、自分が何を言おうとしているのか、自分にもはっきりわからなかった。ただ、この頭の堅《かた》い若い少尉に、彼が言っているとおりだとは言いきれないことを気づかせたかった。

「戦争をしている以上、勝たなければならない。このサイパンの場合のように部分的にそうではない戦場があるにしても、全般においてだ。個々の戦闘に敗れることがあっても、最後の勝利を目指すことを忘れてはならないはずだ。とすれば、われわれは斃《たお》れるとしても、斃れる前に一人でも多くの敵を斃すことが義務だ。それが、天皇陛下の御為《おんため》に尽くすということではないだろうか？

　そうしないで、自決したり、ただ玉砕することが、本当に天皇陛下に尽くすことになるだろうか？　われわれが死ぬことは、それだけ皇軍の戦力が弱まることなのだ。もし、皇軍の全将兵が斉藤閣下の例に従ったら、どうなる？　もはや戦争は終わりだ。そして、われわれは、天皇陛下や国を、また、われわれの家族を裏切ることになるんじゃないか？」

「間違っている！」

　森田は、階級の違いを忘れたように口走ってから、やや言葉を改めて言った。

「今や、生き残ろうとすることは、戦わないことではないですか。われわれは、最後の一兵まで戦うことを敵に思い知らせるのです」

「しかし、海軍によれば」

大場は、低い声で続けた。彼の中でも固まっていない考えが口をついて出た。

「今、連合艦隊はサイパン救援に向かっているというではないか。もし、おれたちがみんな今夜死んでしまったら、どうなるのだ？　島で友軍の上陸を援護する者は一人もいなくなるのだ。上陸を援護する者がいるか、いないかは、どんな大きな違いになると思う？　私は、わが軍の将兵が、連合艦隊が到着するまで、生き残って戦い続けることを、意義がないとは思えない」

「今夜、玉砕するほうが」

少尉は反論した。

「敵を恐れさせることができるはずです」

大場は森田の眼をじっと見た。

「おれたちは今、どれだけの小銃を持っているんだ。マタンサにいる兵隊の半分は小銃を持っていないんだぞ。小銃を持っている者も、わずかな弾薬しか持っていない。しかも、使える砲はほとんどないんだぞ。お前は、敵の戦力がどういうものか見ているだろう」

大場はゆっくり首を振った。

「いかに一致団結しようと、ただ正面に立つだけでは、自殺以上の何ものでもない。敵の勝利を確かにするだけだ」

「そんなことわかっているから、斉藤閣下は言っておられるじゃないですか。〝今や止《とど》まるも死、進むも死、生死須《すべか》らくその時を得て帝国男児の真骨頂《しんこっちょう》あり〟と」

「斉藤閣下は、この窮状に陥《おちい》った責任を取られたのだ。閣下としては、唯一の名誉ある行動を取られたのだと思う。しかし、森田、私の言うことを聞いてくれ。私は、この戦争に必ず勝つと信じている。必ず勝つんだ。私は、これでも兵士として八年戦ってきた。まったく勝ち目がないときには、どう戦えばいいか知っているつもりだ。私はそれをしてきたんだ。私のまわりの者たちも、それをしてきたんだ。そして、われわれは勝ってきた。それには天佑《てんゆう》神助があったというべきかもしれない。われわれは、ここでも、それを願って戦うのが最善ではないか。戦う以上は、どこまでも生き残るつもりで戦う必要があるんだ」

森田は飛び上がるように立ち上がった。彼は、顔に憎悪をみなぎらせ、唇を嚙んでいた。

「大場大尉！　あなたは卑怯者だ！」

言ったかと思うと、彼の右手は軍刀の柄《つか》にかかって、それを抜きかかった。大場は右へ回りながら飛び退《の》いた。同時に、右手の掌のつけ根で少尉の首を打った。少尉は軍刀の柄を握ったまま倒れた。思わず、大場は空手《からて》二段の腕を披露《ひろう》したことになった。その後、大場も軍刀に手をかけた。しかし、抜こうとはせずに言った。

「森田、お前こそ卑怯者だぞ。お前は戦うのを恐れているんだ。名誉ある軍人だと思いたいために、安易な道をとろうとしているんだ。しかし、そのために味方にまで刀を向けて、名誉ある軍人といえるか。味方をむざむざ殺すことは、味方の戦力を弱めることだぞ。敵に加担して、何が名誉だ。

いいか、よく聞け。おれは攻撃に参加しないと言っているんじゃない。おれたちは攻撃に参加する。間違いなく、今夜の攻撃では先頭を切ってみせる。しかし、いたずらに敵の弾丸にさらされるつもりはない。少しでも戦いを有利にするための最善の戦いをするのだ。そのためには退《しりぞ》きもするし、回避もする。当然、生命を賭《と》して戦うが、生き残ることを前提にしない攻撃ではなく、生き残って戦える攻撃をするんだ」

立ち上がってからも、森田の眼にみなぎる敵意は変わらなかった。しかし、戦士としての訓練から、彼は、不動の姿勢をとると「わかりました」とうめくように言った。

大場は、ややためらってから、指導者としての立場に戻った。

「部下たちのところへ戻ったら、明朝の攻撃のため、少しでも休んでおくように指示せよ。私の命令がないかぎり、誰も野営地の外へ出てはならない。われわれの任務については、日没後、全員に説明する。なお、ただちに、岩田《いわた》一等兵のほかにもう一人を私のところへ寄越《よこ》してくれ。以上だ」

　森田は、再び敬礼すると、きびきびした動作で向きを変え、兵隊たちのいる方へ向かった。

　大場は、岩田一等兵が生き残った中にいるのが嬉しかった。岩田はやっと一八歳になったばかりだったが、部隊の中の誰にも負けないぐらい頑張りのきく兵隊だったし、大場の言うことを忠実に守ってくれる兵隊だった。彼の父親は新潟の裕福な地主だと聞いていたが、軍隊の秩序を通じて国に尽くそうという気持ちになんの混じり気もない、純粋で素直な性格だったのだ。大場は、彼ともう一人の兵隊に、涸《か》れた谷の上流になる川床を片づけさせ、壊れた扉を机代わりにした自分のための指揮所を作らせた。そして、それができると、彼らを一〇メートルほど離れたところに歩哨《ほしょう》に立たせた。

　ジャングルに蔽《おお》われた川床の指揮所に一人ですわった大場は、しばらく地図を調べてから、従卒を呼んで、尾藤軍曹を呼んでくるように命令した。尾藤も、満州以来の数少ない部下の一人だった。

　彼は尾藤に、自分と一緒に行なう偵察斥候《せっこう》のため、一五分以内にもう一人連れてくるように言った。尾藤が指揮所を出るのと入れ替わりに、別の兵隊が、海軍から分けてもらった肉の缶詰を持って来て、大場の机の上に置いた。大場は、自分がどれくらい空腹だったかも忘れていたのだが、肉を見たとたんかぶりつきたくなるのを、その兵隊が出て行くまで抑《おさ》えるのがやっとだった。

斥候に出る前に、大場は、森田少尉を呼ぶと、松下少佐に〝命令のとおり、明朝の総攻撃では、その直前に山間部を衝《つ》いて敵陣を突破します。本隊が後に続くのを信じます。ガラパンを望む丘でお会いできるのを期待します〟と報告するように命じて帰した。納得していたとはいえない森田少尉が、その報告をどう受け取ったかはわからないが、松下少佐とは打ち合わせたとおりだったから、それで十分通じるはずだった。何人がガラパンの丘までたどり着くだろうか、と大場は思った。

大場は、尾藤ともう一人を連れて指揮所を出ると、真っすぐ南へ向かわずに、まず谷の上へ出た。そこから、アメリカ軍の前線がどのへんまで来ているか見当をつけたのである。

それから、彼らはまた谷へ下りて、涸れた川床伝いに南へ向かった。川床が支流で分かれるところへ出て、南へ向かう流れをたどった。そして、かなり南下したところで、谷の上にそそり立つ山を見つけると、彼らは川床を離れ、その山を登った。山の頂上には岩が鋸《のこぎり》の歯のように突き出ていたが、大場と尾藤は、あえぎながらその表面をよじ登り、頂上近くの岩棚のようになっているところまで上った。

そこからは、それまでまわりのジャングルに消されて遠くで交戦しているように聞こえた戦闘の音が、驚くほど近くで聞こえた。一キロ以内だと大場には判断できた。煙はほとんど上がっていなかったが、重迫撃砲のドシンと響く音、鋭い小銃の銃声、自動火器の連射音が、アメリカ軍がつい、目の前まで接近していることを示していた。

大場は双眼鏡を出して地形を調べた。彼らのいる山の頂上からおよそ五キロ離れているタッポーチョまで、ジャングルが切れ目なく続いているように見えた。しかし、丁寧《ていねい》に見ると、その間には、深い谷や崖が幾重にもあることがわかった。それが、夜の総攻撃を容易には成功させない障害になると、大場には考えられた。

右手には、地獄谷が見えた。鈴木大佐が、最後の総攻撃の準備をしているはずなのだ。その谷の中や周辺で、絶えず砲弾が炸裂するのが見えた。大場は、あの中で、突撃に参加できる将兵が何人残っているだろうか、と思った。

そうして双眼鏡でゆっくり地形を見回しているうちに、突然、双眼鏡にある動きが映った。大地が動きはじめたかと思われるようなゆっくりとした動きだった。戦車だったのである。二台の巨大な戦車の天蓋《てんがい》と胴体が、小さな丘の上にしだいに姿を現わした。真っすすぐ大場たちの野営地の方向へ向かってくる。そのすぐ後ろから、が、最初はヘルメットだけが現われ、それが兵士たちの姿になった。

岩棚に身体をへばりつけて、大場は、アメリカ軍の歩兵の数が一〇〇人以上続いて出てくるのを確かめた。確かめると、大場は前にいた尾藤に声をかけ、二人は滑《すべ》り落ちるように断崖を下りた。

二人は、何回もつまずきながら、川床を走り続けた。指揮所へ着くと、大場は、伴野に、ただちに部下を集めて移動の準備をさせるように命じた。命じてから時計を見ると、ほぼ午後五時だった。

彼も、大急ぎで、予備の拳銃の弾丸とできるだけ多くの手榴弾をベルトにつけた。そして近づいてくる戦車から逃げる道を探すために、手早く地図を調べた。ゆっくりと考えている間《ま》はない。当面、敵の進撃の方向から外れることだけを考えると、彼は、彼本来の部下三六人のほかに八〇人近く加わっている部下が、二列に整列しているところへ行って、近くの岩の上へ登った。

「敵の大軍がこちらへ向かって、四〇〇メートル足らずのところまで近づいている。われわれはただちにこの谷を出て、陽が落ちるまで、南の谷で待機する。そして、そこから総攻撃に参加する。われわれの目標は、どこまでも敵陣深く侵入することにある」

言い終わると、彼は縦列の先頭に立って、彼が斥候に出たとき通った道をたどった。しかし、今回は、岩山には登らないで、川床伝いにさらに五〇〇メートル南下した。そこで部隊を停止させると、彼は、二人の兵士に斥候を命じて、敵の行動を調べさせた。間もなく彼らは戻ってきて、アメリカ軍は北へ向かったことが報告された。大場は、谷のまわりに歩哨を立てると、部下たちに、日没まで寝《やす》むように命じた。

丘を越えても、ときに身体を揺り動かすような爆発音が響いてきたから、そのたびに眼を覚ましながらも、彼は断続的に眠った。日が暮れて間もなく、遠くで、機関銃の連射音や小銃の銃声に混じって、機関砲の炸裂音が立て続けに聞こえた。音は海岸の方角だった。大場は、あの戦車の一団がマタンサのわが軍を見つけたのではないか、と思った。彼は、森田を自分と一緒にいる気持ちにさせられなかったことを改めて悔《く》やんだ。

最初の照明弾が彼らの上で炸裂しだしたのは、西の空がまだ明るいうちだった。しかし、大場は、部下たちを起こすのを午後一〇時まで待った。

彼は、海岸沿いの主力部隊の攻撃が始まるのは午前三時であると承知していた。しかし、自分の部隊の攻撃をその直前、つまり敵が警戒態勢に入る前に開始することにした。

彼は、部下を二つの小隊に分け、少しでも敵陣深く突っ込むことを強調した。小隊に分けることで、敵の砲火に対しては非力になることはわかっていたが、そのほうが安全性と機動性を得られると考えたのである。混乱の中での合言葉は、〝山〟に対して〝川〟とすると、部下たちに徹底させた。

二つの小隊は、三〇メートル先に四人の尖兵を出して、あまり深くないジャングルに蔽われた傾斜を静かにゆっくりと移動した。アメリカ軍は、どうやらもっと尾根近くや谷底近くに陣を布《し》いていると考えて、大場は、そのコースを選んだのである。彼の判断では、その斜面の中腹を進んでも、島の背骨になっている山脈の東側へ横断できると考えられた。照明弾の光を頼りに、彼らは岩を越え、谷を越え、ジャングルの中を通り抜けた。

しかし、二〇〇メートルと進まないうちに、彼らの頭上を赤い曳光弾《えいこう》が縫うように走りはじめ、少なくとも二つの機関銃からの弾丸が、彼らのまわりでバシバシ音を立てはじめた。大場以下全員は、ただちに伏せて、遮蔽物を見つけようと這い回った。機関銃の連射は、さらに数回続いて、止まった。そのとき、尖兵に出ていた四人のうち二人が戻ってきて、あとの二人は最初の連射で殺《や》られたと報告してきた。大場は、伏せたまま、後ろへ向かってささやくように、右へ迂回《うかい》せよ、と指示すると、自分も、狙撃者の死角へ入るはずの斜面へ向かって這いはじめた。しかし、それが部下たちをより強力な敵の陣地へ引率していたことになるとは、そのときには、知るよしもなかった。

数分もしないうちに、それは明らかになった。彼らが進んだ右前方から、小銃が、続いて機関銃が火を噴きだしたのだ。曳光弾が彼らのまわりでいくつもの赤い線を描き、飛び交《か》う弾丸がヒュンヒュン音を立てた。

すぐ頭の上で照明弾が炸裂して、あたりを昼のように照らしたとき、少なくとも二〇人以上のアメリカ兵が一〇メートルと離れていないタコツボ壕に伏せているのが大場の眼に映った。その瞬間、彼は逃げようとして、腰を浮かせた。まわりで、彼の部下の半数が立ったままでいるのが見えた。すぐ、彼は、ここで背中を見せたら全滅すると思った。

「突撃！」彼は、叫びながら立ち上がると、軍刀を抜いて、あまりにも近くに敵を見てびっくりしていたアメリカ兵に向かって突っ走った。

前や後ろで、銃口から噴き出る火がちらつくのがわかった。耳の中で響き続ける銃声に混じって、叫び声や悲鳴が聞こえた。それが日本語であるか英語であるかはわからなかった。大場は眼の前に現われた最初のアメリカ兵に刀を振り下ろした。そのアメリカ兵は、まだ壕の中にいたが、小銃で刀身をよけた。大場はののしりながら刀を翻《ひるがえ》すと、横に払った。刀身は、相手の腕の下を通って肋骨《ろっこつ》に食い込んだ。

その前の壕では、二人の男が激しく取っ組み合っていた。しかし、照明弾の異常に白い光の中では、どちらがアメリカ兵でどちらが日本兵か区別がつかず、大場は手を出すことができなかった。そのとき、近くで、ピカッと銃口が火を噴いたのが眼に入った。弾丸は、彼の頰をかすめ、その熱が頰を焼いた。彼は、軍刀を左手に持ち替えると、拳銃を抜いて、その閃光を撃《う》った。撃たれたアメリカ兵がよろよろ立ち上がりながら、もう一度撃とうとしたとき、彼は、そのアメリカ兵に向かって突進すると、アメリカ兵の手から小銃を蹴り落として、続けざまに相手に二発撃った。

大場が、腰に手榴弾をつけているのを思い出したのはその直後だった。彼は、身体を伏せて、手榴弾を前に向かって投げた。一発投げるたびに、彼は跳《は》ね起きて、ほぼ一〇メートル全力疾走した。それを繰り返しているうちに、タコツボ壕も見えなくなり、撃たれることもなくなった。そうなったとき、彼はもう疲れきって呼吸《いき》がつまりそうになり、砲弾があけた大きな穴の中に倒れ込んだ。どうなったと判断できたわけではなかった。ただ、まだ生きているのだと思って、仰向《あおむ》けになって、少しでも呼吸を整えようとした。

と、後ろから、ぼんやりとだが、人影が近づいてくるのに気づいた。彼は寝たまま軍刀を横に回して構えた。その人影は「山！」と叫んだが、そのときにはすでに、彼は軍刀を横に払っていた。あわてて止めようとしても止まらない。彼は必死になって刀身の向きを変え、ミネ打ちにした。

新たな照明弾が光ったとき、頭を出して見ると、何人かの部下たちが身体をかがませて彼のほうへ走ってくるのが見えた。その中に、伴野少尉のずんぐりした姿もあった。それが彼の気持ちを楽にした。

「こっちだ！」彼はささやいて、眼につくかぎりの部下を集めると、右手に見えるジャングルへ向かって這い出した。

それから二時間、大場と部下たちは、ジャングルの中をぐるぐる歩き回った。その間、ときどき、右や左から機関銃や小銃を発砲されることはあったが、そのたびに彼らは対決を避けて方向を変えた。また、ときに照明弾が頭上に漂《ただよ》って動けなくなることもあり、彼らの前進は遅々としてはかどらなかった。

午前三時を過ぎると間もなく、軍艦から放たれていた照明弾は西へ移って、そこで絶え間なく炸裂しはじめた。海岸地帯から聞こえてくる大砲や小火器の音を聞いて、大場には主力部隊の総攻撃が進行中なのだとわかった。総勢ほぼ三〇〇〇といわれていた。説得できたとはいえない森田のような将校たちが、敵の砲火を避けようともせずに、正面から向かっていったと思うと、大場の胸は痛んだ。

交戦の音を聞いていて、大場は、自分たちが完全に敵陣の背後へ出てしまっていることをはっきり覚《さと》った。これから、どうするか？　森田少尉には、やたらに死に場所を求めるのではなく、戦えるだけ戦うのだといったが、生き残って彼についてきている部下は一二人に減ってしまっていた。これで何ができるか？

5 二人の赤ん坊

――昭和十九年七月

大場は生き残った一二名の部下を連れて南へ移動し続けた。彼らが丘陵地帯を通り抜けて、タッポーチョ山麓のジャングルに近づいて行くうちに、敵の防御陣地はしだいに少なくなっていた。

大場には、敵の占領地の奥へ入れば入るほど、発見されないですむ可能性は増えるとわかっていた。一週間前に丘陵地帯を占拠したアメリカ軍は、後を後方支援部隊に任《まか》せていたが、後から占領地に入った部隊は、すでにその地域から日本軍を一掃したものと信じて、まったく警戒していなかったからである。

彼らは二度、何台もの補給車輛が並んでいる敵の大野営地にぶつかったが、さいわい発見されずに迂回《うかい》できた。まだ北部に落とされていた照明弾のかすかな光で、いち早くトラックや防水シートを張った差し掛け小屋を見つけることができ、歩哨の眼を避けることができたのである。

二番目の野営地のときには、気づかずに、もう少しでその中へ入るところだった。ジャングルに蔽《おお》われた丘の斜面から出たとき、彼らは数メートル先に崖のようなものがあると思っただけだった。大場は片膝《かたひざ》をついてそれを調べたが、それが帆布《はんぷ》で蔽われた大きなトラックだとわかったときには、背筋がぞっとする衝撃を受けた。彼を先頭とする一団は、できるだけ音を立てないように、狭い藪の中の道へ入り、また丘を登った。

それからの一時間は、アメリカ軍を避ける努力に注がれた。アメリカ軍のほとんどは谷間にいるように思われたので、彼らは、できるだけ尾根の頂上近くで移動するようにした。

七日の夜が明けるほんの少し前、彼らは、ちょっとした開墾地に沿って歩いていた。遠くの照明弾の光で、その開墾地の中に、廃墟となった小さな農家があるのが、荒涼とした感じで映し出された。

「隊長殿」

尾藤軍曹がささやいた。

「人はいないようです。中に食べ物があるかもしれません」

彼らが海軍からの缶詰を食べてから、もう一八時間経っていた。しかし、もう何日も経ったようだった。大場には、夜が明けてからの一日、何で飢えをしのいでいけるか、見当もついていなかった。わかっているのは、食べ物を探して歩くようなことはできそうもないということだけだった。

「ほかの者に援護するように言え。行こう！」

二人は、そこに人がいないとわかるまで、半分壊れかかった建物に向かって、匍匐《ほふく》してジリジリ近づいた。拳銃を前に突き出し、身をかがめて、大場は家の中へ入った。それから、尾藤に、みんなを呼ぶようにささやいた。静かに、しかし空腹に突き動かされてなんのためらいもなく、三人の男たちは、壊れずに残っていた二つの部屋を捜した。しかし、瓶《かめ》にいっぱいの水と味噌壺に半分の味噌があっただけで、食べ物があるのではないかという期待で刺激された空腹感をただちに癒《いや》すものは何もなかった。風向きの加減で、ときどき死体が発する腐臭が臭《にお》ってきたが、それでも、彼らの気持ちは、空腹から逸《そ》らされなかった。

家の壊れた部分の残骸の間を踏み分けていて、大場は、頭の上でかすかに動くものがあるのに気づいた。よく見ると、垂木《たるき》の上に鶏が止まっていて、片目を彼の方に向けていた。鶏を脅《おど》かす音を立てないように注意深く、大場は、壊れた壁の上を歩いて、疑い深そうに彼を見ている鶏の真下まで行くと、左手でその両足をつかむと同時に、右手で一気に首を締め上げた。そして、鶏の両脚をもぎ取ってガスマスクの袋に入れた。

彼らが、鶏と味噌とそれぞれの水筒にいっぱいの水を得て、出発しようとしたとき、猫の鳴き声のような声が聞こえた。

「たぶん、あのがらくたの中で、出られなくなっているんですよ」

そう言いながら伴野は、部分的に上が崩れている壁に立てかけてあった板を引き剝《は》がしにかかった。しかし、彼は、その陰にあった木の箱を見て、手を止め、大場の方を向いた。

「生きていますよ！」

彼は驚いた声で言った。

「何が？」

大場は、少尉ともあろうものが仔猫なんかにそんなにも関心を持っているのが腹立たしく、少し怒って答えた。

「赤ん坊ですよ！」

伴野は、信じられないというように声を出した。

「いったい、お前は何のことを言っているんだ？　見せてみろ」

大場は、伴野が注意深く箱を持ち上げ、持ってきたのを、のぞき込むようにして見た。

それから、両手を蓋《ふた》のようにして、箱の上でマッチを擦《す》った。

生後六カ月にもならない乳児が二人、彼を見上げていた。片方がかすかに猫のような声を出していたのだ。二人とも、声を上げて泣くこともできないほど、弱っていた。

「どうすべきでしょうかね？」

伴野が尋ねた。

「一緒に連れて行くわけにはいきません。しかし、置いて行けば、餓死するでしょう。もう、半分死にかかっているんですから」

大場は、赤ん坊の一人をそうっと抱き上げた。彼は、入口の近くの青白い光が入っているところまで抱いて行ったが、赤ん坊の身体にはなんの力もなく、腕はだらんと垂れ下がっていた。すでに東の空は明るくなりかかっていた。心の一方では、早くなんらかの決断をしなければならないと焦《あせ》っていた。

部下の一人が、もう一人の赤ん坊も抱いてきた。

「箱を持ってこい！」

大場は命令しながら、自分の水筒の蓋を取り、指を濡らして、その水分を赤ん坊に吸わせた。伴野もそれにならったので、二人の赤ん坊は、二人の将校の指をむしゃぶりつくように吸いはじめた。

「殺して、苦しみをとってやったほうがいいんじゃないですか？」

誰かが言った。それに対して兵隊の間から、がやがや反対の声が上がった。

「静かにしろ！」

大場は小さい声で言った。殺すなどということは問題外だった。どうやって生かしておくかを考えようとしていたのだ。しかし、彼は、自分たちが陥《おちい》った珍妙な事態に苦笑せざるを得なかった。敵に囲まれ、わずか数分のうちに夜が明けるというのに、追われている部隊の隊長と副隊長が飢えた赤ん坊のお守りをして、手離せなくなっているのだ。

「家の中にある布きれを、どんな切れはしでもいいから集めろ」

大場は、彼のまわりに立っていた部下たちに言った。

「そして、それを箱の中に入れるんだ」

部下たちが言われたようにすると、大場は、その中から一番きれいな切れはしを二枚選び出した。赤ん坊たちをできるだけ寝やすいようにしてやると、彼は、選び出した切れはしを濡らして、その端を吸うように、それぞれの赤ん坊にあてがった。それから、彼は、箱を、太陽が出ても陰になるような、しかし、アメリカ兵が通ればすぐ発見されるように樹の下に置いた。それから、急に思いついて、赤い色をした切れはしを棒に結びつけ、それを箱の脇の地面に突き立てた。

「われわれにできることはしたんだ」

大場は誰にともなく言ってから、伴野に言った。

「さあ、行こう」

彼は、明るくなりかかった空をちらりと見てから、黒く輪郭が浮き出ていたタッポーチョ山を見て、それに向かって歩き出した。

農場の先は、サトウキビ畑になっていた。彼らは、高さ約三メートルの緑の壁の中へ入って、高い茎の間を一列縦隊になって進んだ。しかし、その中を進めば敵に見つからないと思って緩やかな傾斜を進んで行くうちに、彼らは、敵が群がっているに違いないと思われる谷に出てしまった。間もなく、先の方で、何台もの大きなトラックの音がした。

そこを越えないと、タッポーチョにつながる山岳地帯へ入れない。どうしても避けられないときには最後の抵抗をする覚悟を固めて、大場は拳銃を手に、車の通る道までわずかに数メートルのところまで、部下たちを前進させ、そこで止めて、かがみ込ませた。それから、彼は、サトウキビ畑の端まで、一人で這って前進した。

サトウキビの間から透かして見ても、サンゴを砕いた一〇メートル幅の道路が朝日に反射して、目を細めなければならないほど、光っていた。

こんなことは考えられない、と彼は思った。彼は、一〇日ほど前、ドンニイから戻るとき、そこを横切っていた。そのときは、これは舗装《ほそう》されていない狭い道だったのだ。それがこんな道になっている。日本軍だったら、こんな道路を建設するには、何週間か、あるいは何カ月か、かかるのに……。一台の大型トラックが、彼を飲み込む波のような埃《ほこり》を撒《ま》いて通り過ぎた。その次の一台が近づいたとき、彼は向きを変えて、伴野たちが待っていたところへ這い戻った。

運命は、依然として彼らを守っていた。

自分たちの占領が完全なものであると確信していた敵には、日本軍を捜す気配はまったくなかったのだ。少なくとも差し当たりは、そこにいて安全だと判断できた。大場は、自分のガスマスクの袋に手を入れて、夜明け前にもぎ取った鶏の脚を取り出した。待っていたかのように、部下の一人が、味噌の壺と缶を出した。全員の顔に笑《え》みを浮かべさせるような仕草で、佐野《さの》一等兵がポケットから二本のローソクを出した。誰も何も言わなかった。しかし、そこには、全員の完全な了解があった。尾藤は、鶏の羽をむしり取ろうとして手こずったすえ、銃剣を使って皮を剝《は》いだ。その間、ほかの者は、ローソクの炎の真上で缶を支えるように、緑の茎でコンロを作った。

一人に一切れずつでしかなかったが、彼らにとっては素晴らしい味の鶏の味噌煮の昼食であった。そして、彼らは、陽の高い間、何百というアメリカ兵が通っていた新しい幹線道路から四メートルと離れていないところで、眠った。

6 初めての掃討《そうとう》

――昭和十九年七月

七日の日没後間もなく、大場はまた道路まで這って行った。ジープやトラックはひっきりなしに通っていたが、その間隔《かんかく》は、ときには、何分間にもなっていた。大場は、伴野に合図して、一二人がサトウキビ畑の端まで来るのを待つと、彼らを連れて、道路を横切った。再び高地を目指した大場は、敵との遭遇戦に巻き込まれる恐れのある広い道を避け、タッポーチョ山につながる尾根に近い山道を選び、歩き続けた。

夜明けには、彼らは、ジャングルに蔽《おお》われたタッポーチョの斜面の中に、完全に入っていた。長時間、一切れの鶏肉以外何も食べていなかった彼らは、空腹と疲れで、タッポーチョの北側の森の中の空地で、倒れるように寝込んでしまった。

昼近く、大場は、伴野少尉に起こされた。

「隊長殿！」

彼はささやくように言った。

「下の方で、声がします。大勢です」

大場は飛び起きた。彼は、引き抜いた拳銃を手に、伴野を連れて、声が聞こえるところまで、尾根の側面を降りた。

「あれは何だ？　誰かに調べさせろ！」

見つけられたとき、防御陣地になる地形を探しながら、大場は命令した。

伴野の命令で、岩田一等兵が、ジャングルの中へ素早く入って、谷底へ向かった。

一〇分後に、岩田は笑いながら戻ってきた。

「日本兵です。一〇〇人はいます」

大場は、罠《わな》ではないか、と思った。どうして、一〇〇人もの日本兵がガラパンから一キロと離れていないこの谷に無事でいるんだ？　どうやって敵の攻撃を免《まぬが》れたんだ？　彼と彼の部下たちは、敵陣を突破してから、一人の日本兵も見ていなかった。彼は、島にいた四万五〇〇〇近い陸海軍将兵の中で、残ったのは自分たちだけだと、ほとんど確信していたのである。

彼は、わずか一三名の部隊を、一〇〇メートルほどの距離からその日本兵らしい兵隊を見下ろせる場所へ連れていった。そこから見える兵隊たちは、アメリカ軍が島を占領してしまったことも知らないように、のんびりうろついていた。大場は、双眼鏡を通して、じっくり観察した。確かに、彼らは日本兵であった。彼が罠ではないかと疑ったような、日本軍の軍服を着たアメリカ兵ではなかった。

奇妙に思いながらもほっとして、彼は、部下を率《ひ》き連れて兵隊たちが右往左往《うおうさおう》している真ん中へ入って行った。そして異常に長い顔をした痩せた大尉に会ったところで、歩みを止めた。彼は、正式に敬礼して、自分が何者であるかを名乗ったが、相手はまともな答礼もしなかった。しかし、その兵隊たちが独立山砲第三連隊の生き残りであることがわかった。

彼らは、数日前、アメリカ軍が北へ向かって進撃したとき、どういうわけか、まったく攻撃を受けずに取り残されてしまったのである。そのときから、彼らは、そこにそのまま残って、命令が来るのを待っているのだということだった。しかし、その大尉は、地獄谷で起こったことについても、とくに関心を持たないようだった。そして、大場が、自分たちはあなたがたの部隊と合流したいと言ったときも、ただ顎《あご》をしゃくって、谷の上に見える洞窟を指し、

「連隊長に会え。あそこに見える洞窟に、連隊長と大隊長がいるから」とだけ言って、大場に近づき、大場の襟を見て、「貴公が大尉だとすれば、襟章《えりしょう》はどうしたんだ?」と言った。

大場は、敵陣へ突入するとき、それをはずしたことを思い出して、まごつきながら、ポケットの中を捜した。しかし、見つからなかった。

「どうも、あなたの襟章を借りなければならないようです」と彼は笑って言った。

「私のは無《な》くなってしまったようなんです」

大場の無造作な答えにその大尉は文句をつけたいようだった。しかし、大場の平然とした態度に、自分の前にいる男が将校でないとは疑えず、何も文句を言わなかった。

大場は合流するには、確かに連隊長のところへ行かなくてはならないのだろう、とは思った。しかし、教えられた洞窟はかなり高いところにあった。見ただけで、あんなところまで登るのはかなわないと思った。腹がぺこぺこで、それどころではなかったのだ。彼は、その大尉に率直に、連隊長に会う前に何か食べさせてくれと言った。彼が、いささか無作法だが、そういう申し出をしたのは、はじめから、その部隊は食糧をたっぷり持っているらしいと思ったせいでもあるが、その大尉が終始、大場たちをまともに相手にしないような、馬鹿にした口のきき方をしたからでもあった。

それからしばらくして、大場たちは、アメリカ軍の上陸があってから初めて、温かい米の飯にありついた。大場たちがちょうど食べ終わったとき、谷の上から一人の准尉が野営地へ入ってきて、伴野に食べ物を分けてもらえないだろうかと言ってきた。その准尉も、一人になって山の中をさまよっていたようだった。伴野が、山砲連隊から分けられた食事を分けてやると、その准尉は、大場たちとは離れたところで、まるで正式の晩餐《ばんさん》にでも臨《のぞ》んでいるように正座して、異常な礼儀正しさで、食事をしていた。そして食べ終わると、立ち上がって、再びジャングルの中へ消えていった。

間もなく、大場は、伴野やほかの者たちが、木陰で眠っているのに気づいて、自分も休めそうな場所を探して、横になろうとした。

そのとき、ごく近くで銃声が起こり、彼の眠気はいっぺんに吹っ飛んだ。彼は、拳銃を抜いて岩の陰に伏せたが、野営地にいた者も全員、その銃声に反応した。しかし、銃声はそれっきりだった。しばらくして、ジャングルの中へ調べに行った兵隊が戻ってきて、あの准尉が自分の拳銃の銃口を口の中へ入れて引金を引いたと報告した。

それを聞きながらあの准尉のような死に方も一つの名誉を維持する死に方だ、と大場は思った。彼の最後の食事は、彼だけで行なった一つの儀式だったのだ。したがって、彼の死に方を見ている者はいないが、同じように、作法に則《のっと》ったものであったことは間違いない。大場は、まわりにいる山砲連隊のだらけた兵隊たちと比べずにはいられなかった。

ある者は、木陰に寝そべり、ある者は、あてもなくぶらついている。彼らは、もはや戦争には関心を持たず、最後の日々をできるだけ気楽に過ごそうとすることだけに関心を持って漫然と死を待っているのだ。彼らが、あの准尉と違うのは、自らの生命を名誉あるものとして終わらせる勇気に欠けているということではないか。

大場は、今のような状況の中で生きていく意味について、問い直さずにいられなくなった。あの准尉のように死ぬのが、自分の運命であるように思われた。私も、自分自身のひそかな儀式を行なって生命を断つほうがましなのではないだろうか？　島は占領されてしまっている。ここにいる兵隊たちに戦意はない。私自身の戦い続ける決意だって挫《くじ》けそうだ。

しかし、私があの准尉のように死んだら、伴野や私についてきている部下たちはどうなる？　あの洞窟にいるという連隊長や大隊長は、どう考えているのだろうか？　どうして、士気を失った兵隊たちを、戦う部隊に立て直そうとしないのだろう？　それでいいのだろうか？　いや、それでは不名誉な死を待つことにしかならない。せっかく敵陣を切り抜けてきた部下たちを、そんな目に遭《あ》わせたくない……。

肉体的には疲れていたが、彼の心は准尉の自決に乱されて眠れなかった。大場は立ち上がると、伴野少尉が山砲連隊の将校とすわって話しているところへ行って、声をかけた。

「野営する場所を見つけに行こう」

伴野は、再び昔のように陽気になっていたから、大場も、彼と話しているのが一番気がまぎれたのだ。

大場は、「おれは、この谷の中よりも、尾根に近い上の方が安全だと思うんだ」と言って、一緒に、灌木に蔽《おお》われた谷の北側の斜面を登り始めた。歩きながら、大場は伴野に煙草をすすめたが、伴野が断わったので、大場は自分だけくわえて、火をつけた。

そのとき、伴野が言った。

「ここにいれば食いつないでいけますけど、われわれはどうしますか？　米軍は、遅かれ早かれ、必ず発見しますよ」

伴野も、ここにいることに、問題を感じていたのだ。

「大砲がないので、ここにいる兵隊は、戦う気をなくしてしまっているんだ。われわれは、あと二、三日彼らと一緒に過ごしたら、別個に基地を作ることにしよう」と大場は答えた。

二人は、斜面の中腹で、二、三人、あるいは、四、五人ずつかたまって、話し込んだり寝ころんでいる兵隊たちの間を歩いていた。すると、その中で、二人で話し合っていたうちの一人の一等兵が立ち上がって、大場と伴野に「おい！」と声をかけた。

大場は振り向いて、その一等兵が自分たちを呼んでいるのだとわかって、頭に血が上ってくるのを感じた。彼はすでに、ここの軍紀が乱れていることは、生きる意味を考え直したほど知っていた。しかし、一等兵が将校に向かって「おい！」と呼びかけたのには驚いた。黙って認めるわけにはいかない。彼は、自分の方へ歩いてくるその一等兵の方を向いた。背が低く太っていて、異常なほど丸い眼の下に黒々と広がるアゴヒゲを生やしていた。その一等兵は、頭を下げるとか敬礼するような素振りも見せずに、大場に近づいてきた。

「煙草くれねぇか？」

男は、平然と、仲間うちで使うような言葉遣いで言った。大場は男を見た。男の眼が、じっと見つめる大場の眼と合った。しかし、その眼には、言葉遣いに現われているような敵意はなかった。この男は無礼なのではない。砲弾ショックでこうなっているんだ、と大場は思った。それで、彼が、煙草を分けてやることにしようとポケットに手を入れると、男は待ち切れないように右手を差し出した。

そのとき、男のシャツと手首の間が帯のように赤と紫の刺青《いれずみ》になっているのが、大場の眼に留まった。この男は衝撃で異常になっているわけではない。しかし、普通の兵隊でもない、と大場は思った。もともとヤクザで、軍隊組織が破壊されてからは、地《じ》を出して生活しているのだ。

いくら私が襟章をつけていなくても、私が持っている軍刀と拳銃を見れば、私が将校だということはわかるはずだが、ヤクザに戻った男には、そんなことは問題ではないのだ。

大場は、なおも男を観察しながら、煙草の箱から一本出して男に渡した。男は、ぼそぼそっとはっきりしない言い方で礼を言って、一緒にいた友だちのところへ戻って行った。

「あんなやつにどうして煙草をやったんです？　どうして無礼をとがめなかったんです？　あいつは、われわれが将校だっていうことはわかったはずです。私は、このままでは……」

伴野は、気色《けしき》ばんで、男が友だちとすわっているところへ行こうとした。

「ちょっと待て」

大場は、伴野の腕をつかんだ。

「あいつの刺青を見なかったか？」

「ええ、見ませんでしたけど、それがどうしたっていうんです？　あいつは無礼です」

「そのとおりだ。しかし、あいつはヤクザなんだ。かつては訓練された兵隊だったかもしれないが、今は、間違いなくそうじゃないんだ。ああいう男は、いざというとき、貴重な味方にもなるし、危険な敵にもなる。私は、たかだか一本の煙草のために、敵に回すほうを選びたくないんだ」

二日後の十日、大場らは、尾根の頂上まで登って、頂上の近くに、山砲連隊の兵隊たちとは十数メートル離れることになる野営に適した場所を見つけた。彼は、そこを、彼および彼の部下たちの野営地とした。

その日から三日間、大場たちは、山砲連隊の兵隊たちと一緒に生活した。大場は、自分たちが野営地を設営した上の谷は〝築港《ちくこう》の沢〟と呼ばれているところだと知った。彼は、部下たちが、しだいに山砲連隊のだれた空気に染《そ》まってゆくのはわかったが、彼らと離れて、よそへ行こうとはしなかった。とりあえず、食糧の心配をしなくてすんだし、しばらくは休息して体力を回復しておくほうがいい、と思ったからである。

三日目の昼食後、大場は、枝が低く広がっている低い木の下で、横になって寝《やす》もうとした。

しかし、彼が眠りかかったとき、突然、自動小銃のけたたましい音が響いた。眼をあけた彼の頭の上の低木の葉を、弾丸がずたずたに引きちぎった。彼は、本能的に、傾斜地の下になる方に転がって、下へ向かって転がり続けた。傾斜が段になっていたところで、彼は止まって上を見たが、撃《う》っている相手は見えなかった。

しかし、普通の小銃音を混《ま》じえて、何丁もの自動小銃が鳴り続けていた。そこから、彼は身体をかがめて下へ向かって走り続けた。夢中で足を動かしているうちに、彼は、自分が小さな沢に入っているのに気づいた。沢の先は、切り立った崖になっていた。そこで行き止まりなのだ。彼は恐怖が身体全体に広がるのを感じた。

そのとき、右手で何か叫び声が聞こえた。見ると、三〇人近いアメリカ兵が、沢を彼の方へと下りてくるのが見えた。彼の姿は低い藪の陰になって、向こうからは見えないはずだった。しかし、もうすぐここへ来てしまう。彼の心臓は、すでに激しく動悸を打っていたが、さらに激しく躍《おど》るように打ちはじめた。左手に、広い草原があって、その先がジャングルになっているのはわかったが、敵に見つからずにそこを横切ることはできそうもなかった。彼は、藪の陰を伝って崖に近づくしかなかった。そのとき気がつくと、前の崖を二人の男女が登っているのが見えた。民間人の夫婦らしい。しかし、もうアメリカ兵はそこまで来ているのだから、簡単に発見されてしまう。

「降りろ！」と大場は叫ぼうとした。しかし、彼の声帯は恐怖で収縮して機能しなかった。もう一度「見つかるぞ！」と叫ぼうとしたが、やはり声は出なかった。二人の男女は、少しずつ上に登って行った。

大場は、崖下の藪まで来たが、藪はそこで切れており、もうそれ以上先に進めない。アメリカ兵との距離は五〇メートルに狭《せば》まっていた。どうする？　そのとき、彼の眼に、少し離れた川床に日本兵の死体が二つ横たわっているのが見えた。

咄嗟《とっさ》に彼は、軍刀と拳銃とガスマスクの袋を取って藪の中へ放り込むと、二つの死体の間へ這って行って、そこで、うつ伏せになって死んだふりをした。

間もなく、彼の耳に、アメリカ兵たちが近づいてくる音が聞こえた。足音がだんだん近づいてくる。と、誰かが何か叫んだ（アメリカ兵の一人が「あそこに二人、崖を登っているぞ！」と叫んだのだ）。その叫び声に続いて、すぐそばで自動小銃が一斉に発射された。

それが静まると、大場のすぐ足もとで、何人かのアメリカ兵がわいわい言っている声が聞こえた。誰かが隣りの死体を引きずったような音がした。彼は、もうダメだと思った。おれが生きていることはすぐわかる。わかったとたんに撃たれる。数秒のうちの問題だと。

彼は死んだふりをしたことを悔《く》やんだ。あんなにも名誉ある死に方をしたいと思ってきたのに。死んだふりをしていて殺されるなんて。それが名誉ある死になるわけはない。しかし、もう、ほかの行動をとることは、生きる望みをすべて放棄することにしかならない。彼はじいっと息を殺して、自分の身体に弾丸が撃ち込まれるのを今か今かと思い続けた。

その衝撃は突然襲ってきた。彼は、顔を下の砂地に押しつけられるのを感じた。身体全体を激しくたたきつけられたような衝撃だったから、彼には、弾丸がどこへ入ったのかわからなかった。彼は、この最初の衝撃が焼けつくような痛みに変わる前に、理性が働かなくなり、意識がなくなってくれるのを祈った。しかし、そのどちらも訪れなかった。ただ、息が止まりそうになるような重みで、身体が砂に押しつけられる感じがしただけだった。

まわりで、わけのわからないことをしゃべっている声が聞こえる。

もう死んだのだろうか？　と彼は思った。しかし、自分が息を殺していることに気づいた。一生懸命そうしていようとする意識があるのだ。

一人のアメリカ兵が奇妙な声を発した（大場にはわからなかったが、「ようし、これで五点とったぞ」と言ったのだ）。それに対する返事のように、別の声がして（それは、「まるで、第二小隊が山で運動会をしているみたいじゃないか」と言っていたのであった）、何人ものドッと笑う声がした。

大場が、米兵が何を言っているのだろう、と思っていると、急に左脚の一か所を押さえつけるような重みがかかった。すぐ、それは、アメリカ兵の一人が小銃の床尾を載《の》せたためなのだとわかった。とすると、身体全体にかかっている重みはなんだろう、と彼は思った。間もなく、それは、ほかの日本兵の死体だとわかった。

そうだったのか。そうわかって、彼は、自分が間違いなく生きていると自覚できた。彼はゆっくり肺に閉じこめていた空気を吐き出し、同じようにゆっくり、新しい空気を吸った。

そして彼は考えた。おれはひるんでいるんじゃない。機転を利《き》かせて戦っているんだと。そう考えることで、彼の気持ちは楽になった。狼狽《ろうばい》はおさまった。たとえ今死ぬにしても、おれは最後まで戦ったことになる、と考えることができた。彼の顔には笑みが浮かんだ。しかし、間違っても敵にそれを見られてはいけない。彼は、息をひそめ続けた。

ついに、左脚にかかっていた重みははずれ、アメリカ兵たちの声は遠のいていった。それでも彼はじっとしていた。一五分は過ぎたと思われてから、彼は、かすかに眼を開け、そうっと首を回して沢の下手《しもて》を見た。アメリカ兵は、ずっと下手へ行ってしまっていた。

彼は、横へ転がって、背中に載っていた死体から脱け出した。本当に生き返るようだった。四つん這いのまま、武器を捨てた藪まで行って再び武装する。彼は、それから初めて立ち上がって、三〇分前まで自分が寝ていた斜面を見上げた。彼が立っていたところからでも、二五、六人の死体が見えた。

斜面を登りながら、彼は、そのうちの何人かは、彼と同じように死んだふりをしているだけであることを期待して、一人一人を調べるように見ていった。しかし、そういう者は一人もいなかった。

頂上近くに、自動小銃の一斉射撃で吹き飛ばされたように伴野の死体が横たわっていた。片方の眼は開いたまま死のヴェールに蔽われて、青白く光っていた。そしてもう一方の眼は大きく穴が開いて、すでに黒くなった血の線が横切り、頭蓋《ずがい》を貫通した弾丸がそこから出たことを示していた。大場は、手を差しのべて、伴野の開いていた眼を閉じてから、左手の指は別の弾丸で何本か断ち切られていたけれども、伴野の両手を合わせて、胸の上に置いた。しかし、そうしているうちに、いっそう悲しみがこみ上げてきた。彼は衝動的に、そばに倒れていた死体から銃剣を引き抜き、ちぎれかかっていた伴野の左手の親指の腱《けん》を切った。

彼は、自分が何を考えているのかはっきりしなかったが、切り離した親指を、自分のハンカチに包んで上着のポケットにしまった。いつの日か祖国へ帰るときがあるとは、冷静に考えたら想像もつかないのだが、無意識のうちに、そういうときがあると思ったのだ。そして、そのとき、伴野の家族に、これが彼の身体の一部だ、と届けたかったのだ。

頂上に登って見ると、独立山砲第三連隊のほとんどの将兵は、不意打ちを食って、逃げる間もなく殺されているようだった。おれの部下も殺されてしまったのだろうか。彼は、自分がここへ連れてきた一二名を捜した。しかし、累々《るいるい》と重なっている死体の中から彼らの死体を見つけ出すことは、容易にできなかった。

大場の階級を疑って横柄な態度をとった大尉は、野営地の中の二つの岩の間で大の字になって倒れていた。拳銃も軍刀も身につけていなかった。大場は、そのときになって初めて、どうもアメリカ軍は、将校の装備品を持って行くようだと気がついた。

　そうやって死体の間を歩いていて、突然彼は、こんなことをしていたら、死体の仲間に入る可能性が大きいことに気づいた。敵がいつ戻ってくるかもしれない。彼は、尾根の上の、誰か仲間の日本兵が野営地に来ればすぐわかり、米兵に対してある程度は抵抗できるような岩の間へ、小銃三丁と拳銃一丁を持っていって、そこへひそんだ。

　しばらくすると、谷のはるかに下の方から連続する自動小銃と小銃の銃声が聞こえてきた。大場たちを襲撃した部隊が、別の日本兵の集団を見つけたようだった。敵は残存兵の掃討作戦を開始したのだ、と大場は思った。

　日が暮れて一時間ぐらい経《た》ったとき、下の谷間で物音がした。耳をすますと、それは日本語のささやき声だった。大場が暗い斜面をそうっと下りて行ってみると、四人の兵隊が声をひそめて話し合っていた。大場が、突然現われたのにびっくりしている彼らに、大場は言った。

「私は、一八連隊の大場大尉だ。お前たちはどこの部隊の者か？」

　彼らは、まさに不用意に襲撃された山砲連隊の兵隊だった。

「ほかに生存者はいないのか？」

「われわれが知っているかぎりでは、一人もおりません」

彼らの中の一人が答えた。

しかし、それから二時間の間に、さらに八人、生き残っていた者が現われた。そのうちの五人は、彼の元からの部下だった。四カ月前、満州から一緒に船に乗って生き残った者は、彼の中隊にいた者のうち、彼のほかには、岩田、佐野、平岩《ひらいわ》、鈴木の各一等兵と久野《くの》伍長の五人だけになったのだろうか？

「ほかの者は、どうした？」大場は、とくに尾藤軍曹を頭に置いて尋ねた。

「みんな死にました」

久野が答えた。

「尾藤もか？」

「尾藤軍曹ほか七人は、谷へ登って逃げようとして、最短距離を真っすぐ走ったのですが、機関銃の掃射でやられました。われわれも、すぐその後に続こうとしていたのですが、軍曹たちが倒れるのを見て、左手へ回ったんです」

7　コーヒー山の勝利

――昭和十九年七月

夜の間に、さらに、一人あるいは二人で野営地へ戻ってくる者があって、その数は、およそ二〇人になった。ほとんど砲兵連隊の者だった。軍務に熱心な久野伍長は、ほかに下士官がいないとなると、さっそく自発的に尾藤軍曹の役割を引き受け、岩田や平岩を絞りはじめた。

「自分の銃を探して来い！」と、彼は声を荒らげて平岩に言った。平岩一等兵は、突然の敵襲に驚いて小銃を置いて逃げたのである。

「銃は天皇陛下から賜《たまわ》ったものである。それをなんと心得ておるのか！」

兵隊が身につけている装備の中でも、銃は天皇陛下から委《ゆだ》ねられた神聖なものとされていたから、大場は、これは譴責《けんせき》されても仕方がない、と思って聞いていた。しかし、平岩が自分の銃を探しに行かされるのに関連して、この際、平岩の銃だけでなく、残っているかぎりの兵器を集めておこうと考え、久野伍長に言った。

「平岩だけでなく、わが隊の者に、見つけられるかぎりの銃砲、弾薬を集めさせよ。必要なときに使うために、取っておきたい」

それらの武器を使うときがいつくるのか、まるでアテはなかった。しかし、彼は、生き続けるかぎり戦わなくてはならない。できるだけ生き残るには武器が要《い》る。武器さえあれば、増援部隊が来たときも有効に呼応できると考えたのである。

大場の元からの部下五人は、谷の下から上まで、死体の間を探《さぐ》って、武器を集めだしたが、上の方へ行った部下たちが、誰かと話している声が聞こえた。彼らが声をひそめて訊《き》いているのに対して、相手は大きな声で答えている。下にいた大場のところまで聞こえてくるのだ。敵が来る危険があるのに不心得な奴だ、と腹を立てて、大場は声がする方へ歩いて行った。

「静かにしろ！」

人影がたまっているところへ近づきながら彼は注意した。一人、雨水の流れにえぐられてできた一メートル近い深さの水路の縁《ふち》にすわっている者がいて、彼の部下たちは、その人物を囲んでいた。

「お前は誰だ？」

依然として、少しも声を落とさず、すわっている男が訊いた。

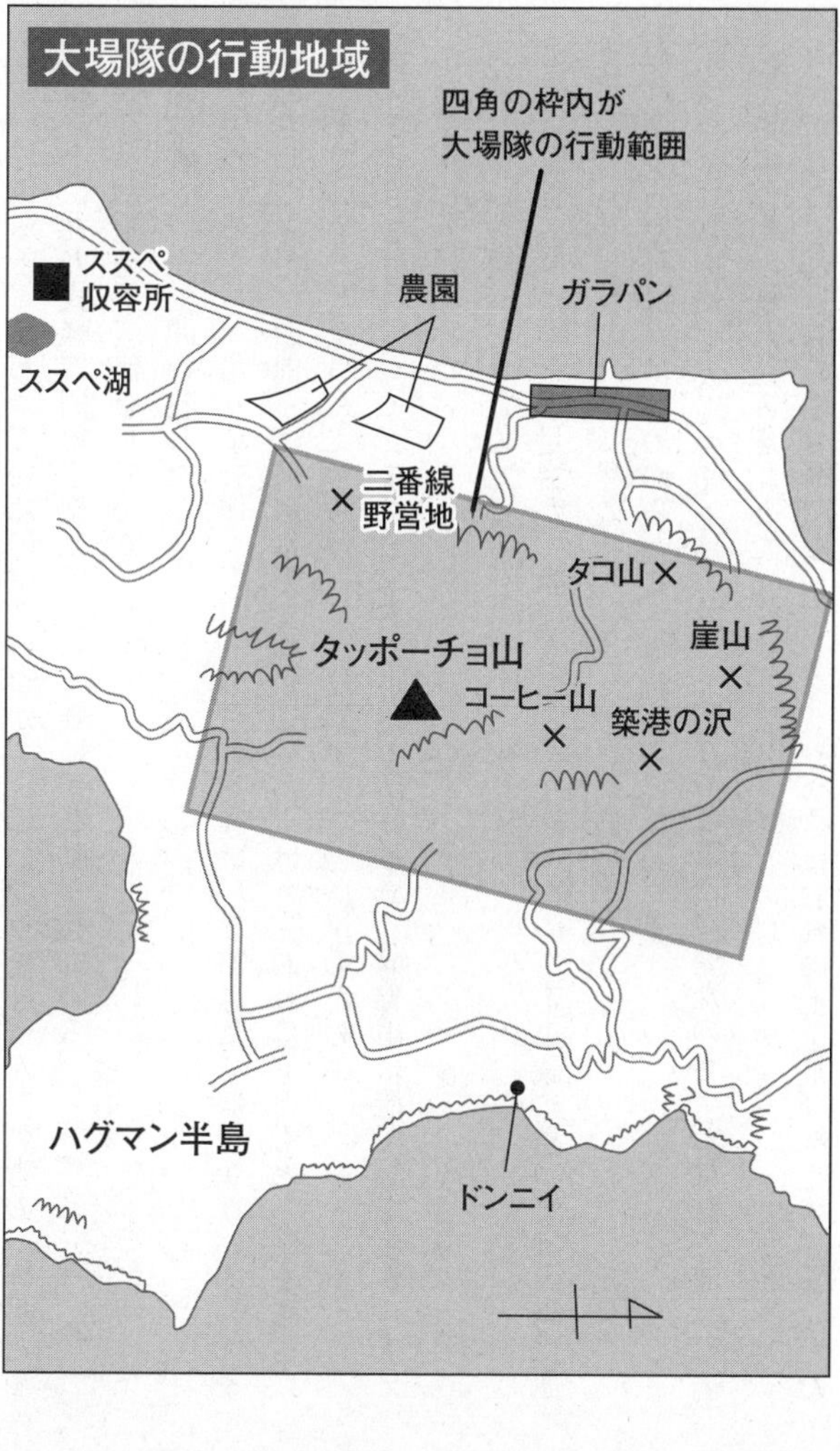
大場隊の行動地域
四角の枠内が
大場隊の行動範囲
ススペ
収容所
ススペ湖
農園
ガラパン
二番線
野営地
タコ山
崖山
タッポーチョ山
コーヒー山
築港の沢
ハグマン半島
ドンニイ

近づいてみると、すわっていたのは、いつか、大場に煙草をせがんだ刺青《いれずみ》の一等兵だった。膝の上に九九式軽機関銃を抱えて、しきりに手を動かしている。

「軽機なんか抱えて、何をしているんだ？」

大場は厳しい声で問い質《ただ》した。

「見りゃわかるだろ。吊り革を作っているのさ。おれは、攻撃されてばっかりいるのにゃ飽き飽きしたんだ。お前らは何しに来たのか知らねえけど、おれはもともと、敵を殺しにここへ来ているんだから、こっちからも、攻撃することに決めたのよ」

彼はこともなげに言って、また、二本の小銃の吊り革で、射撃中に機関銃を肩から支える吊り革を作りはじめた。

「お前は、いつ戻ってきたんだ？」

この男が谷へ戻ってきた足音が、誰にも聞こえなかったのを不思議に思って、大場は訊いた。

「おれか？　おれは、はじめからどこへも行っちゃいねぇよ」

彼はニヤリと笑って大場の顔を見ると、「ずうっとここにいたのさ」と足許の流水が岩をえぐって作った切れ込みを指した。

「おれがこの切れ込みの中で横になってたら、やつらはおれの上を飛び越えて、あんたたちを追いかけて行きゃあがったんだ。それを見てただけさ」

　彼はそれだけ言うと、再び、即席の吊り革作りに関心を向けた。

「われわれは、いずれ攻撃するときのために、兵器を集めて隠しておくつもりだ」と大場は言った。

「その機関銃も、隠しておくことにしないか？」

「ごめんだね」

　彼は、まったく上官に対する言葉を使わなかった。

「おれは、今日から、ヤンキーどもを〝一〇〇人斬り〟することに決めたんだ。それにゃあ、こいつを使うつもりだからな」

　大場は、ヤクザと、それも機関銃を持っているヤクザと議論してもしょうがないと思った。しかし、大尉が一等兵に言われて黙って引き退《さが》るのは、あまりいい格好ではない。彼はぼそぼそつぶやいて頷きながら、部下たちが集めた兵器を見に谷の下へ戻った。

　集めた兵器は、小銃一七丁、軽機関銃一丁、擲弾筒《てきだんとう》一筒、弾薬二箱になった。大場は、二人に軽機関銃と擲弾筒の管理を、あとの二人に弾薬箱の管理を命ずると、そのほかの武器は、近くの洞窟の中へ運び入れ、入口を岩石の塊りと木の枝で塞《ふさ》いで隠した。

　これで小さな戦いならかなり続けられるだろう。一応の自信がついたところで、彼は五人の部下を連れて、新たな野営地を見つけに出発する準備をしながら、一緒にいた十数人の山砲連隊の生き残りに言った。

「われわれはこの状況においては、かなり満足できる武装ができた。これからどういうことが起こるか、私にはわからない。しかし、お前たちが希望するなら、われわれの隊に迎える。望まない者は、別の道を行け。しかし、言っておくが、われわれは団結することで、戦闘力を持てるし、生き残る可能性も増すはずである」

砲兵の訓練は受けたが、歩兵として戦うことには不安を感じていた兵隊たちは、全員、感謝して、いかに戦うかを熟知している一人の将校と五人の兵隊の仲間に加わった。

出発の前に、大場は、まだくびれた水路の縁《ふち》にすわっていた刺青の一等兵のところへも行った。

「お前の名前はなんていうんだ？」

彼は尋ねた。

「堀内《ほりうち》だよ」

男は答えた。

「お前も、われわれの仲間に入るなら、歓迎するぞ」

「遠慮しとくよ。あんたはあんたのやり方で戦やぁいい。おれはおれのやり方で戦うから」

刺青の一等兵の返事には驚かなかった。大場は、自分が彼にも誘いをかけたことに満足して、二〇人の部下が待っているところへ戻った。

部下を引率した大場は、尾根伝いに、なるべく山の上の方を通った。大場には、彼らをどこへ連れて行こうというあてはなかった。ただ、明け方までに〝築港の沢〟からできるだけ離れようということだけを考えていた。

先頭を歩いていた大場が、いきなり、ジャングルの中から日本語で誰何《すいか》されたのは、まだ暗いうちだった。

「止まれ！　そこへ行くのは誰か？」

相手は日本兵だとわかって、大場は答えた。

「日本の兵隊だ。撃つな！」

ジャングルから出て来て歩哨に立っていたらしい下士官に、大場が名乗ると、下士官は敬礼して言った。

「夜が明けたら、あなた方を〝ほかの者〟のところへ案内します。それまでは、ここにいていただきたいのですが……」

部下たちは、そこで横になって寝《やす》むことになったが、大場は、ひと眠りする前に、その下士官から、彼の仲間のことを聞いてみた。

彼が〝ほかの者〟と言った仲間は、この一週間の間に三々五々集まった三〇〇人近い日本人で、この下のコーヒー山といわれている山裾の谷間にいるということだった。

「軍人もいれば、民間人もいるのですが、彼らは島のあらゆるところから集まっています。そのほとんどは、タッポーチョに集まって、次の命令を待つように言われた、と言っています」と歩哨の下士官は言った。

誰がそんな命令を出したんだろう、と大場は考えた。次の玉砕攻撃のために、できるだけ人員を集めようと計画している高級将校がいるのだろうか？　その高級将校は、ジャングルにこもって戦い続ける部隊を編成しようとしているのだろうか？　ひょっとしたら、生き残っている日本人を飛行機と大砲と歩兵の集中攻撃でまとめて殺せるような谷へ集めるために、アメリカ軍がなんらかの工作をして流した噂ではないだろうか？

そのうち、大場も、ついに横になって寝た。しかし、ほんの数分で、彼は歩哨に揺り起こされた。太陽が昇りかかっていたからだ。周囲を見ると、大場たちは、二〇〇メートル近い幅の谷の側面にいた。まわりには巨大な木が生《お》い茂っていて、それが谷底を日光からも空中偵察からもさえぎっている。淡《あわ》い夜明けの光を通して、三〇〇人の集団が、今日も無事に夜明けを迎えられたことを祝うかのように活動しはじめるのが見えた。野営地のそこかしこで、食事の支度をする煙が立ち昇りはじめた。それを見て、大場は、移動するとき、山砲連隊が蓄《たくわ》えていた米や乾燥食糧を持ってこなかったことを悔いた。

歩哨は、ここにいる集団全部を指揮している者はいないが、自分は、元の部隊、一三五連隊のときからの中尉に命令されて、歩哨に立っていたのだ、と言った。

大場は、部下たちを起こすと、歩哨が指示してくれた道をたどって、谷の下へ降り、中尉を見つけた。

彼が、再び、自分の身分を大尉だと名乗ったとき、中尉の眼は、彼のどこにも階級章がついていないのを見てとっていたが、若い中尉は、その疑いを眼にも態度にも表わさず、大場たちに、自分たちと一緒に食事を取るように誘った。

「君の部下は何人いる？」

食事をしながら、大場は訊いた。

「もともとの部隊からの者は七人だけです。しかし、よその部隊からはぐれた者が十数人います」

大場は、中尉の部下の中で武装している者は、ほんの数人に過ぎないことに気づいた。

大場は、自分たちが〝築港の沢〟に隠してきた武器のことを中尉に教えようかと思った。

しかし、もう少し中尉たちの集団のことがわかってからにすることにした。

その後、大場は、谷底で野営している人々の間を歩いて、そこにいる集団には統率者がいないことをはっきり知らされた。さまざまな家族や、少人数の兵隊の集団がまったくバラバラにすわっていて、ほかの者にはほとんど関心を払っていないのだ。

彼らの笑いを忘れた顔や重苦しい態度を除けば、ピクニックに来た人たちが群れているようにも見えた。大場が、中国や満州で見た難民たちよりも、彼らは静かだったし、それよりわずかに組織されてはいたが、同じような望みを失った者の無気力さが目立っていた。

彼らの中の軍人たちにさえ、日本の兵士としての不屈さや誇りは、片鱗《へんりん》も見えなかった。何が起こったのか？　武士道の精神は、勝利のときにだけ存在するものなのか？　尽《じん》忠《ちゅう》の精神も、一回の敗北でなくなってしまうものなのか？　どうして、一カ月前と同じような、国のために戦って死ぬ心構えはなくなってしまうのか？

彼は、改めて刺青の兵隊のことを考えた。あの兵隊は、肩に軽機関銃をかけて、彼自身の私的な戦争を宣言していた。どうして、ここにいる人たちには、あの兵隊のような根《こん》性《じょう》もないのか？　敵に降伏しているのではなく、敗北に降伏しているのだ、という気がした。彼は、彼の部下たちがこういう無気力な状態に落ち込むのにどれくらいの時間がかかるのだろうか？　いや、彼らのことではない、彼自身さえ、それにどのくらい抵抗していけるだろうか？　と思った。

彼は、谷の上流の方へ向かって歩いた。上流はひじょうに狭く、切り立つようにかなり急勾配になっていた。しかし、大木が生えていて、隠れ場所には困りそうもなかった。そこには歩哨も立っていなかった。彼は、敵が、〝築港の沢〟を襲ってきたときのように、上から掃討してくる場合のことを考えずにはいられなかった。

彼は、若い中尉――この男だけが、大場が会った中で、兵士であることを忘れていないように見えた――が彼の部下たちとすわって話しているところへ戻ると、中尉に、築港の沢へ置いてきた食糧のことを話して、現在、彼らがいる位置のおよそ二キロ北になるその谷へ行くには、どう行けばいいかを、地図で示した。しかし、彼は、そこに敵が戻っているかもしれないから、暗くなってからでなくては、取りに行けない、という意見もつけ加えた。

彼らのはるか下の方で銃声が聞こえたのは、午後も二、三時間過ぎてからだった。三〇〇の怯《おび》えた顔が、音のした方向を見た。分散して屯《たむろ》していた家族や兵士たちは、心配そうな眼差《まなざ》しを交《か》わして、わずかな身の回り品を荷造りしはじめた。小銃の銃声に混じって、自動火器の短い連射音が聞こえた。間もなく、敵が谷を登って来ていることが明らかになった。民間人たちは、反対の方角へ逃げはじめた。

大場と彼の部下たちも、その後について行く用意をした。そのとき、久野伍長が平岩一等兵を叱責している声が聞こえた。平岩一等兵は、この数日来、赤痢で苦しんでいたが、それが明らかに悪化していたのだ。

「ここに残っていることはできないんだ」

久野は言っていた。

「お前は、われわれについてこなくちゃいかん」

ひどい脱水症状で弱っていた平岩一等兵は、ただ首を振るだけで、身体を動かそうとはしなかった。大場は、平岩が横たわっていたところへ行った。

「立て!」

彼は命令した。

「はい。しかし、隊長殿。自分は動けません」

発砲の音はだんだん大きくなっていた。

「久野!」

大場は言った。

「二人呼んできて、彼をあそこの岩の間へ移せ。銃をつけて、彼をあそこへ隠すんだ!」

これで、彼の元からの仲間は、久野、鈴木、佐野、岩田と彼自身の五人だけになると彼は思った。

それから、怯えきっている民間人と少しも変わるところなく逃げ出す敗残の兵隊たちに、模範を示してやろうという気持ちで、大場は、部下たちを二列横隊に編成し、谷の上流へ向かって、整然と移動を開始した。

しかし、おれはまた退却している、と、彼は心の中で認めざるを得なかった。しかし、今回は、少し違う。われわれは武器を持っている。われわれのほうが地形を承知している。その山へ彼らが来るのだ。うまい場所を見つければ、対等に戦えるのではないか、と彼はしきりに考えた。

彼はうんざりする思いで、なんの統率もない集団が、敵を前にしてあてもなく逃げて行くのを眺めていた。

彼らが、巨木の林から出て、ところどころサンゴの岩が露出している緩《ゆる》やかな傾斜の草地へ出たとき、谷の幅はおよそ二五メートルほどに狭まっていた。ここなら、かなりの敵がいても迎え撃つことができるのではないか。大場は、部下たちを斜面の上に配置できるような地形を探した。見ると、林から一〇〇メートルほどのところに塹壕《ざんごう》が一本と、いくつかのタコツボ壕がある。おそらく、この前の攻防戦のとき掘られたものだ。丈《たけ》一メートルの鋸《のこぎり》の歯のように広がった岩石の陰になっているその陣地は、彼が望んでいた以上に迎撃にはお誂《あつら》え向きの場所だった。

彼は、小銃の音で、アメリカ軍が彼らよりもゆっくり谷を上がってきていることを頭に置いて、部下たちを配置した。そして、双眼鏡で下の様子を調べ続けた。

林の途切れ目を、左手のジャングルになっている山へ向かって、兵隊や民間人が続いていた。中には小銃を持っている兵隊もいる。大場は、よほど呼び止めようかと思ったが、やめた。塹壕もタコツボ壕も現在の部下だけでほとんどいっぱいになっていたからである。

彼は、軽機関銃を自分の傍《かたわ》らに置いて、部下の半数はタコツボ壕に、あとの半数は塹壕に配置した。

間もなく、林が途切れたところに、鮮やかな白がひらめくように見えた。注意して見ると、白ズボンに茶色の長靴《ちょうか》をはいた日本人の見習士官で、二人の兵隊を連れて、斜面を登ってくる。見習士官は、五〇メートルほどの距離まで近づいて、大場たちが布陣しているのに気づくと、真っすぐ塹壕へ向かってきて、大場に敬礼して言った。

「やりますか？」

「やる」

「では、私たちも加わります」

「お前たち、兵器は何を持っている？」

「軽機と擲弾筒を持っています」

「よし。それでは、この左に展開しろ」

それだけのやりとりで、見習士官たちは、塹壕の中へ入った。

聞こえてくる銃声で、敵は下の野営地へ到達したと判断できた。射撃量のおびただしい増加は、まだ野営地に残っていた者がかなりいたということか。近づいてくるアメリカ軍の銃撃の凄《すさ》まじさから、敵はあらゆるものに銃火を浴びせるグリーン部隊だということがわかった。大場は、瞬間的に、自分が聞いた銃声の中に、平岩の小銃の音も入っていたのだろうか、と思った。

大場は、部下の方を向いて言った。

「いいか。頭を岩から出すな。射撃は、敵が二〇メートル以内に近づくのを待って開始する。擲弾筒の射撃開始も、おれが合図する」

全員、顔を引きしめて頷いた。大場は、自分の命令が十分に理解されたことに満足して、大きく突起している岩の後ろに立った。そこからだと、林が途切れる線がはっきり展望できるのだ。銃声は、まだ、林の線のはるかに下だった。

大場は、左手に展開している部下たちを見た。全員、戦闘準備をして伏せ、その日の昼までの打ちのめされた様子はすっかり消えていた。彼らは、再び兵士になっていた。彼らに欠けていたのは、統率と敵に遭う機会だったのだ。

彼は、ポケットから挿弾子《そうだんし》を三つ出して、棚のようになっていた岩の窪みに置いた。そうしておけば、早く拳銃に再装塡できると考えたのだ。

ポケットの中でこぼれた弾丸を、手を突っ込んで探していると、彼の指が、二つの硬い布きれに触った。彼は、かすかに笑みを浮かべながら、それを引っ張り出した。およそ二週間前、自分がはがした大尉の襟章はやはりポケットの中だったのだ。

彼がそれを襟につけていると、向こうでそれを見ていた久野が、歯を見せてニヤッと笑い、それでいいのだというように頷いた。大場も笑い返した。

敵も相当上まで登ってきているだろう、と思っていたとき、それまで草地の方へ登ってくる者はほとんどいなかったのに、およそ二〇人ぐらいの民間人の集団が、炊事道具を下げて、あえぎあえぎ登ってきた。一番遅れた民間人の集団だった。彼らは、ほかの者たちのようにジャングルの方へ向かわずに、真っすぐ大場たちの方へ向かってきた。ほとんどが年配の夫婦ものだった。彼らは、大場たちを見ると、横へ回りはじめたが、ときどき立ち止まって見ていた。

「早くわれわれの後ろへ行け！」

大場は、怒鳴った。進撃してくるアメリカ兵の注意を惹《ひ》くことになる民間人に、そんなところにいてもらっては困るのだ。

「お前！」

彼は、ついに、民間人の一人を指《さ》して言った。

「みんなを、あの岩の向こうへ早く連れて行け！」

彼は、防御陣地の上一〇メートルほどのところに突き出ている大きな岩を指し示した。

そのとき、その岩の間から、がっしりした体格の日本兵が、身軽に地面に飛び下りたのが、大場の眼に入った。その兵隊は、真っすぐ彼の方へ歩いてきた。伸び伸びとした足どりと気楽な銃のかつぎ方で、その兵隊がかなり戦い慣《な》れしていることはわかった。

その兵隊は、大場たちの陣地の端で止まると、素人とは違う眼配《めくば》りで、人と兵器の配置をちらりと見てから、大場に敬礼した。大場は、兵隊の襟に曹長の襟章がついているのに気づいた。

「陸軍曹長、木谷敏男。第一三五連隊でした」と彼は名乗った。

大場は、笑って答礼した。「ちょうどいいところへ来た。数分で、敵を迎えることになる。位置についてくれ。話は後でしよう」

もし〝後〟があったらだ、と彼は思った。

最初のアメリカ兵が林の途切れる地点に現われたのは、それから一五分近く経ってからだった。彼らは、小銃を腰に構え、二五メートルの谷幅いっぱいに横に広がって、ゆっくり登ってきた。同じ格好で、後から後から続いて現われる。大場がざっと見て、およそ一五〇人はいた。それが斜面を登ってくる。先頭を進んでいる者は、すでに斜面の中ほどまで来ていた。

彼は拳銃の安全装置をはずした。やがてアメリカ兵によって、斜面の下半分は埋めつくされた。彼は、部下たちの様子をちらりと見た。みんな銃を構えて待機している。見習士官は、軽機関銃の銃身を見下ろしていた。大場は、前方二〇メートルのところにあった小さな茂みを目安にしていた。先頭のアメリカ兵がそこに達したら、射撃を開始するつもりでじっと見守る。

来た！　とたんに一斉射撃が沈黙を破った。

「この野郎！」

見習士官は、歯を食いしばって機関銃の引金を引いていた。大場は、岩の陰から躍《おど》り出ては、素早く目標を見つけて、拳銃を撃ち続けた。

最初の五秒で、一〇人以上の敵が倒れた。何人かの敵は、応戦しようと地面に伏せたが、そのほかの者は、雪崩《なだれ》のように林へ向かって走りはじめた。

大場は、擲弾筒を構えている部下に手を振って合図した。すでに短い砲身に榴弾を落としていた兵隊は、引綱を引いた。榴弾は退却する敵に向かって弧《こ》を描いた。

榴弾が敵の真ん中で次々に炸裂《さくれつ》した。応戦しようとしていたアメリカ兵も、間断のない大場隊の攻撃にさらされ、林へ向かってジグザグに逃走しはじめた。

そのとき、彼の左側から、この迎撃に参加した見習士官とその二人の部下が壕を飛び出し、止める間もなく、退却する敵を追いかけはじめた。

「馬鹿者！」

大場は、つぶやかずにいられなかった。勝利にはやる若者は、頭の中に理論だけを詰め込んでいて、実戦の体験を持っていない。中国では、大場も、退却する敵を追撃した。しかし、今の相手は、中国兵ではない。アメリカ軍との戦いは、今までの教科書どおりではないのに……。

案《あん》の定《じょう》、林の向こうから一斉射撃の音が響いて、見習士官は前のめりに倒れた。彼の部下は遮蔽《しゃへい》物を見つけようとして、横へ走ったが、霰《あられ》のような弾丸を受けて、投げ飛ばされるように倒れた。彼の左脇で構えていた軽機関銃は、敵の一斉射撃に応《こた》えて、林の木の間を片っ端から撃ちまくった。

「撃ち方止め！」

大場は叫んだ。

その後の沈黙の中で、大場は、広い斜面と林の中を慎重に調べた。なんの動きもない。

五分経過した。やっと、彼は前進の命令を出した。全員、静かに遮蔽物の陰に隠れながら斜面を下りはじめた。林の線に進むまでに、大場たちが数えた死体は一七体だった。

彼らが下の野営地へ着いたときも、敵の気配はまったくなかった。大場は、谷の下の方を調べるために、谷の片側の斜面から一際《ひときわ》高く突き出ている岩に登った。そこからだと、双眼鏡なしでも、アメリカ兵が退却して行くのが見えた。その大部分は、ガラパンに向かっていると見てよさそうだった。

彼が谷を下りるときから感じてきた喜びは、久野と岩田が平岩の死体の傍らに立っているのを見たとき、いっぺんにしぼんだ。身体を動かせないほど弱っていたこの一等兵は、銃口を自分のあごの下に当てて、足の指で引金を引いていた。

大場は、久野が、平岩の死体を優しく抱き上げて岩の割れ目へ移し、眼に涙を浮かべながら、その上を石と草で蔽《おお》っているのを、じっと見守った。久野は、しばしば、平岩に厳し過ぎるようにさえ見えたけれども、彼にとってこの華奢《きやしや》な一等兵は、わが身に代えても痛くないほどの愛情を感じていた部下だったのだ。

大場にとっても、この平岩を失ったことは痛恨だった。この何週間か、何回となく死と紙一重《ひとえ》の体験を共にしてきたことが、切り離しようのない深い絆《きずな》となっていたのだ。

彼らのアメリカ軍に対する初めての勝利を、平岩が生きている間に見せてやることができなかったのが、大場にはとりわけ無念に思われた。彼がもう数分待っていてくれたら、米軍に発見されなかったかもしれない、という思いを拭《ぬぐ》えなかった。そうすれば、彼は自決する代わりに、退却する彼らを撃つことができたかもしれなかったのに、と……。

しかし、彼は自軍の勝利と損失について、いつまでも感慨にふけっている余裕はなかった。大場は、今の勝利が一時的なものであることを承知していた。待伏せを食って逃げたアメリカ兵によって、大場たちの部隊の規模は大袈裟《おおげさ》に伝えられ、数時間のうちに、今度は、大軍による報復があるに決まっている。

「木谷曹長！」

大場は、一時間前に彼らの部隊に加わった、がっしりした体格の下士官を呼んで言った。

「兵隊たちに、敵の兵器と弾薬を全部集めさせて、別の場所へ移る準備をさせろ」

木谷が命令を伝えに立ち去ると、大場は、平《たい》らな岩の上に、自分が持っていた地図を広げて、野営地を設営できそうな場所を探しはじめた。

そうしていると、「大尉殿」と呼びかけられた。命令を伝えに行った木谷が戻ってきていた。彼は、手に将校用の地図入れを持っていて、中から島の中央部の詳細な地図を引っ張り出した。

「これのほうがいいんじゃないでしょうか?」

この男は、おれが次に何を考えているかわかっていたんだな、と大場は思った。木谷が持ってきた地図は、大場の地図よりも、地形の様子をはるかに詳細に示していた。

「お前は、これをどこで手に入れたんだ?」

「これを持っていた将校は、もう、これを使えなくなっていたんです」

それだけ答えると、曹長は、二人がいた位置から最も近くに見える山を指して言った。

「私は、今日まで三日間、あのタコ山にいました。あそこは、全山タコノキに蔽われていて、入りにくいし、上からは見えないし、しかもジャングルが少なくて、隠れ場所としては絶好です」

大場は、等高線によって、その山が三〇〇メートル近い高さになるのを知った。東側は緩《ゆる》やかな傾斜になっていたが、西側は、曲がりくねって海へ出る深い谷がいくつも切れ込んでいて、ひじょうに険《けわ》しそうだった。地図には、タコ山へ通ずる山道がかなり細かい道まで印刷されていた。大場は、その中から、最もアメリカ軍に遭《あ》いそうもない道を探した。

8　タコ山

――昭和十九年七月〜十月

彼らが五〇〇メートルも進まないうちに、最初の敵からの迫撃砲による一斉攻撃の轟音が、谷じゅうに反響した。砲撃は、規則的に、彼らの元の野営地から、待伏せをした場所まで進んでは、また戻って、繰り返された。アメリカ軍の進攻は大場の予想より早く、砲弾が発射されているのは、二時間前彼らが防御陣地を布《し》いた数メートル上のようだった。間一髪《かんいっぱつ》で、彼らはコーヒー山から脱ける尾根に出ていたが、しかし、迫撃砲に装弾するガチッという音が聞こえるぐらいの至近距離であった。

これで、その日の午後、大場は二度、敵を出し抜いたことになった。これで、本格的な戦闘を再開したことになる、と彼は覚悟した。もはや、敵が彼らの存在を知らないという相対的な安全性に頼って隠れていることはできなくなった。彼はアメリカ軍に挑戦したのだ。

アメリカ軍は、その挑戦に、まず苛烈な迫撃砲の砲撃で応《こた》えてきた。その爆発は、まだ谷の中に響きわたっていた。これからも、アメリカ軍が、日本軍の最後の抵抗を根絶するまで、あるいは連合艦隊が島を奪還しに来るときまで、休みなく攻撃してくることは間違いない、と考えなければならなかった。大場は、そのときまで、自分も部下も生き続けてみせる、それが自分の義務だ、と改めて決心した。

大場は、攻撃を受けている谷からできるだけ早く立ち去りたい欲求と、迫撃砲攻撃から逃げる日本兵を捕捉すべく、周囲を探索するに違いない敵と遭遇するのを避ける必要との、板ばさみになるのを感じた。彼は、久野伍長のほかに二名を先行させて、敵の気配を探りながら進むことにした。

一時間後、彼らは、タコ山の東側の緩《ゆる》やかな斜面を登り始めていた。

地上一メートルぐらいのところで、一つの幹がいくつにも分かれて根になっている巨大なタコノキ（英名パンダナス）の林は、上に広がる葉で、下にいる者を空から見つけることができないようにしていた。また、林の中は、つねに日陰になるため、ジャングルの下《した》草《くさ》の生長が阻《はば》まれていた。大場はとくに、タコノキの地上に出ている根にはトゲがあって、偵察隊などが入って来にくいことにも気づいた。

彼は木谷を呼んで「とりあえず、兵にはここに防御陣地を作らせておいて、おれとお前で、山全体を調べてこよう」と言った。

二人で、斜面を登りながら、大場は木谷を観察した。手信号の使い方など見ても、この男は、ただ地形をよく知っているというだけでなく、兵士にとって必要な用心深さと機敏な素質を持っており、生き残っていくのに貴重な下士官が加わってくれた、と思った。

タコ山の山頂に立ったとき、南に延びるジャングルに蔽われた山と谷がどこまでも一望できる景観に、大場は驚いた。彼は、木谷がくれた地図を広げて、眼の前の景色の、目立った特徴がそれぞれどこになるかを確かめた。

さらに双眼鏡で、彼はマジシェンヌ湾から内陸へ広がる平野を調べた。その広大な地域に、何千という米軍のテントが建ち、ドラム缶を半分に切ったような半円の建物がずらっと並んでいるのには、驚かされた。彼は、地図のその地域に鉛筆で薄く丸を描《か》いた。これだけの建物に兵隊がいるとしたら、その数は、少なくとも二万以上になると、計算した。

彼が立っているすぐ下は、トゲの多い木が密集しているジャングルが急角度で海に傾斜していた。地図に当たってみると、山の東側には、半キロ以内にまったく道はない。少なくとも、その方向から敵が襲撃してくることはないと考えられた。

彼は振り返って、木谷に言った。

「今、兵がいる林の一〇〇メートルぐらい向こうに適切な場所を選んで、野営地を設営させてくれ」

木谷が、彼の命令に従って設営に行っている間も、彼は、低地を調べて、地図に印をつけていった。

設営がすむ時間を見はからって山頂から下った大場は、木谷が選んだ場所を見て、満足して頷いた。すぐ下の斜面が絶好の射程距離になる平らな場所だった。木谷の指導で、斜面を見下ろす縁《ふち》には、岩のかけらが積まれ、機関銃を据《す》える銃座も設置されていた。大場は、改めて、戦いをはじめるのだという気分の高揚を感じた。彼は、木谷と話したくなり、また彼を呼んだ。

話してみると、彼らは二人とも、中国で戦ってきていた。お互いに符合する経験がいくつかあって、彼らの話ははずんだ。それから、サイパンでアメリカ軍が上陸してきてからのそれぞれの体験談になった。

「……すると、お前は地獄谷にいたのか?」

「そうです」

木谷は、自分が見た南雲司令長官、斉藤師団長ら四人の将官の自決したときの模様を話し、七月七日の〝玉砕〟攻撃で、自分はどうしたかを続けた。

「そのときから、自分は、ほとんどの時間を生き続ける努力に使ってきたわけですが、そうしながら、その間、むしろ自決すべきかどうか、迷い続けてきました。先週は、自分は、ここから半キロほど北に隠れている民間人や、行き先がなくなった兵隊たちの集団と一緒に生活していました」

「兵隊は、何人ぐらいいたんだ?」

「一〇〇人以上です。しかし、ほとんどは武器を持っていませんし、まったくまとまりはありませんでした」

　大場は、何も言わなかった。ただ、頭の中で、一〇〇人の部隊ができたら、どれほど心強いだろうか、と思った。もし、その兵隊たちが組織され、武装して戦う意志を持てば、本当に連合艦隊が島を奪還に来るときまで、かなり抵抗できるのではないか。彼は、明日から、彼らを見つけて戦闘員として組み入れる努力をしてみようと考えた。

　そういう彼の考えは、木谷の質問にさえぎられた。

「われわれは徹底的に戦うつもりですか?」

「そうだ、曹長。この戦いは、われわれが支那で経験してきた戦闘と違う戦いになるだろう。そして、われわれがこれまでにこの島で戦ってきた戦いとも違うものになるだろう」

　木谷は安心したようだった。「それを聞いて嬉しいです」と彼は言った。

「私は、ときどき、われわれが敵の攻撃に遭ってこんなにも簡単に壊滅したことを悩んできました。米軍に、われわれがいかに見事に戦えるかを見せてからなら、私も、もっと喜んで死ねると思います」

「兵隊たちが、それを見せてくれるように願っている。しかし、われわれの使命は、連合艦隊が来るときまで生き残って、わが軍が上陸するとき、敵の背後を衝《つ》くことにある。そのときまで、われわれは、米軍の防御陣地について情報を集め、このあたりの山を敵の攻撃から守り続けるんだ。そのために、われわれは、必要なときには、敵を攻撃するだろうが、われわれの敗北を招くおそれがある直接的対決は避けるつもりだ」

大場は、歴戦の勇士の丸いあばた面《づら》を見た。そしてその男の眼が、彼の意見を完全に受け入れているのを見ると、かすかに口をゆがめて、笑みを浮かべた。

「第一三五連隊から一人もらえて、よかったよ」と言ってから、彼は続けた。

「さあ、歩哨を立てて、兵隊たちの食糧や水をどうすればいいか、調べよう」

その夜、大場は、タコノキの根元を使った雨除《あまよ》けの下でぐっすり寝た。途中、どこか暖かい雨の滴《しずく》が落ちて、彼を目覚めさせたが、彼は、ただ寝返りを打っただけで、またすぐ、眠り込んだ。

大場は、大勢の声がするのにハッとして、目が覚めた。急いで起き上がると、彼は、声がしてくる野営地の端へ歩いて行った。木谷を含めて何人かの部下が、およそ三〇人ぐらいの見知らぬ日本人たちと話していた。ある者は軍服を着ていたが、ある者は民間人の服装をしている一団だった。

「木谷！」

彼は、はっきり聞こえるように大きい声で呼んだ。

「どうしたんだ？　静かにするように言え！　そして、ここへ上がって来い！」

曹長は、土手を上がってくると、ピシッと敬礼した。

「彼らは、先日まで、自分と一緒に生活してきた者たちで、その主《おも》だった者であります」

と彼は説明した。

「彼らは、隊長が昨日米軍に勝ったのを聞いて、隊長の指揮の下《もと》に入れてもらいたがっているのです。民間人たちは、隊長に保護してもらえないか、と言っております」

そうか。大場は、下にいる集団を見ながら思った。彼らを捜しに行かなくてもよくなったのか！　彼は、身体の中で希望がふくらむのを感じた。しかし一方では、まったく予期していなかった責任が重くのしかかってこようとしているのだという事実が、それを抑《おさ》えつけた。戦力はぜひとも増強したい。しかし、一〇〇人以上もの民間人の生命を守るなどということは、それまで考えたこともなかったし、どう考えても可能とは思えなかった。

「木谷曹長、兵隊たちは、曹長が指揮してあそこへ集めてくれ」

彼は、左手の林の中の空間を指して言ってから、つけ加えた。

「民間人のほうは、指導者を一人、私のところへよこしてくれ」

ぼろぼろに裂けて血が染《し》みている服を着ているが、毅然《きぜん》とした、背の高い民間人が、大場がいたところまで登ってきて、丁寧に頭を下げた。

「大尉殿」と、その民間人は口を切った。

「私どもは、婦人三八人、子ども一四人を含めて一八四人おります。私どもはみんな、大尉殿がコーヒー山で敵をどのように敗北させたか聞いております。私どもは、なんとか生きのびたいのですが、捕虜にはなりたくありません。どうか大尉殿のもとに置いてください。お願いします」

民間人は、まるで稽古をしてきたかのようによどみなく要点を話した。大場は、どうしてこんなに早く、昨日の戦闘のことを彼らは知っているのだろうかと思ったが、すぐ、あのとき、背後の岩へ隠れるように命じた民間人の集団がいたことに思い当たった。

「糧秣《りょうまつ》は持っていますか?」

大場は尋ねた。

「糧秣の問題は、隠してある洞窟を知っております。ここから二〇〇メートルほど下の、私どもが野営している場所の近くには、泉もあります」

サイパンは海に囲まれているわけだが、生活するとき一番問題になるのは飲料水だった。男は、大場が心中ひそかに悩んでいる問題の解答をあらかじめ用意してきたかのように、その問題に答えた。

「あなたがたの野営地へ戻って、待っていてもらいたい」と大場は言った。「今日のうちに、返事を持って私のほうから訪ねます」

男は頭を下げると、ほかの民間人たちが待っていたところへ戻って、二言三言何か言っていたが、間もなく、全員を引き連れて、木の間を縫うように去っていった。

大場は、彼らが去ってゆく後ろ姿を見ていて、胸がしめつけられるように感じた。彼は、後ろを向くと、一人で山を登りはじめた。一人になりたかったのだ。

東側の海岸を見下ろせる崖の上まで来たとき、彼は、岩の窪みに腰を下ろして、煙草に火をつけた。どうして自分はこんな立場に立たされなくてはならないのか？　彼は、それを運命のように感じたが、その運命にどう立ち向かえばいいのかわからなかった。

眼の前の眺望は、信じられないほどのどかだった。昇ったばかりの太陽が、海に赤みがかったオレンジ色の光を投げかけていて、すぐ足元から広がっている露に濡れたジャングルが、それを反射してきらめいていた。その向こうに、砕いたサンゴを敷いた海岸道路が見え、そこを、何台かのアメリカ軍のトラックやジープが走っていて、小さな白い埃の雲が巻き起こっていた。その右手は、広大なアメリカ軍の野営地になっていて、食堂らしい建物の煙突から昇る煙が、静かな空に螺旋《らせん》を描いていた。

大場は、半分酔ったようにその光景を見ていて、思わず煙草の煙を深く吸い込んだ。その動作が、空腹感を刺激して、彼を現実に引き戻した。

とにかく食べ物がなくてははじまらない、と彼はつぶやいていた。それについて、民間人たちが、当座の分は十分持っていると言っていたことを思い出す。しかし、どうやって、いつまで続くかわからないこの状態で食べていけるだろうか？　どうやって、彼らを敵の攻撃から守っていけるだろうか？　大場は、決断を迫られている問題をできるだけ具体的に考えようとした。どうすれば、民間人たちを敵の攻撃から守っていけるか？　どうやれば、彼らを統率していけるか？　考えれば考えるほど、自信はなくなった。

おれは行政官型の人間ではない。戦闘する歩兵の将校としての訓練は、ある程度積んでいるというだけだ。歩兵将校としての自信ならある。とはいっても、それにさえ問題はあり過ぎる。これからの戦闘のための武器をどうやったら得られるというのか？　弾薬の補充をどうやってつけられるか？　何万という敵が包囲しているのだ。その中のわずかに縦《たて》五キロ、横六キロほどの狭い地域で、どうやってこの体制を維持していけるか？　その答えさえ、出せないではないか？

ふと見上げた大場の眼に、静かに広がる米軍の野営地のたたずまいが映《うつ》った。彼には、それが彼らを壊滅しようとしている脅威の象徴とは信じられなかった。しかし、そこにいる何万という肌の色の違う兵隊たちは、なんとか彼を見つけ出して殺そうとしているのだ。

思わずその状況を忘れそうになった自分を戒《いまし》めながら、彼は、自分を軍事的対策に集中させてくれて、行政的な責任を引き受けてくれる上級将校がいてくれたら、こんなに悩まなくてもすむのだろうに、と痛切に思った。

そのとき、はるか右手の空に小さな点が浮き出たのが、彼の眼に留まった。見ていると、点は二つになり、次に三つになった。間もなく、それは、南のアスリート飛行場を飛び立った低翼の航空機だとわかった。三機はすでに飛んでいた同型機と合流して、数秒後には、彼がすわっていた場所の高度よりも下を通り過ぎていった。雷撃機が一二機だと数えているうちに、編隊は高度を上げ、北へ向かっていった。

敵が攻撃に臨《のぞ》む姿を眼の前にして、彼の闘争心は刺激された。彼は立ち上がると、挑戦的に眼下に広がる敵の陣営を見回した。

今や、彼の義務ははっきりしていた。おれは戦う。そして生き続けてみせるのだ。部下たちも生き残らせる。同時に、助けを求めてきたあの民間人たちもだ。

大場は、運命が自分にこの役割を与えているのだと思った。その役割を果たしきれるかどうかはわからない。しかし、彼は、戦争を続け、米軍に、彼らがまだサイパンを占領してはいないことを思い知らせてやる、と無言のうちに覚悟を固めた。

「木谷！」

大場は、部下たちが待っていたところへ戻ると、木谷曹長を呼んだ。

「久野伍長に、内藤、清水、鈴木、岩田、佐野を連れて、すぐここへ来るように言ってくれ」

彼は、彼が前夜寝た巨木の根元の岩にすわって、部下たちがまわりに集まるのを待った。

「差し当たっては、木谷曹長がおれに次いで指揮をとる。お前たち六人は……」と大場は順に一人ずつの顔を見た。

「指揮班だ。木谷の命令が、兵であると民間人であるとを問わず、全員に履行《りこう》されるのを見てもらいたい。そして、違反するものがあったら、おれに報告する。いいな。久野伍長！　お前は指揮班長だ」

続いて、大場は年配の内藤上等兵を見た。

「内藤上等兵！　お前は久野の補佐だ」

言い終わると、大場は木谷と岩田を連れて、民間人が野営していると言ったところへ向かった。

民間人たちの野営地は、大場が考えていたよりもはるかに整備されていた。タコノキの根の間に帆布などを張って作った小屋がいくつもできていて、水を貯《たくわ》えるための水缶もたくさん置いてあった。病人の手当てをする救護所もあるようだった。

民間人の中から、背の高いたくましい身体つきの男が大場に近づいてきて、大城一雄《おおしろかずお》と名乗った。彼の発音から、彼が沖縄出身だということはすぐわかった。

「大場大尉殿、よくおいでくださいました。われわれはけっして十分に組織されてはおりませんが、ただあなた方の足手まといになるのではなく、あなた方の手助けもするつもりでおります」

大場は、三〇代前半のその男の顔をじっと見て、有益な味方になり得ると判断した。

「あなた方とともに頑張るために、私は最善をつくします」と言ってから、大場は続けた。

「あなたがわれわれに手助けをするつもりだと申し出てくれたことを嬉しく思います。私は、わが軍がこの島を奪還するときまで頑張るつもりです。そのためには、あなた方、民間人の方にも、私の命令に従ってもらわなければなりません。あなた方の安全がすなわちわれわれの安全になり、両方の安全を守るのが私の責任になるからです。

まず、今後一緒にやってゆくために、あなた方を、糧秣を収集する班、炊事を担当する班、兵隊とともに戦える班に、それぞれ分担を決めておいてください」

「わかりました」

大城は兵隊のようにきっぱり答えてから、少しためらいながら、つけ加えた。

「そのう、私は、部下の方々が食糧に困窮しておられると聞きました。もし、われわれがお教えするあちこちの隠し場所へ一緒に行ってくださるなら、喜んで糧秣を隠してある洞窟へご案内しますが……」

厳しく引きしめていた大場の顔に、かすかに笑みが浮かんだ。実際、彼は自分がほっとするのを感じた。朝から彼の頭の中をかなり大きく占めていた問題が、取りあえずは、片付いたのだ。

「ありがとう。本当にありがたい申し出です。明日にも、われわれはあなた方に協力して食糧を取りに行きます。ところで、医薬品はどうですか？　どの程度持っていますか？」

「現在は、少ししかありません。しかし、われわれの中にガラパン病院の看護婦だった者がいて、敵が上陸してくる直前に大量の医薬品を隠したそうで、その場所を知っていると言っていました」

「実は、私のほうに負傷兵が二人います。その手当てのために、その人に、われわれのところまで一緒に行ってもらえませんか?」

大城は、傍《かたわ》らに立っていた男のほうを向いて言った。

「青野看護婦を呼んでくれ」

数分後、呼びに行った男と一緒に、背の高い二〇代半ばのきりっとした女性が来た。彼女は、ひと回りかふた回り大きい兵隊のズボンをはき、男の白いシャツを着て、そのシャツの裾を腰のまわりで結んでいた。したがって、彼女が身体を動かすたびに、シャツとズボンの間から、下の肌がちらりと見えた。足に履《は》いていたのはアメリカ軍の軍靴《ぐんか》で、ズボンのベルトには、鞘《さや》に入ったアメリカ軍のナイフを下げていた。

彼女は、大場に頭を下げてから、木谷と岩田の方をちらりと見た。それまで彼女を見とれたように凝視《ぎょうし》していた木谷は、あわてて頭を下げ、彼女の視線を引き止めようとする眼を向けたが、彼女の視線はすぐ外れた。

「私は、衛生兵の死体から見つけた医薬品を持っているだけです」と彼女は言った。

「でも、そちらの負傷者のために、できるだけのことはしてみます」

その間、彼女はまったく微笑《ほほえ》みを見せなかった。代わりに、大場の眼は、女とは思えないような率直さで大場を直視する彼女の眼と合った。日本から遠く離れたこの島の生まれだとしても、日本人の女性が、どうしてこんなにも日本の女性の女らしさとかけはなれることができたのか、大場には不思議だった。

彼は、女がズボンのベルトにナイフを下げているというようないでたちを見たのは、初めてだった。昔の話としては、女が懐剣を懐《ふところ》にしのばせて敵の陣営へ行くというようなことを聞いたことがあったから、これは、いわばその現代版ということになるのだろうかと思った。

今後の連絡を取り決めると、大場たちは、青野看護婦を連れて帰途についたが、絶対に無駄口をきくまいとしているような彼女に気圧《けお》されて、誰も何も言わなかった。大場は、この女性が持っている自信にあふれた雰囲気が不思議でしょうがなかった。

それからの数日間、大場は、歩哨体制の確立や洞窟に隠してあった食糧を集めること、兵器の保有量を確認すること——砲兵連隊が襲撃された後、隠した兵器も含めて——戦闘部隊を組織することに忙しかった。

この間に、さらに四〇人近い兵隊が、三々五々タコ山に集まって来て、彼の指揮下に入った。また民間人も、その数は増え続け、一週間ほどの間に、兵隊は一五〇人近く、民間人は二〇〇人近くが、タコ山で生活することになった。

幸い、新しく入った者の中に、三人の将校——大尉と二人の少尉——がいたので、大場は、まず、船舶工兵の出身で戦闘にはあまり向いていないように見えた神福《じんぷく》大尉に、全体の行政的責任を委ねた。神福は、大場の統率の下で、野営地内の管理責任を任されたことに嬉しそうだった。二人の少尉、永田《ながた》少尉と海軍の金原《きんばら》少尉は、それぞれすでに通称〝二番線〟と言われていたところとタッポーチョ山頂近くで十数名の残存兵を指揮しているということであったので、今後の連携を約して、しばらくは、現在のままの野営生活を続けてもらうことにした。

食糧は、ほとんど彼が心配していたような問題にはならないことが、間もなくわかった。膨大《ぼうだい》な量の軍の糧秣が、アメリカ軍の侵攻が始まる前に、山間の洞窟に隠されていたのである。日本軍司令部から命じられて、それらの糧秣の輸送に当たった民間人が、隠した洞窟の場所を知っていたから、それを集めてくることで、当分は生活していけそうだった。

医薬品も、青野看護婦が、別のグループの兵隊たちを、隠し場所へ案内して集めてきたので、かなり確保され、彼女の専門技能も、もう一人、教育を受けた衛生下士官岡野が入ってきたことで強化された。

こうして、今や、大場の指揮下には、軽機関銃一丁、擲弾筒二筒、小銃四〇丁、アメリカ軍M-1半自動小銃一五丁、拳銃一五丁とそれを使えるだけの弾薬が揃えられた。これだけあれば、警戒さえ怠らなければ、アメリカ軍がいつ襲ってきても、一挙に壊滅されるようなことにはならないぞ、と大場は自信を持った。

しかし、兵器使用の必要はなかなか起こらなかった。アメリカ軍は、サイパン占領の後、ひととおりの掃討作戦はしたが、その後は、何か別の作戦に追われているようだったのである（戦史に照らすと、この間、サイパンを攻略したアメリカ軍部隊は、テニアンの攻略に向かっていた）。

八月が過ぎ、九月になっても、大場たちの山中野営部隊は、まったくアメリカ軍の攻撃に煩《わずら》わされることはなかった。その間、大場は、交戦の日時を完全に読み切ってはいなかったが、しょせん避けられない米軍との戦闘準備に時間を使っていた。

しだいに日が重なり、それが何週間にもなり、野営地の日常業務が習慣化するにしたがって、部隊の中に、壊滅される前の砲兵連隊が取り憑《つ》かれていたのと同じような倦怠感が生まれはじめてきたのに、大場は気づいた。これは、口で注意しても簡単に改まるものではない。大場は、どうすればいいか、一人悩んでいた。

その間に、歩哨あるいは糧秣徴発班が敵と遭遇したことが、三回あった。そのうちの一回のときは、二人の民間人がアメリカ軍に捕《つか》まったことが、生還者の報告でわかった。大場は、万一捕虜となることが避けられなくなった場合でも、野営地の場所を明らかにしないように、兵隊にも民間人にも、口が酸《す》っぱくなるほど説いていた。しかし、彼には、誰かが敵に口を滑《すべ》らせる恐れを払いのけることはできなかった。

彼は、その心配を神福大尉と木谷曹長に話し、翌日の朝、後を神福大尉に委ねて、木谷とともに、タッポーチョ周辺での分散、あるいは避難のための地形偵察に出た。

彼らは、タッポーチョの山頂近くの斜面に出るまで、一番広い山道をたどった。

大場は、安全装置をはずした拳銃を、いつでも発射できるように構えて、物陰から物陰へ走って身をひそめて進んだ。彼は、六月に前線に出動したときから、重い長靴を普通の軍靴と草脚絆《きゃはん》に履き替えていたので、崩れやすいサンゴの岩の上でも、足を滑らせずに歩くことができた。

木谷は、終始、敵の銃火の下をかいくぐるときのように半ば前かがみになって、大場の前を進んでいた。

その木谷が、突然地面に伏せた。一〇メートルほどの間隔《かんかく》で続いていた大場も、とっさにそれにならった。どちらも動かない。木谷が伏せたまま手をつっかえ棒にしてゆっくり上半身を起こした。彼は、完全に一分以上、そのままの姿勢で左前方を見てから身体を伏せると、大場のところへ這ってきた。

「敵の巡察隊が約二〇〇メートル下から登ってきます」と彼はささやいた。

「何人だ？」

「二人まで数えましたが、もっと大きな部隊の一部かもしれません」

大場は、まわりの蔓草《つるくさ》がからまっている熱帯性の草原を見た。音を立てずにその中を動くのはむずかしいし、迅速《じんそく》に動くこともできそうになかった。しかし、道で敵に発見されるよりはいい。

「こっちだ！」

彼は、敵を迎撃できそうな方向を指して言った。もっとも、彼は、こちらから発砲しないかぎり、アメリカ兵がわざわざ草原の中まで入って残存兵を探索するとは思わなかったし、自分のほうから存在を明らかにするつもりはなかった。ただ、彼は、この機会にアメリカ兵の巡察の仕方をよく見ておきたかったのである。

二人は、数秒ごとに止まって、敵の動きに耳を傾けては、身体を蔽《おお》う草原の中を、曲がりくねりながら、ゆっくり下へ向かっていった。

と突然、金属と金属がぶつかる低く鋭い音がした。それが、どの方向からだったか、どのくらい離れていたか、見当はつかなかった。しかし、二人ともその音を聞いて、その場に立ちすくんだ。大場は漠然とだが、左前方一〇〇メートルぐらいではないかと思った。

彼は、わずかに右の方へ回りながら、木谷についてくるように手招きした。

二人は、身体を寄せ合いながら、そろそろと進んだ。それから数分後、彼は、一本の大きな木のまわりを回ろうとしたが、回りかかったとたん、跳ね飛ばされたように木谷に倒れかかった。危うく、アメリカ軍が登ってくる山道に足を踏み出すところだったのである。

その場で、二人は、地面にへばりつくように腹這いになって、近づいてくるアメリカ兵たちが立てる圧《お》し殺したような音に耳を澄ませた。間もなく、二メートル先を、アメリカ兵の一隊が通った。激しい息づかいがはっきり聞こえた。重い足どりで通り過ぎる濃い緑の制服の背中は、華氏一一〇度（摂氏約四三度）の暑さで、汗に濡れていた。ほとんどの者が、M-1半自動小銃を肩にかけている。誰も大場たちの方を見ようともしない。大場が人数を数えると、二七人だった。

最後の一人が通り過ぎてから一分以上待って、大場は、山道の前後が見えるところまで注意深く出た。それから、笑みを浮かべて、木谷に出てくるように合図し、二人で、アメリカ兵の後をつけはじめた。

三〇分の間に、彼らは、ときどき、巡察隊の最後尾がはっきり見えるぐらい近づいたが、アメリカ兵たちは大場たちの存在にまったく気づかなかった。アメリカ兵たちは、障害のない順調に歩ける山道をひととおりパトロールしたら、それでよしとしているようだった。どこかを日本軍が占領してしまったというようなことはないと確かめるだけで満足していたのである。

アメリカ兵たちは、最後は、タッポーチョの山頂部を形成する鋸《のこぎり》状の岩のすぐ下まで行った。そこで、アメリカ兵たちが休んだので、大場と木谷は、彼らを観察できるところまでジャングルの中を近づいた。

アメリカ兵たちは、全員、武器を脇に置いて横になっていた。その多くは、水筒の中の水を飲んでから、仰向けに横になった。しかも歩哨も立てない。攻撃を防ぐ用意をまったくしていないのだ。これなら、二人でもやれる。大場は発砲したい誘惑に駆《か》られたが、今はあくまで偵察が使命だ。戦うときは後にあると、自分に言い聞かせて思い止《とど》まった。

およそ二〇分経つと、アメリカ兵たちは立ち上がって、来た道を戻りはじめた。彼らは、基地に戻ったら、この地域に日本軍の影もないと報告するだろう、と大場は推測した。敵の自己満足によって、われわれの部隊が生き残る可能性が生まれる、と彼は思った。

もし、これが敵の典型的な巡察だったとしたら、今後は、主な小道から離れていることだけが必要なことになる。そして、巡察が近づいたときに警報を発する見張り体制をつくれば、部隊の安全は保証されることになる。

彼らは、アメリカ兵たちが、最初に大場たちがその姿を見た場所を越えて下って行くのを見送った。そして、三〇分ほど待ってから、小道を二〇〇メートル下ったところで、南へ下って行くほとんど道のようには見えない横道へ入った。その道を数分たどって行くと、二人は、渓谷の岸へ出た。そこは、〝V字形〟に鋭く切れ込んだ谷になっていて、彼らの頭の上は、一〇〇メートルほどの、鬱蒼《うっそう》としたジャングルの高い壁になっていた。

彼らが立っていた北側の岸は、生い茂る巨大な木のために絶えず日陰になっていて、そのために、普通なら生える下草《したくさ》も、最小限にしか生えていなかった。彼らの左手には、切れ目のない花崗岩《かこうがん》のような岩が三〇メートルにも及ぶ高さでそびえていた。彼らの一〇〇メートル背後には、山の頂上へ通じる小道がある。しかし、アメリカ軍がつねに主な小道を巡察するだけだとすれば、こういう場所は、すぐ彼らの目の前にありながら、最も安全な場所になるかもしれなかった。

そこが、彼らの要求に適合することに満足して、二人は、協力して、その場所を、大場が持ってきた地図に書き込んだ。それから、大場が渓谷の簡単な見取り図を描いて、そこへ入る道、万一のとき逃げる道を探し、そこを守る方法を検討した。

彼らは南に向かい続けてから西に折れて、ある峰の頂点に出た。そこからは、島の南半分の全景が見渡せた。

「ここは、第一三六連隊が」

ジャングルに蔽われた部分から出ないようにして丘を登りながら木谷が言った。

「海岸陣地から撤退した後、防御線を作ったところです」

そこからは、かつての南洋興発《なんようこうはつ》の軽便鉄道がよく見えたので、その山を誰言うとなく〝二番線〟と呼ぶようになったところだった。

山の北側の半分は、なだらかな傾斜でタッポーチョにつながっていて、深いジャングルに蔽われていたが、南側は、まだらに点在する林と藪のまわりは広く開けた空地になっていた。この地域のある部分は、ある時期、耕作されていたようだった。

「部隊の一部はここに置こう」

大場は地図に印をつけながら言った。

彼らがタコ山に戻ったのは、夕方だった。翌日、大場は、彼が樹《た》てた計画を大城に話し、大城に、二〇〇人近い民間人を三班に分けるように頼んだ。第一班はタコ山にそのまま残るが、第二班はタッポーチョの頂上近くへ、第三班は軽便鉄道〝二番線〟の見える丘へ、それぞれ移動させるためだった。

「どの野営地にも軍隊が一緒に住みます」と彼は大城に説明した。

「そして、私は、つねに三つの野営地を回ることになります。しかし、個々には、金原少尉がタッポーチョの指揮官になり、永田少尉が二番線の指揮官になります」

十月の半ばまでに、移動は完了し、二つの新しい野営地も落ち着いた。大場は、毎週一日か二日は、どの野営地でも過ごし、主として保安体制を点検したが、人事や食糧の問題や、いろいろな課題も解決していった。

金原少尉は、タッポーチョ山の山頂近くに一〇〇人以上の人間を住まわせる問題を、とくに目覚ましく進めた。彼は、野営地の近くで多数の隠匿食糧を見つけるとともに、敵が残していった残骸から五〇以上の小屋を、監督して作らせたのである。廃棄された農家から見つけてきた材木でがっしり作られた彼自身の家は、中でも最大で、ピカピカの床に、お茶を沸《わ》かせる小さな暖炉さえついていた。もっとも、大場大尉が来ているときは、階級に準じて最高指揮官の大場にその部屋を譲り、自分は部下の部屋で一緒に過ごしていた。

敵の偵察隊は、定期的に山頂まで来ていた。しかし、彼らは日本兵を捜すことよりも景観を楽しむことに関心を持っているようだった。つねに同じ道を来て、同じ道を帰っていった。大場が立てた歩哨たちは、その道でだけ敵を監視することに慣れて、その道以外から野営地に近づいてくる可能性には、ほとんど注意しなくなっていた。

9　米軍作戦部

——昭和十九年十月

アメリカ軍第二海兵師団D‐3部事務室のテントに通じる砕いたサンゴを敷きつめた通路は、細かい無数の鏡でできているように、太陽にきらめいていた。

ジョージ・ポラード海軍大佐は、その光を、眼を細めて見てから、彼がいる計画司令部の境界を示すために並べられた白く塗られた岩を見た。

テントの前の砂地を、まわりの砂地よりきれいに整えるために、熊手《くまで》でならしていた下士官がさっと不動の姿勢をとって、左手に熊手を持ったまま、右手で敬礼した。

「お早うございます」

「お早う」

ポラードは答礼しながら言った。太陽はやっと水平線から二〇度ぐらいまで昇ったところだったが、若い下士官の木綿の上着はすでに汗で濃い緑色になっていた。下士官は、ポラードが通り過ぎるのを待って、また砂地をならしはじめた。

三六歳のポラードは、第二海兵師団の大半を占める若い兵隊たちに、親父《おやじ》のような態度を取るようになっていた。普通の市民生活を送っていたら、彼も、高校を出たての若者たちをこんなに相手にすることはなかったろう。しかし、ここでは、彼らこそが彼の存在理由だった。そして、ある程度まで、彼らの存在は彼に依存していた。

彼らがどこで戦うか、いつ休むか、そして少なくとも大部分の者が、いかにして生き残るかを決定するのは、彼だった。もちろん、彼の決定は、師団長の承認を必要とする。しかし、師団長が彼に同意しないことは、ほとんどなかった。

ポラードがテントへ入っていくと、背の高い若い士官が、調べていた地図から眼を上げて、きびきびした動作で敬礼した。

「お早うございます」

「お早う、ハーム」

ポラードは、やっと敬礼を返す形だけの仕草で応えた。

「こんなに早くから、ここで何をしているんだ？」

「われわれが、山にうろついている連中を、掃討する仕事をするっていう噂を聞いたんですが、本当ですか？」

「まあ、そういうことだ。親父（師団長）は、昨夜そういう命令を受けた。しかし、私は、それがそんなたいした仕事になるとは思わない。彼らはおそらくほとんど民間人だ。腹が減ったら、向こうから降伏してくるよ」

彼は、彼の机として使われていた彫刻の飾りをつけた専用テーブルの上にぽんと略帽を投げると、小さな圧力ストーブの上でジンジン沸いていたコーヒー・ポットに手を伸ばした。

「この暑さの中で、若い連中を山の中で走り回らせなきゃならないなんて、みっともないもいいところだ。このひどい島を奪《と》るのに一カ月かけてから、テニヤンで同じことをしたんだから、君だって休みをくれると思っただろう。コーヒーを飲むか？」

「結構です。私はもう飲みました」若いルイス少佐は、まだ、ポラード大佐と一緒にいると気づまりを感じた。

二週間前、師団情報将校の仕事につくまで、彼は、大佐を、少なくとも第二師団に関するかぎり、戦争を取り仕切っている実際の頭脳だということで、遠くから知っているだけだった。それが今は、数ある連隊の一情報将校の中から幸運にも、師団付に昇進し、その人物と毎日一緒に仕事をしていくことになりそうだったからである。

しかも、ポラード大佐には、将官候補になっているという噂があった。それは、もっと責任ある地位へ転任するということでもあった。しかし、ルイスは、自分があまりに卑屈に見えるようになったら、この仕事で長く生き残っていけないとわかっていた。そこで、彼は、自分が考えてきた結果、そこでは自分が確かな基盤に立っていると自信を持てる考えを、前面に押し出した。

「彼らを狩り集める計画を、どのようにおたてでしょうか？……私が言っているのは、その、うろついている者たちを、ということですが……」

彼は、最後の言葉をつけ加えたことで、自分を呪った。これでは、自分が言っていることを、大佐がわからないようにしゃべっているだけではないか。

「大した問題じゃない」

ポラードは、自分の椅子に身体を預けて、両足を机の上に乗せながら言った。

「彼らがそんなに大勢いるわけはない。彼らは組織を持っていないし、怯《おび》えているし、飢えている。しかも、彼らの活動の範囲は、幅およそ五キロ、長さおよそ六キロの地域に限られている。彼らは、タッポーチョ周辺の丘にへばりついている。北の方の地域、マッピ岬へ出る道中は、どこもあまりにも広々していて、隠れ場所がないからだ」

ルイスは、頷いて同意を示した。彼は、海兵隊に志願する直前、〝広告〟で学位を取っていた。今こそ、自分がこの計画に寄与できることを示すときだ、と彼は思った。

「何人かが納得することが必要になるでしょう」と彼は言った。

「私は、全偵察隊に携帯拡声装置と一緒に日本語をしゃべる人間をつけることを提案いたします」

「さて、どうかな」

ポラードはコーヒーをすすった。

「個人的には、私は、近くで自動小銃の一斉射撃をやってみせるほうが、話よりも連中を納得させることになると思うがね」

第一ラウンドは敗《ま》けた、とルイスは思った。しかし、まだ敗けてしまったわけではない。あきらめるな！

「たぶん」

彼は思い切って言った。

「われわれは、偵察隊に彼らがいるあたり一帯で撒《ま》かせるチラシを作ることができると思うんです。そうすれば……」

彼は、「納得させる」という言葉を使いかかって、それを「われわれと戦い続けることがいかに無駄かということをわからせる」という言い方に変えた。

「それはいい」

ポラードは、かすかにこの若者を励まそうとするような口調で言った。

「それをやることにしよう」

ルイスは、自分の事務室――まだ砕いたサンゴの通路や白塗りの岩はないが、今出てきたテントと同じようなテント――へ向かって歩きながら、ひょっとすれば、ポラードが言ったことのほうが正しいだろうかと考えた。火力使用のほうが、言葉よりも敵を納得させるものになるだろうか？　まだ山にいる日本人たちは、戦いが続いていたときにも、降伏できたはずである。

実際問題として、今だって、降伏するには、手を挙《あ》げて出てくるだけでいい。それなのに彼らが山の中にいるのは、彼らが徹頭徹尾《てっとうてつび》サイパンで戦った英雄でありたいからであり、それを好んでいるからである、と彼は知っていた。

ほとんどの日本兵は、降伏するよりも死ぬことを選んでいるのだ。ポラードのほうが無理なく彼らに適応しているようだった。

彼は、自分のテントまで行かないうちに、師団司令部の言語部がある場所へ向かった。ポラードは、チラシを撒く案にOKを出したのである。ルイスはそれを始めるつもりだった。

10 近くにできた農場

――昭和十九年十月

アメリカ軍が上陸したとき、サイパンに住んでいた一般市民の数は、およそ一万六〇〇〇人だったが、その大部分は、戦闘が続いている間にアメリカ軍の捕虜になった。その中のおよそ二〇〇〇人は、マリアナ諸島の原住民であるチャモロ族で、アメリカ軍占領後彼らは全員、サイパン島の西南海岸にあった半壊の村チャランカノアに移住させられていた。

そのほかの捕虜は、ほとんど日本人だったが、多数の沖縄出身者、朝鮮民族、他の太平洋諸島からのカナカ族も含まれていた。その連中はすべて、ススペ収容所と名づけられた、チャランカノアのすぐ北の有刺鉄線で囲まれた地域に詰め込まれていた。

ここは、西方を海岸で仕切られ、東方をススペ湖とそのまわりの沼地で仕切られていて、確かに管理しやすい地域ではあったが、ここで、およそ一万二〇〇〇人に食べ物を与えてゆく責任を担《にな》ったアメリカ軍部隊にとっては、収容所は頭痛のタネだった。

収容所には、壊滅された町ガラパンから建物の残骸が運ばれ、それを材料に、収容者たちの手で間に合わせの小屋が造られていた。十分ではなかったが、飲料と浴用に使う水を得られる井戸も掘られていた。そして、収容所の隣りには、アメリカ海軍によって病院が設立され、職員には、アメリカ海軍の軍医、看護婦のほか、日本人の医者、看護婦も配置されていた。

日本軍との組織的戦闘が終わってからの数カ月間、アメリカ軍によって毎日のように続けられたタッポーチョ周辺の山中パトロールでは、しばしば小人数の日本人グループが捕まり、その数は、民間人、軍人併《あわ》せておよそ一〇〇〇人に達していた。

捕まった者は全員、まずススペ収容所付設の病院へ送られ、医療診断の後、ススペの民間人収容所か、島の北端に設置されていた軍人捕虜収容所へ収容されていた。

大場が外部の世界と初めて接触することになったのは、十月だった。〝二番線〟野営地からの伝令が、彼らの野営地の数百メートル南で、多数の日本人民間人が土地を掘り返している、と報告してきたのである。大場は、その活動を観察するために、ただちに出かけた。

彼らが働いていたところは、ジャングルのはずれから、五〇メートルと離れていないところだった。大場と永田少尉は、開拓作業の進め方を見守った。武装したアメリカ兵が五

○メートル間隔《かんかく》で立っていて、およそ四〇人ぐらいの日本人民間人が、ほとんど平坦なその土地に生えている灌木をたたき切っていた。ほかに何人かのアメリカ兵が、鉤爪《かぎづめ》のような装備品をつけた小さなブルドーザーを運転して、燃やした後の藪《やぶ》を掘り起こしていた。

「もし、彼らがここに収容所を造るんだったら、われわれは、場所を変えなくてはならなくなります」

永田は、自分が指揮している〝二番線〟野営地について、きっぱりした言い方で言った。

「彼らが何を計画しているのかわかるまで、もう少し様子を見よう」

大場は言った。

彼らは、さらにもう一時間、横になって観察して、日本人労働者のうちの誰かが、彼らに気がつくぐらい近づいてくるのを期待した。何人かがときどきジャングルの方を見たが、接触できるほど近づいてきた者は一人もいなかった。

翌日、彼らは戦術を変えた。永田少尉が、軍服を特徴のないズボンと破れたシャツに変えて、同じような服装の民間人たちが藪を燃やしている近くに隠れた。風向きの加減で、地面すれすれに這う青黒い煙の波が、大場と永田と三人の武装した兵隊が隠れているジャングルの近くまで流れてきた。彼らは、重い煙の雲が彼らを包むまで待った。そして、大場が永田の肩をたたいた。永田は、見張りに見とがめられずに、火のそばまで歩いて行った。

「仕事を続けるんだ！　私の方を見るな！」

永田は、彼の存在に気づいた民間人にささやいた。

「ほかの人たちにも、同じようにするように言ってくれ」

永田は、次の藪から切り出した塊りを炎の中へ投げ込むのを手伝ってから、一人の男の方を向いた。

「何をしているんです？」

「この中腹に農場を作ろうっていうんで開拓しているのさ。収容所《キャンプ》の野菜を作るためだよ」

男は、仕事を続けながら彼に言った。

新鮮な食物への期待で、永田の顔は明るくなった。

「いつ種を撒《ま》くんです？」

「開拓して、土地を耕《たがや》したら、すぐだよ」

男は、手を休めて言った。

「なるほど、しっかりやってくれよ、急いで！」

永田は、風下《かざしも》の方へ移って、彼がジャングルへ戻る姿を隠すような低い煙の雲が来るのを待ちながら、気持ちよさそうに言った。

その日から、大場と部下たちは、貯えてあった乾燥食糧や盗んできたアメリカ軍の缶詰だけの毎日の食べ物に、歓迎すべき変化を与えてくれることになる食物が供給されるようになるのを待ちこがれた。

実際、食物を得るのは、危険な手段を使わなければならなかっただけでなく、その成果についても、しばしば失望させられていたのである。過去二週間の間にも二度、彼の部下たちは、缶詰食糧だと思った箱を、いくつか持ち帰ってきたが、最初に持って来た箱の中身は、コショウの缶詰だったし、二回目のときは、潤滑油だったのだ。

11　野営地の女たち

――昭和十九年十一月

民間人の中の女性三八人のうち一二人は、タコ山に残っていた。三人は夫と一緒で、あとの者は、別の民間人とか大場の部下の兵隊の中から一緒に住む相手を選んでいた。一人で住んでいた例外は、看護婦の青野千恵子くらいだった。

彼女の関心は、病人や負傷者の手当てをすることや、孤児になっていた馬場姉弟《きょうだい》の面倒を見ることと、彼女がほかの野営地を訪ねなければならないとき、武器を携行することを認めるように、大場にせがむことに限られているようだった。

彼女は、軍の野営地のはずれに、自分と二人の孤児、エミ子一〇歳と昭《あきら》八歳のための寝場所を造り、そこに、ときどき降る雨の日でも、患者を雨から守って収容しておける布とブリキで造った医療救護所を建てていた。毎日、彼女と二人の子どもたちは、自分たちのためと、間に合わせで建てた病院の患者たちのために、民間人野営地の中の泉から水を運んでいた。

エミ子は、病人の看護を手伝うという責任ある仕事をさせられるのが嬉しくて、青野の助手になろうとすることに、ほとんどの時間を使っていた。

彼女の弟の昭は、大場大尉を、尊敬する英雄であるとともに、親しい友人だと思っていた。自分の靴はつぶれてしまい、アメリカ兵の死体から取った靴は大き過ぎて履《は》けないので、いつも裸足《はだし》でいる少年の足は、靴を履いている仲間の誰にも負けずに尖《とが》ったサンゴをよじ登ることができるぐらい、強靭《きょうじん》になっていた。彼が最も大事にしていた自分の財産は、彼の父親が小学校の校長をしていたガラパンを逃げるときから、肌身離さず持ち続けてきた一組のトランプだった。

大場がこの少年と初めて会ったのは、大場たち日本からの船の生き残りが、島へ着いた最初の三週間、彼の父親の小学校で起居したときだったが、今は、二人は、しばしば、午後の暑さを〝ババ抜き〟をして紛《まぎ》らしていた。そうすると、この少年は、驚くような腕前を発揮した。

女性たちの中で、男性との愛の結びつきを持たなかったのは青野だけだったが、それはまったく、彼女がそうなることを避けたからだった。木谷曹長が彼女に熱を上げていたのに、彼女は、いつも必要以上に形式的で、挨拶以上の応《こた》え方をしようとはしなかった。それはまた野営地内でも公然の秘密だった。たくましい曹長が、青野に、なんとか単純な挨拶以上のことをしゃべろうとするとき、恋に悩む内気な一〇代の少年のようにおどおどしている姿を見るのは、大場の眼を楽しませた。

しかし同時に、木谷がそんなにいつも撥《は》ねつけられているのを見るのも、胸が痛んだ。だから、青野を指揮所に呼ぶ必要が起こったときには、大場はいつも、木谷が近くに来るのを待って、誰か看護婦を呼んでくれ、と頼んだ。その役を進んで引き受けるのは、いつでも木谷になった。

大場は、ほかの野営地を訪ねるとき、ときどき青野を一緒に連れて行ったから、彼女のことは、ほかの女性よりもよく知るようになった。彼は、初めの二、三回の同行で、彼女に拳銃を持つことを認めたが、それを認めてみると、彼女は、拳銃をただ革ケースに入れて持つのではなく、大場がしているように、手に持って歩くことに気づいた。

彼は、もしカメラを持っていたら、医療品の袋を背にして、手に拳銃を持ち、ベルトに長いナイフを下げて、小道を歩く彼女の姿を写真に撮《と》っておきたかった。

「君は、その拳銃の使い方を知っているのか？」

初めて彼女が拳銃を持って一緒に来たとき、大場は訊《き》いた。

「アメリカ兵の一人ぐらい殺せる程度にはね」と彼女は答えた。

彼女が、大場に、自分の両親や妹がどのように殺されたか、したがって、自分はその敵《かたき》を討《う》つ決心をしていることを話したのは、その日の午後のことだった。

「もし私が、機関銃の撃《う》ち方を知っていて、私の家族を殺した人でなしどもを全滅にしてやれたら、私は、あの日、幸せに死ねただろうと思うわ。でも、今は、知っているの。堀内さんが親切に教えてくれたわ」

堀内というのは、あの刺青の一等兵である。大場は後に兵隊たちに聞くと、堀内今朝松《けさまつ》といって、無法者で有名な男だった。彼は大場に言ったとおり、一人でアメリカ兵を殺しに出かけては、山へ戻り、大場の指揮下には入らなかったが、ときどき大場たちの野営地へ顔を出していたのである。

その次に彼女を同行した帰りに、大場は、青野がいかに真剣に敵を討とうとしているかを知らされた。そのとき、アメリカ兵が現われる前に、敵のラジオの金属性の声が聞こえたのである。

「道から離れるんだ！」

大場は、彼女をジャングルの中に引っ張りながら、ささやいた。彼は、小道から数メートル離れたところまで彼女を引率して、敵が通り過ぎるのを監視することができる場所を見つけた。彼は、節《ふし》くれ立った木の陰に膝を突いて、青野を自分の後ろへ押しやった。

大場が、眼前を通過するアメリカ兵の数を一〇人まで数えたとき、突然、彼の右腕の脇に青野の拳銃が現われたのだ。彼女が狙いをつけているとわかって、彼の心臓は飛び上がった。

大場が彼女の手から拳銃をもぎ取ったときは、今、まさに彼女の指が引金を絞ろうとしていたときだった。彼は振り向いて言った。

「馬鹿者！」

彼のそういう怒りに触れても、彼女の眼は、平然としてなんの動揺も見せず、黙って彼を睨《にら》み返した。

その後、タコ山へ戻るとき、大場は、自分のベルトに彼女の拳銃を押し込んで帰った。それからは、彼は、彼女がいつも持っているナイフ以外の武器を携帯することを、二度と認めなかった。

ときどき、大場も、女性の中から同棲相手を見つけることを考えないではなかった。しかし、そうするのは、ごく限られた者で、他の多くはただ一緒に寝る相手としての女を得ている現状では、部下に対する統率力を損《そこ》なうことになるというのが、いつも到達する結論だった。おおっぴらに提案したのではないが、奥野春子《おくのはるこ》という名前の背の高い三二歳の女性は、ぜひ大場と一緒に住みたいという態度をはっきり示した。女性が一人で生きていくというのは困難な状況だったのである。

「あなたが部下の方たちと一緒に食事をされるのが正しいとは思いませんわ。あなたはあなたの食事を用意する女の人を持つべきですわ」と彼女は大場に言ったが、彼女の眼と、彼女の唇の端をかすかに上げた言い方は、彼女自身がその役割を頭に描いていることを物語っていた。

大場は、彼女の提案には礼を言って、その夜、その申し出を受けるほうがお互いに生活しやすくなると考えるべきかどうか、かなり悩んだ。

彼には、日本へ帰る望み、七年前、郷里の中学で地理の先生をしていたときに結婚した妻のところへ帰る望みはほとんどなかった。今ごろは、おそらく彼女は、政府が戦死した兵士の家族に贈《おく》る、切り取った彼の髪と爪が入っている小さな白い箱を受け取っているだろう、と彼は考えた。

彼は公式には死んでいるのだ。そして、おそらく、実際にも、数日のうちには、かりに幸運に恵まれても二、三カ月のうちには、死ぬだろうと思われた。また、たとえば、妻が、彼が生きていたこと、さらには、彼がどんな生き方をしたかという状況を知ったとしても、残された日々を彼が軍人らしく完璧に行動することを、彼女が強く要求するのだろうかとは、あまり思わなかった。

しかし、彼が最も重視しなければならない責任は、彼の指揮下にある部下たちに対してであった。彼らの中に不満や軋轢《あつれき》の種を撒くような行動は、できれば、避けるべきだった。

一カ月前、〝二番線〟野営地で、一八歳の一人の可愛らしい少女の愛情をめぐって、一人の民間人と彼の部下の兵隊の一人がなぐり合いの喧嘩をした。彼がそれを知ったのは事件の数日後だったが、その兵隊は、喧嘩には勝ったが少女を失って、その民間人を殺す、と脅《おど》かしているということだった。大場は三人を呼んで話をし、その兵隊をタコ山の野営地へ、その民間人をタッポーチョの野営地へ移るように命ずることで、問題を解決した。

そうなのだ。彼ら全員に、同じように機会が与えられないかぎりダメなのだ、と彼は思った。自分がその機会を受けることはできない。

彼は、三年前、妻のみね子と満州に住んでいたとき生まれた息子のことを考えながら、眠った。

12　神がかりの上等兵

——昭和十九年十一月

サイパンの戦いで生き残っているという一種の重圧感、毎日、全員殲滅《せんめつ》されるような攻撃があるかもしれないと思いながら生活する緊張感は、野営地のいたるところで、いろいろな形をとって現われた。大場の部下のうちの二人は、大場の指揮下から離れて、堀内と一緒になった。彼らは、自分たちが殺される前に、何人の敵を殺せるかと、お互いに競《きそ》い合おうとしていた。

大場は、二人の部下を失うことは（そのうちの一人は、そのときまでにアメリカ軍のブローニング自動小銃を手に入れていたが）さほど気にしなかった。ただ、大場は、彼らにアメリカ軍との戦闘は、三つの野営地のどれからも少なくとも二キロは離れたところで仕掛けるように命じた。

彼は、堀内が目的を達成するために、敵を見つけ出して、機関銃を発射し、退却しないで、アメリカ軍が隊形を乱して逃げるまで断固頑張ったのを見たことがあった。したがって、彼は、堀内が殺すと誓った一〇〇人のアメリカ兵のうち、すでに二九人は殺したと自慢したときも、それを信じた。あの看護婦、青野にとって、特別な魅力になっているのは、この米兵を殺すことに取り憑《つ》かれた狂気なのだ、と彼は推測した。

彼は、青野の態度を、彼らの上にのしかかっている重圧のせいだ、と決めてしまうことはできなかったけれども、とくに、ほかの人間を生かすことに献身している女性だということを考えると、確かに青野の態度は普通ではなかった。

いろいろな人たちが、野営地に引きこもって、遠くを見つめて過ごすことが多くなってくるのに、大場は気づいた。明らかに彼らは、おそらくは再び経験できそうもない楽しかったときの過去を、記憶の中で再体験していたのだ。

笑い声は、二人の馬場姉弟が立てるのを別にして、だんだん聞かれなくなり、つまらないことでの言い争いが多くなった。

最も目立った変化は、兵隊になるまでは神官だった三七歳の池上《いけがみ》上等兵に起こった。彼は、おとなしい感じの兵隊だった。大場は、その異常に痩せた兵隊がどうして生き残れたのか、と不思議に思ったぐらいだった。池上上等兵は、考え込むようになった兵隊たちの中にいた。大場はその様子を何回となく見て、彼は何を考えているのだろうかと思っていた。

その答えは、ある日の午後遅く、池上を囲んでいる何人かの兵隊の群れを見たとき、わかった。大場がその群れの方へ歩いていくと、池上が、神官が祝詞《のりと》を上げるときの独特の言い回しを思い出させる声で、大場を讃《たた》えているのが聞こえたのだ。

「汝《なんじ》らは、大場大尉の命令に従わなければならない。なぜなら、彼は、私を通して、神の命令を伝える者であるからである」と上等兵は言っていた。

「神と彼と私は、一体となって、汝らをこの状況から救い出すであろう。われわれは一体となって、われわれを取り囲み、脅《おびや》かしている野蛮なる異端の徒《やから》を打ち敗《ま》かすであろう」

大場は、自分の指揮所へ戻って、しばらく経ってから、池上を呼びにやった。

お前は、今日の午後、兵隊たちに何を言っていたのだ？　と彼は尋ねた。

「神があなたをわれわれの指導者として認めておられるということです」と池上は答えた。

「どうして、お前にそれがわかるんだ？」

「神が私に話されたからです。神はあなたを気に入っておられ、あなたが敵を打ち破《やぶ》るのを助けると約束されて、そのことをほかの人たちに伝えるように、私に指示されたのです」

大場は思わず笑いを浮かべそうになったが、真剣な表情を崩さないようにして、上等兵の眼をじっと見た。正直に言っている以外の何ものでもないことはわかった。この男の無邪気な心の彷徨《ほうこう》が、私の指揮を脅かすわけでもなければ、全体の安全を脅かすわけでもないかぎり、なんら危険な要素はない、と彼は考えた。

「ありがとう」と言って、彼は、錯乱している兵隊を引き下がらせた。

彼の前に、跪いた池上は、立ち上がると、神官の作法に従って、手を拍《う》って頭を下げてから、自分の寝場所へ帰って行った。

それから何日か、大場はこの男を見守り続けて、彼が、民間人野営地の近くにあった高い平らな岩の上に、何か建物を建てはじめたのに気づいた。池上は、少しずつ、ブリキや帆布や板きれを集めてきて、毎日その建物につけ足していた。大場は、彼を近くで観察できるようにしておくため、歩哨勤務からはずして、野営地の清掃をするように命じた。彼は、従順に働いていた。しかし、少しでも時間が割《さ》けると、彼は、造りかけていた家を直したりして過ごしていた。

最初の厄介《やっかい》なことになりそうな徴候は、彼が池上と話をしてから一週間後に起こった。

青野が、黒い眼を怒りで燃え上がらせて、大場のところへ来たのである。

「あのおかしな爺ィ、池上をなんとかしてください」と彼女は怒鳴《どな》った。

「彼は、自分が野営地の治療師として後を引き受けるから、私が病人の手当てをするのを止《や》めろと言うんです」

大場は、彼女が言うのを聞いてから、あの男は、誰も治療できないが、ある意味では病人なのだと説明し、できるだけ調子を合わせてうまく扱うように忠告した。〝病人〟という言葉が、彼女の看護婦としての同情心をかき立てたのか、彼女の怒りは解けた。そして、大場が、彼を彼女の救護所へ近づけないように約束してくれれば、彼を無視することにも同意した。

「もう薬はあまり残っていません」と彼女は言った。

「でも、間違いなく、私のほうがあのおかしな爺ィよりも、ここの人たちのためにいろいろしてやれます」

翌日、青野はまた来た。前の日と同じようにかんかんに怒っていた。

「大尉殿、一緒に来てください。お見せしたいものがあるんです」

彼らは、一緒に、野営地の中の一番低い場所へ向かって歩いた。そこでは、およそ一〇人ぐらいの民間人と兵隊が、池上に治療してもらうのを待って、立ったり腰を下ろしたりして列を作っていた。

池上は、一人の年寄りの腫《は》れて潰瘍《かいよう》になっている脚の上に手を置き、ぶつぶつと祈っていた。

「もっと困ったことは」と、青野は、怒りで声を震《ふる》わせてささやいた。

「何人かの兵隊たちを含めて、この野営地にいる半分ぐらいの人たちが、彼は、触《さわ》って治すことができると信じていることです。私が、傷を清潔にすることに努《つと》めているのに、彼は、開いた傷口に汚い手を載《の》せているんです」

大場は、すでに、民間と軍両方の野営地にいるおそらく半数以上の人間が、池上を超自然的な力を持っている霊感者だと信じていることに気づいていた。

彼は、指揮所へ戻りながら、青野に言った。

「彼を信じているふりをしたことは私の間違いだった。少なくとも、彼が精神的に病気だと公然と言うべきだった。私が彼の言うことを聞いて、彼に調子を合わせるために頷いているのを見た人たちは、私が彼の意見に同意していると思ったんだ」

「今でも、彼は病気だと、どうしてみんなに言わないんですか？」彼女は尋ねた。

「われわれはみんな、希望に……心の安らぎに飢《う》えているんだよ。われわれは、この状況に打ち勝てるっていうことを知りたいんだ。池上はこの希望を出して見せた。ここにいる者の心は、それを認めることで満たされるものがあるんだ。

私にとって、彼らが新たに持てた確信を打ちこわすことは、それがいかに根拠のないものであっても、害にこそなれ、望ましいとは言えない。われわれの生存は、団結を崩さずにいけるかどうかにかかっているんだ。私は、われわれが分裂することになるかもしれない対立を引き起こすことはできない」

その午後、大場に、池上から〝神殿〟に訪ねてくるようにという使いが来た。大場はかっとした。しかし、彼は、自分の立場を無視されたことを我慢し、怒りを抑《おさ》えて、池上が〝神殿〟と言っている小屋を建てた岩へ出かけた。

大場が訪ねて行くと、建物の中から、つぶやくような声で池上が祈りを上げているのが聞こえた。扉になっている布を引いて開けると、石の上に立てた一本のローソクの薄暗い光の中に、池上がお釈迦《しゃか》様のようにすわっているのが見えた。

眼を閉じたまま、唇だけを動かして、祈りを上げるときと同じ調子で、大場に話しかけた。

「大場大尉、そなたはよくやっておる。われらは満足じゃ。今後も、そなたは、われらの協力によって、よりよくやっていけるであろう。しかし、余が質《ただ》せし神の声によれば、そなたが変えなければならぬことが、一つある……。神の声曰《のたまわ》く」

彼は眼を閉じたまま続けた。

「われらは、池上上等兵が上等兵の地位にとどまり続けることを不適当なるものと考える。われらは、そなたの地位を指導者と認めることにやぶさかではないし、彼を将校に昇進させるべきだと望むのでもない。しかし、われらは、彼に曹長の地位を与えるべきものと信じ、そなたが、本日、軍および民間野営地双方の居住者たちに、この昇進を発表することを要請する」

大場は、懸念《けねん》を感じながらも、笑いをこらえて言った。

「池上上等兵、お前はもともと第四三師団の者である。そして私は、第一八連隊の出身である。お前も知っているように、お前の昇進を推挙できるのは、お前の原隊の中隊長だけである。たとえ、私が、お前を曹長に昇進させたくても、それは不可能なのだ」

「しからば、余は、そなたに、発表するのを明日まで延ばす余裕を与えるであろう」

池上は抑揚をつけて言った。

大場は、怒鳴りそうになった。しかし、思い直してそれを抑え、黙って、狭い布の扉から外へ出た。

そのうちに、最初は池上の託宣《たくせん》を信じていた人たちにも、彼が病気だということがわかるようになった。彼がはっきり示した失敗の一つは、自分が、日本の伝説で遠くまで飛ぶ力を持っていたといわれる〝天狗〟だと宣言したことだった。それを疑う者に、〝天狗飛び切りの術〟を見せるために、池上は、とうてい不可能なほど離れている岩の間を跳んで見せようとして、ひどい傷を負ったことだった。

彼の幻想が最高潮に達したのは、彼が空中に〝X〟の字を描いて——敵が野営地へ入ってくるのを防ぐことができると言い出したときだった。大場は、頭がおかしくなった上等兵が、厳粛《げんしゆく》な顔をして、〝X〟の字を描くおまじないをしながら野営地のまわりを歩くのを、おもしろがって見ていた。しかし、翌日の昼間、池上が、敵が野営地から出られないようなおまじないをしてくると言って、アメリカ軍の野営地へ向かって山を下りていったと聞いて、大場は、彼を縛って監視するように命じた。

次の日の朝には、池上は、野営地の安全を脅かしたことを詫びるぐらいに、正気を取り戻し、神の声を伝えようとするよりも、兵隊としての役割を果たすようになりはじめていた。

13　パン泥棒

――昭和十九年十一月

十一月になると、アメリカ軍は、明らかに収容所に収容していた日本人民間人から情報を得て、山岳地帯の隠し場所に隠されていた食糧を系統的に片っ端から捜し出した。大場が予備として取っておいた食糧も、野営地の住人が定期的に依存していた食糧も、敵にスペの収容所へ運ばれたり、ガソリンで燃やされたりした。

数日のうちに、山に隠されていた食糧は完全に一掃された。

その次の週には、野営地に貯えてあった食糧は使い果たされ、彼らの食べ物は、あまり食欲をそそらないパンノキやパパイヤ、それにジャングルの中にふんだんにいた大きなカタツムリだけになった。身体を起こすと六、七センチぐらいの高さになる、その緩慢《かんまん》に動く生物は、腐った木の葉や丸太の上をじりじり進みながら、べとべとしていやな味の粘液を跡《あと》に残していた。

大場が、この生物を、徹底的に洗って煮たときだけ食用にできると知ったのは、一人の兵隊がこれを生で食べて死んでからだった。

しだいしだいに、彼らは、敵から盗む食糧に頼らざるを得なくなった。ほとんど毎夜、徴発隊は、島の西側のアメリカ軍野営地へ物色に出かけた。そこの警備のほうが、海兵隊の基地になっていた東側の野営地より警戒が厳しくなかったからである。

大場は、しばしば、その徴発隊を引率した。これは、結局は、アメリカ軍の監視体制を出し抜けるかどうかという生命を賭《か》けた競技だった。勝利の報酬は、ぜひとも欲しかった食糧であり、敗北の報《むく》いは死につながりかねなかったのである。それでも、大場たちは、有刺鉄線の柵の下で身をくねらせたり、共謀者が食糧貯蔵所へ入る間、歩哨の注意をわざと逸《そ》らせたりしながら、少年のような喜びを感じて、しばしば笑みをもらした。

ある日、そういう徴発に出かけた大場と久野は、朝の四時ごろ、敵の野営地の中にうまく入り込んだ。そのとき、小さな建物の明かりのついた窓を通して、真っ白なエプロンを掛けた二人のアメリカ人が中で働いているのが見えた。焼き立てのパンの香りが、提供される賞品は何かを語っていた。

室内からの明るい光が届かない位置で、彼らは数分、中の様子をうかがった。オーブンから出されたパンの塊りは、窓のすぐ内側の冷却台の上に置かれていた。パンの塊りを台に並べるために窓の方を向く数秒以外は、二人の男は大場たちに背を向けていた。

小さな声で打ち合わせをした後、久野は部屋の中が見えるところにそのまま待機し、大場は建物の方へ歩き、久野の方を見て、窓の下にかがみ込んだ。久野の合図で、大場はパッと伸び上がる。パンの塊りを一つつかんで、火傷《やけど》しそうに熱いそれを指の上ではずませながら、笑いをこらえて、彼は久野のところへ戻った。

彼らは、パンを焼いていた男の一人が、次の一釜分をまた台の上に置くのを見ていた。なぜか、うわの空で、パンがなくなっていることに気づかず、新しいパンを置いている。

「もう一つ取ってこよう」大場は、そうささやくと、窓の下の先ほどの位置へ戻った。

さっき成功したやり方で、大場は久野の合図を待った。しかし、今度は、いっぺんに三つの塊りをさらって、久野のところへ小走りに走って戻った。

数秒後、彼らは、パン焼きの一人が窓の方を見て、驚いた叫び声を上げるのを聞いた。身体を震《ふる》わせて笑いをかみ殺しながら、彼らは、その男が明るい部屋から外の暗闇を怯《おび》えたように眺めて、窓から後ずさりするのを見た。

14 米軍巡察隊

――昭和十九年十一月

タッポーチョの野営地で、大場と久野は、まだくすくす笑いながら、金原少尉やその部下たちと、パンを分け合い、それを手に入れたときの経緯《いきさつ》を話した。金原の斥候《せっこう》の一人が手に入れてきた塩漬けの肉の缶詰も用意されて、いつもの果物とカタツムリの食事に比べて豪勢なご馳走になった。

朝の九時には、暑さはすでに耐えがたいほどになった。夜の間、食糧徴発に出ていた者も、それぞれの粗末だが十分使える小屋で寝《やす》んでいた。ほかの者は、また一日無事に過ごすのに役立つような仕事をしていた。ある者たちは、自分たちの薄っぺらな小屋に木やブリキを足して、住みよくする工夫をしていた。女たちは、彼らの居住地の東の壁になっている高さ一〇メートルの岩から雨水を集めている樋《とい》の下の樽《たる》から、水を運んでいた。

大場は、傾斜地の底近くにあった金原の小屋のきれいに磨かれた床に敷いたゴザの上で、眠れずに眼を覚ましていた。そこからは、ほとんどの小屋が見えたし、左手には、尾根の上からは見えない、傾斜が急に低く窪んだところに建っている小屋も見えた。

およそ二キロ東に、第二海兵師団第二連隊第二大隊の〝フォックス〟中隊は指揮所を置いていた。そこで、エドワード・アトウッド大尉は、岩の上に地図を広げて、調べていた。彼のまわりには、それぞれ同じような地図を手に持って、彼の中隊の四人の小隊長がいた。その一人一人に、彼は順に巡察《パトロール》する地域を指示していた。

ここ二週間、第二海兵師団第二連隊第二大隊の各中隊が交代で巡察勤務に当たってきていた。今度の巡察は、フォックス中隊にとっては初めてだった。アトウッドは、もし運が良ければ、まだ山の中に隠れている敗残兵を捕まえることができるかもしれない、と思っていた。ほかの中隊の手で、何人かが捕虜になっていたのである。そのほとんどは、飢《う》えて動けなくなり、捕まることに対してまったく抵抗もできなかったということだった。

各小隊が指定された地域に出発すると、アトウッドは、それぞれの小隊と二〇分ごとに連絡をとることにした。

レイ・クレブス中尉に率《ひき》いられる第一小隊は、タッポーチョから真南に切れ込んでいる渓谷を登った。完全に陽光をさえぎっている厚く茂ったジャングルのため、大場が野営地の南約一八〇メートルの地点に配置していた前哨には、彼らの動きは聞こえなかったし、当然見えなかった。巡察隊は、真っすぐ大場たちの野営地へ向かうことになる水の涸《か》れた水路をたどっていった。しかし水路は、最後は、それを登るには、蔓《つる》草や木の幹を使ってよじ登らなければならない険《けわ》しい崖になっていた。クレブスは、地図を調べて、切り立った崖の下を通る小道を進むように部下たちに合図した。

崖と右手の岩と下草でごたごたしている地帯を通るときには、巡察隊は一列になって進まなければならなかった。

クレブスが立ち止まったのは、狭い通路を出て、二、三歩歩いたときだった。彼の正面に見えたブリキとベニヤ板と帆布でできている小屋が幻《まぼろし》ではないとわかるまでに、数秒かかった。それでも、そのまま動かずに、彼は眼を左へ移した。

そこに五、六軒同じような小屋があるのが見えた。小屋の一軒から二人の男が現われたのが、彼を驚かせ、行動に走らせた。彼は、カービン銃を三発発射して、岩の陰に飛び込んだ。彼の後ろについていた隊員は、狭い道でひしめきながら、銃声に驚いて小屋から飛び出してくる日本人に発砲した。

大場は、傾斜の上の方から聞こえた最初の銃声で飛び起きた。入口から飛び出すと、彼は、何が起こったのか見えるところへ近づくまで、前かがみの姿勢で傾斜を駆け登った。

アメリカ兵たちが、野営地の東の入口を入ったところに隠れて、射撃していた。大場は自分のまわりを見た。何人かの金原の部下たちが、防御地点から応射しているのが見えた。

彼の前方の上では、アメリカ兵が射撃しているところからわずか数メートルしか離れていない小屋から、二人の民間人が飛び出してきた。最初の男は、弾丸に肩を裂《さ》かれて、立ったまま旋回してから玉石にどしんとぶつかって跳《は》ね返った。倒れる前に、彼の頭の上半分は、ピンクの色がぱっと散るのと同時に消えてしまった。二番目の男は、わずかに三歩走っただけで、腹を押さえて前に身体を折り、次に後ろへ倒れてすわった格好になってから、左にひっくり返って動かなくなった。

なんとか岩や木の陰にたどり着いた兵隊たちは、敵の射撃に応射して、アメリカ兵が狭い道から脱け出るのを防いでいた。大場とともに、木から岩へ、岩から木へと素早く移動しながら、日本軍は、間もなく、アメリカ兵を釘づけにするだけの火力を集めた。その間に、野営地内の民間人たちは、アメリカ兵が襲撃してきたその反対側のジャングルの中へ逃げ込んだ。

大場は自分たちの部隊のほうが、アメリカ軍の巡察隊より数において勝《まさ》るのではないかと思った。しかし、自分が選んだ条件のもとでないかぎり、最後まで戦うつもりはなかった。彼の指揮下の者たちの大部分が安全になったところで、彼は、アメリカ兵から離れるよう背後のジャングルの中へゆっくり撤退するように合図した。

クレブス中尉もまた、自分たちのほうが数において勝るのではないかと思った。彼の位置からだと、小屋は尾根の近くに十数戸見えた。そして、少なくとも二〇丁の銃が応戦してきていると見たのである。彼は、彼の傍《かたわ》らに這い寄ってきた無線通信係に合図して、マイクロフォンに手を伸ばすと、ボタンを押した。

「ハロー・レインボウ。こちらレインボウ2《ツー》。およそ三〇名の敵とぶつかって、目下交戦中。以上」

ほんのわずかの間を置いて、アトウッドの無線係の声が答えた。

「了解、レインボウ2《ツー》。そちらの位置はどこか？」

クレブスは、急いで地図を見て、マイクロフォンに向かって、緯度経度を読んだ。

「了解、レインボウ2《ツー》。こちらレインボウ。その位置を動くな」

アトウッドは、中隊長付情報係（アメリカ軍では大隊情報部から各中隊長に情報係が出ていた）とともに、緯度経度を確かめると、他の三つの小隊を呼んで、それぞれの現在地にとどまり、必要があったら第一小隊に協力できるように待機せよ、と伝えた。

「さあ、ジョーンズ、出かけよう」

アトウッドは、情報係の一九歳の伍長に言った。二人は、ジョーンズが地図に印をつけた場所まで行くのに、二〇分近くかかった。そして彼らが着いたときには、クレブスの小隊は、大場の野営地から引き揚げるところだった。

「彼らは姿を消しました」

クレブスは大尉に言った。

「われわれは、四人か五人やっつけましたが、われわれが数えたところでは、彼らは三〇人以上でした」

二人の将校が話している間、ジョーンズはクレブスの小隊の兵隊たちが下げてきた〝記念品〟を見ていた。若い伍長は、戦争について一つの原則を立てていた。それはまず「戦うのは自分の生命を守るため」ということだった。彼はそれを何回も口にしてきた。

第二は「戦うのは記念品を得るため」だった。そのとき、彼が感心して見ていた戦利品は、まさにそういう彼が最も欲しかったものだった。二人の兵隊が、飾りのついたサムライの刀を持ち、一人はやはり飾りのついた短剣を、もう一人は日本製の拳銃を持っていたのである。

「よーし、ジョーンズ、行こう」

クレブスの小隊は、反対の方向へ歩いて行くのに、アトウッドとジョーンズは、三〇分前の撃ち合いのあった現場へ向かった。ジョーンズは、敵の野営地に気楽に入って行く大尉の分別《ふんべつ》を疑ったが、義務的に大尉に従った。狭い入口を通り抜けるとき、彼らに、クレブスたちが取りこわした最初の二つの小屋が見えた。その近くに、四人の死体がころがっていた。

その日の活動に自分たちも何か寄与しなければならないという感じで、二人の男は、少し離れた三番目の小屋にどんどん入って行った。そこで、アトウッドは、生《なま》の米が入った二つの五ガロン（約一九リットル）缶に眼を留めると、「おれを掩護《えんご》しろ」と言った。

ジョーンズが見ていると、大尉は、いたずらっぽい笑いを浮かべて、二つの缶の中身を地面にあけてから、ズボンのボタンをはずし、白い米の山に向かって小便をした。

「よーし」

大尉が終わって、ズボンのボタンをかけると、ジョーンズが言った。

「今度は、私を掩護してください」

彼もアトウッドの例にしたがった。

「畜生！」

遠くから、二人のアメリカ兵が重要な食糧を汚すのを見ていた大場はつぶやいた。奴らは死に値《あたい》する。大場は、その場で彼らを殺したい気になった。しかし、自分の選んだ場所と時間でないかぎり、大きな戦いをする用意はできない。彼は、見通しのきく場所から、二人のアメリカ兵が狭い岩の入口の向こうへ去って行くのを、ただ見送っていた。

15 待伏せ

――昭和十九年十一月

フォックス中隊がタッポーチョ山とマジシェンヌ湾のちょうど中間の、彼らが本部と呼んでいた八角形のテント群に戻るとすぐ、ジョーンズ伍長は、自分が新たに考えた計画を実行に移しはじめた。彼は、それまでの戦闘では、〝自分の生命を守る〟ことにあまりにも忙しく、欲しい記念品も得ることができなかった。しかし、もし今日の巡察隊が例になるとすれば、あの日本人野営地には、最良の収穫物といえるものが、取ってくれといわんばかりにあることになる、と考えられた。

自分の銃やヘルメット、背嚢《はいのう》その他の装備品を、自分の寝棚に詰め込むと、ジョーンズは、真っすぐ大隊情報部のテントへ出かけた。そこでは、彼の本来の直属上司のモーガン大尉が、すでにアトウッド大尉と会っているはずだった。

アトウッドは、ちょうど、今朝自分の指揮下の小隊が敵と遭遇したことについて、大隊情報将校に話し終わったところだった。ジョーンズが入って行くと、二人は、若い伍長の方を振り向いた。

「失礼します」とジョーンズは言った。

「実は、明日はイージー中隊が巡察勤務ですが、今日われわれが見たジャップを見つけるのは苦労するかもしれないという気がしたんです。よろしければ、私が一緒に行って、案内してもいいと思ったんですが」

「いい考えだ」とモーガンは答えた。

「アクトン大尉に伝えよう。君は、明日の朝七時に、イージー中隊に加わるつもりで待機してくれ」

ジョーンズは、自分のテントへ戻りながら、自分の顔が自己満足の微笑でほころびるのを抑《おさ》えられなかった。間違いなく、自分は、残っている小屋に最初に入って行く一人になる。あそこにあるに違いない日本軍の拳銃や刀を最初に調べることになる……。

翌朝、アクトン大尉が、イージー中隊の指揮所は、タッポーチョの北側の傾斜地に置き、前日の銃撃戦の現場へは一小隊だけ派遣する、と発表したとき、ジョーンズはいっそう幸せな気分になった。大尉が想定したように、あそこにいた日本人がまだ逃げていることは、おそらく間違いない、と彼も思った。しかも、一緒に行くのは、一小隊だけである。記念品を見つける競争も緩和《かんわ》されようというものだ。

三時間後、ジョーンズは、問題の野営地へ入って行く小道を見逃したことに気づいた。

「中尉殿、ここで待っていただけませんか？　その間に、私は戻って、小道を探し直しますから」と彼は頼んだ。

自分が率《ひき》いる三四人の制服と同じように、自分の制服も汗でびしょ濡れになっていた若い将校は、簡単に同意した。ほかの者たちが、地面にどたんと腰を下ろして、生ぬるい水が入った水筒に手を伸ばしている間に、ジョーンズは山道を下りて行った。

三〇メートルも行かないうちに、ジョーンズは、探していた道を見つけたが、それは、ほとんど道とはわからないような道だった。彼は、用心深く、しかし欲に駆られて、はっきりとはわからない道をたどった。すると前日、アトウッドと一緒に引っかき回した小屋から三メートルと離れていない藪へ出た。ジョーンズは、片膝をついて、銃の安全装置をはずしてから、現場を丁寧《ていねい》に見渡した。

四人の死体は、昨日と同じところにあった。しかし、むしろがかぶせられていた。米は触《さわ》った形跡は全然なかった。彼は、一分近く、じっと動かずにいたが、なんの音も聞こえないし、なんの動きも見えなかった。彼は、静かに数歩退《さが》ってから、向きを変えて、小隊が待っていたところへ急いで歩いた。

「彼らは逃げています」

彼は、メイヤーズ中尉に報告した。

「私は、小隊全員が行く必要があるとは思いません。調べるためだけなら、一分隊で十分でしょう」

一二人——と彼は数を思い浮かべた。それなら、競争はますます減って、彼が一緒に持って帰ることに決めている記念品は多くなる。

中尉は、自分の部下の四分の三が喜ぶことを考えて、ジョーンズの意見に賛成した。

一四人——その朝、イージー中隊のテントを出た三〇〇人のうちの——が野営地の一番上に着くと、若い中尉は、全員広がって傾斜を下りるように命令した。

ジョーンズは、最左翼になって、ここの居住者の料理場だったと思われる崖の下の黒くなったところを見ながら下りて行った。そのとき、突然、二発の銃声が響いた。自動的な反応で、彼は地面に伏せた。

「別のやつがいる」

誰かが叫んだ。とたんに、ジョーンズの右手から一斉射撃が火を噴いた。

「全員、頂上へ戻れ」

中尉が叫んだ。ジョーンズは、ほかの者たちと一緒に、彼らに見えていた三〇以上の小屋の間を警戒しながら、尾根のてっぺんに向かって戻った。

分隊の中の誰が、小屋の一つからジャングルへ向かって逃げた日本人を射殺したのかは、はっきりしなかった。しかし、数人の者が、彼らの射撃で二人の日本人を倒していることは確認していた。

「ようし、われわれは、小隊のあとの者が来るまで、ここを守る」

中尉はそう言って、谷の反対側になるジャングルに蔽われた傾斜を見た。

「彼らは、たぶん、われわれを待伏せして、あそこにいたんだ」

「そんな馬鹿な。いえ、私が言いたいのはですね、中尉殿」

記念品を得る可能性がなくなりかかっていると思ったジョーンズは、考えもなく口走った。

「あの二人は、おそらく、逃げる連絡を聞かなかった夫婦ですよ」

ジョーンズのまわりにいた六人は、ジョーンズと同じように小屋を調べ上げたい――あるいは小屋から何かを巻き上げたい――欲求を持っていたので、たちまちジョーンズの意見に与《くみ》する意見を言い出した。

あまりの熱心さに、とうとう、中尉も動かされた。

「わかった。お前たちが、あそこまで行って戻ってくる時間を、三〇分だけやる」

ほんの数軒の小屋を調べただけで、ジョーンズには、日本人たちは、立ち退《の》く前に、価値のあるものをすべて持ち出しているとわかった。彼は、うんざりした。結局は投げ捨てることになった錆《さ》びた銃剣を、一軒の小屋で見つけただけだったからだ。

七人の若い兵隊たちは、まだ落伍した者が隠れている可能性がある、というだけでなく、下痢を起こす疫病がこの野営地に蔓延《まんえん》していたことを示す小さな水たまり状の人間の排泄物《はいせつぶつ》があちこちにあるため、用心しながら歩いて行った。注意深く、系統的に、彼らはすべての小屋の内部を調べた。

最後に、ジョーンズは、それまで見た中でも、最も大きく、最もよくできている小屋に近づいた。それは、渓谷の底に近いところにあった。そこからは、傾斜の裾《すそ》に沿って、さらに四〇軒か五〇軒の小屋が建っているのが見えた。

ジョーンズは、胸をときめかせながら中に入り、床の木がぴかぴかに磨かれているのに気づいた。しかし、ほかには、ほとんど何もなかった。価値のあるものはすべて運び去られていた。むしゃくしゃした気持ちで、彼は、部屋の隅の洋服かけにかかっていたバナナの房《ふさ》を取って、それを自分の木綿の上着の内側に詰め込んだ。そうしているとき、傾斜の上から若い中尉が呼ぶ声が聞こえた。

「おい、ジョーンズ。もう三〇分経ったぞ！」

入口へ向かって歩きながら、ジョーンズは叫び返した。

「わかりました。今、行きます」

そのとたん、まるで彼が射撃の命令を出したかのように、ジャングルの傾斜地から、彼らが調べていた小屋を突き破る銃声が、一斉にとどろいた。ジョーンズは、玄関前で、身体を投げ出し、防御になる岩の陰に、ぶつかりながら飛びこんだ。その衝撃で、彼のヘルメットは外にころがり出た。少しでも地面にぴったりつこうとして、彼は、狂ったように、上着の内側から、ぐしゃぐしゃにつぶれたバナナを引っ張り出した。一挙に、彼は記念品のことを忘れ、自分の困難な状況を心配する羽目になった。

小銃の一斉射撃は、彼のまわりで砂埃を上げ、彼の頭上の木の小枝を引きちぎった。彼はこの野営地へ、イージー中隊を案内することを進んで買って出るような馬鹿なことをした自分を呪《のろ》った。彼は、ところどころに木や岩や小屋のある傾斜を見上げた。安全地帯にたどり着くには、彼らは、その間を通り抜けなければならないのだ。

一方、彼らに対する日本軍の射撃は、どこから撃ってくるのか、厚いジャングルの陰に隠れて見えなかった。

「クソ！」

これまでのいつのときよりも怖さを感じて、彼はつぶやいた。

そのとき、上にいた誰かが、掩護《えんご》するから動く用意をしろ、と彼に叫んだ。五丁の小銃と自動小銃とブローニングの音が続いたとき、彼は、ヘルメットがころがっているところまで這って行き、それから、肘と腰をくねらせながら隠れられるあらゆる遮蔽物を利用して、上に進んだ。大きな岩を回ったとき、彼が進む正面に排泄物のたまりがあるのを見て、彼はたじろいだ。しかし、彼のためらいは瞬間的だった。彼は、自分がそうなったことに笑いさえ浮かべて、こういうとき、何を恐れるのだろうか、と思った。

そして、どうやらやっと、上にいる七人の場所近くにたどり着き、木の幹の陰に膝をついた。彼は、次の、下にいた兵隊が登ってくる間、反対側の傾斜地に発砲し続けている仲間に加わった。この方法で蛙《かえる》のように跳びながら、尾根の上からの小銃とブローニングの掩護射撃を受けながら、七人の海兵隊員は（もっと歴戦の兵士だったらけっしてそんな中へ入って行かなかったろう）日本軍の待伏せ攻撃から、やっと脱け出した。

彼らと反対側の傾斜地の上部で、怯《おび》えた海兵隊員が退却して行くのを見ながら、大場大尉は笑みを漏らした。彼は、前日の遭遇戦の後、必ず敵は引き返してくると考えて、その用意をしていたのだ。これで、あと二四時間は、次の防衛計画を立てる時間を稼げると思った。彼らが直面したのがどんな兵力かはっきりわからなくて、敵は反撃を計画するのに時間がかかるはずである。敵は、明日、大挙して向かってくるだろう。しかし、彼らは誰も発見できないことになる。

大場は、まだ銃を構えてかがみ込んでいた金原に合図した。

「民間人のところへ、部下たちを連れて行って、全員を集めておけ。私が話したいことがある」

彼は、向きを変えると、金原の指揮下の民間人たちが待機しているところへ通ずる尾根の山道を登りはじめた。

金原の下にいた五〇人あまりの民間人たちは、元の野営地から二〇〇メートル離れた谷の中で、まだ恐ろしさに震《ふる》えてかがみ込んでいた。戦闘の音が聞こえてきたときの恐さはこの上ないように思われた。しかし、その後に続いた静寂はそれ以上の恐怖だった。谷へ入ってくるのは、どっちの国の軍隊になるのか、それがわからずに待っていたのだから。

大場は、彼らの隠れている場所へ行って呼びかけた。

「強制するわけではないが、移動したい者は、タコ山へ移動してはどうか。あそこには多くの日本人がいる。われわれもそこへ移動する」

彼は、金原を見た。

「少尉、私に次いで指揮をとるのは、君だ」彼は、ほかの者にも聞こえるように、大きい声で言った。

「部下たちを連れて、できるだけ早く移動せよ。米軍は、明日までは反攻してこないだろうから、これから後は、まず安全だと考えられる。私は、先にタコ山へ帰って、お前たちが来ることを知らせておく」

大場と久野は、タッポーチョの北側からタコ山へ抜けるふだんは使われていない山道をたどった。

アメリカ軍は、今日の戦闘についての報告を聞いてからでなくては、対抗策を講じられまいという確信は大場にあったが、彼は、つねに、巡察訓練中の者や記念品あさりの敵に遭遇する可能性があることを知っていたからである。

彼は、翌日、あるいはそれ以降、アメリカ軍がどのように反応するだろうかということを、さらに突っ込んで考えていた。

再び、彼は、全面戦争を再開したのだ。比較的穏《おだ》やかに過ぎた四カ月の後、彼は、サイパンでアメリカ軍が握った権利に挑戦したのだ。彼らが無視できない形で、その戦力を示した。この日以降——ここで、彼の考えの中に思わず「もし」という言葉が入り込んで、彼はためらったが、——連合艦隊が来る日まで、われわれの小さな部隊は、四六時中、敵の探索の目標になり続けることになる、と彼は考えていた。

後に、タッポーチョからの兵隊と民間人が、タコ山の野営部隊と完全に合体してから、彼は、金原と煙草を分け合って喫《の》んだ。

「こうなると」と彼は打ち明けた。「敵を警戒することがわれわれの最も重要な課題になる。われわれは、いつでも、あらゆる方向からの攻撃を予期しなければならない」

彼は、木谷から受け取った地図を二人の前に広げた。そして注意深く、タコ山の四方にある丘の頂上に、小さく×印をつけた。

「私は、これらの地点の全部に、常時、歩哨を配置したい」と彼は言った。

「一哨所に二人だ。一人は、敵を見たとき、敵の活動を報告する伝令として任命される。伝令には、民間人を使え。しかし、それぞれの哨所からタコ山までの最短距離の道を、間違いなく知っている者でなければならない。詳細な案を練って、明日の朝までに各哨所に配置できるようにせよ」

それから、彼は、木谷を呼んで、野営地のまわりの防御体制を強化することと、タコ山の東側に切れ込んでいる険《けわ》しい谷へ行く逃げ道を用意することを指示した。

「おそらく、彼らは、多大な犠牲を要求される、こちら側からは攻撃してこないだろう」と彼は説明した。

「したがって、退却にはもってこいの場所になる」

　次に、彼は、大城を呼びにやって、彼に、民間人たちは緊急命令がありしだい野営地を即刻立ち退《の》くことができる準備をさせておくように言った。大場は、立ち退く経路をどう採るつもりでいるかは言わなかった。もし、敵が民間人を捕えて、その民間人の口から機密が漏れたら、せっかくの逃げ道も死の罠になってしまうからだった。

16 米軍〝箱〟作戦

――昭和十九年十一月

ジョージ・ポラード大佐は、背後の壁につくまで椅子を傾けて、その背に寄りかかっていた。彼のテントは、第二海兵師団の事務室や食堂を収容することになった数十棟のカマボコ兵舎の一つに代わっていた。

彼の前に落ち着きなく立っていたハーマン・ルイス少佐は、汗をかいていた。師団情報部から急いで歩いてきたからだけでなく、神経をぴりぴりさせていたからである。彼は大佐と長く仕事をしてきたから、大佐のくつろいだ態度は、しばしば、腹の中の煮えたぎる怒りを隠そうとする気取りだということを知っていた。そして、今がまさにそれだということを感じていた。

「さぁ、ハーム。私に間違いなくわからせてくれ。君は、第二大隊の一小隊が、およそ三五人のジャップと撃《う》ち合ったというんだな……」

彼は立ち上がって、壁に貼った大きなサイパンの地図のほうへ歩いた。

「タッポーチョの頂上のすぐ南で。昨日。そして、君は今日までそれを知らなかった」

「そうです。朝の報告でわかったんです」

「そして今日」

ポラードは、またすわりなおして、椅子に寄りかかった。

「別の中隊の一部がそこへ行って、小銃と自動小銃による待伏せ攻撃に遭《あ》った？」

「そのとおりです」

ルイスは、もじもじして自分の体重を一方の足から一方の足へ移した。

「負傷者は？」

「いません。向こうについてはわかりません。その小隊が中隊のほかの仲間のところへ戻ってきたときには、遅過ぎて調べることができませんでしたから」

「いったい、どうして昨夜、われわれに知らせなかったんだ？」

ポラードは、また立ち上がって、壁の地図のほうへ歩いた。

「もし、そこに、ジャップの組織的な集団がいるとすれば、私は、そいつらを消してしまいたい。私は、すでに、この島は治安も確立した、と報告しているんだ。ぼろぼろで薄馬鹿のジャップの群れに、私の報告を変えられたくない。今日の失態を演じた中尉は、どこにいる？」

「部屋の外におります」

ルイスは、待伏せの件を聞いて、ただちにその中尉を師団司令部へ呼ぼうと考えたのを、よかったと思った。その若い中尉には、少し気の毒な気がした。彼にとっては、ひどい日だ。何人かの部下が日本兵の待伏せを食って殺されそうになった後、今度は、ポラード大佐の雷を食うことになる。

「ここへ連れてこい」

ポラードが怒鳴った。ルイスは入口へ歩いて、ドアを開け、怯《おび》えている若い中尉に中へ入るように合図した。クルーカットの若者が真っすぐポラードの机に向かって歩き、直立不動の姿勢で立った。そしてルイスもその傍《かたわ》らに立った。

「マイケル・メイヤーズ中尉、ご命令により出頭しました」

「メイヤーズ。ルイス少佐によれば、お前は、昨日、部下が敵の待伏せしているところへ行くのを認めたということだが、そのとおりか？」

「そのう……そうであります。しかし、われわれは、彼らがそこにいるということは知らなかったのであります」

「何人いた？」

「正確にはわかりません。しかし、小銃およそ二〇丁、自動小銃二丁が使われたように思います」

「そして、この報告書によれば」ポラードは、机の上に置いてある書類を指した。

「お前は、部下たちに、記念品を探しに行かせた？」

メイヤーズは、苦しそうに耐えていた。

「われわれは、そこを調べていたのであります……」

彼は、すわっている大佐の頭の一メートル上の真っすぐ前を一生懸命見ていた。

ポラード大佐は、ポケットから葉巻を出して、その先端を嚙み切り、それをくわえて唇の間でころがしてから、ゆっくり火をつけ、それから言った。

「よろしい、中尉。自分の部隊へ帰れ。お前がこれで何かを学んだことを希望する。私は、お前の間抜けっぷりを軍法会議に持ち込まないことにするんだから、お前はまったく幸運だ」

中尉は、「ありがとうございます」とつぶやくと、きびきびした動作で回れ右をして、大股で建物から出て行った。

ポラードは、ルイスを見た。

「君は、これをどう思う、ハーム」

「大佐殿、われわれは、この四カ月間、毎週、あのへんの山からジャップを引っ張り出しっています。しかし、いつでも、一人か二人でうろついていた連中です。そして、捕虜になった連中の誰一人として、組織的な集団がいるようなことを言った者はいません……」

「君たち情報部の連中が、私に、始末の悪い痛みを与えてくれているんだよ、ハーム。まさに、誰も君たちに、彼らがあそこにいると言わなかったからなんだ……」

ポラードは、立ち上がると、また地図のところへ行った。彼は、しばらく地図をまじまじと見てから、言った。

「明日、四つの中隊をこの地域に集めたい。三つの中隊は、ここと、ここでこの線を守る。そして、四番目の中隊は、側面で両脇の中隊と連絡を取りながら、ここから登るんだ」

ポラードは、両手を使って、箱の四つの面を示し、低い方の面が、上で待っている中隊と出会うまで動いて行く様子を手で示してから、ルイスの方を振り返った。

「わかったか？」

「わかりました」

「よし。ただちにこの作戦にかかるように伝えよ」

「かしこまりました」

ポラードは、葉巻をもみ消して、それを紙屑籠へ向かって投げたが、入らなかった。

「くそっ！」

彼はうなった。

第一大隊の三中隊と第二大隊からの一中隊は、第二師団駐屯地の中のサトウキビ畑の中を通っている舗装されていない道に並んだ。ジェイムズ・ソートン中佐は、自分の配下の各中隊長に命令を下していた。

「お前たちは、それぞれの攻撃地点まで、トラックで輸送される。そこから、それぞれ地図に指示されている緯経度まで移動し、方形を形成する。それから、できるだけ騒音を立てるようにしろ。時には数発発砲して、彼らに、お前たちが近づいていることを知らせる。われわれは、彼らを飛び出させ、逃げ出させたいのだ。ジャップたちがお前たちの警戒線を通り抜けようとするまで、射撃は控えろ」

彼は、トラック護送隊が、埃《ほこり》の雲を巻き上げて近づいてくるのを、ちらりと見た。

「よし。乗り込もう」

彼は、トラックを先導するジープの方へ歩いたが、そのとき、ポラード大佐の姿を認めて敬礼した。

「お早うございます」

ソートンは言った。

「出発の用意は整いました」

ポラードは、気楽に敬礼を返して言った。

「お早う、ジム」

「ハーマンと私は、オブザーバーとして一緒について行きたいと思っているんだ。いいかね？」

「大歓迎です。私は、タッポーチョのてっぺんに作戦本部を置く計画でおります。そこへいらっしゃいますか？」

「よさそうだね。しかし、私は、まず、ジョージ中隊が昨日の待伏せの現場を掃討《そうとう》するのについて行きたいんだ」

「わかりました。そのように中隊長に伝えます」

タッポーチョの山頂へ迂回《うかい》しながら登って行く道路は、小さな山道より少し広いだけだった。ジープの側面を小枝や下草にこすられながら、運転手と一緒に前席に乗ったポラードと、無線機を持って後席に乗ったルイスは、山の上へ向かって進んで行った。ルイスは、無線機についているマイクロフォンのスイッチを倒した。

「ハロー、レッドバード。こちらはイーグルだ。様子はどうだ？」

しばらく待つうちに、金属的な、かすかに歪《ゆが》んだ声が聞こえてきた。

「ハロー、イーグル。こちらはレッドバードです。まだ何もありません。後で爆破することになるいくつかの地雷を見つけましたが、ジャップの気配はまったくありません」

ルイスは、無線機の上に地図を広げて言った。

「そっちの位置はどこだ？」

「われわれは、一四・三、六・七にいます。昨日の待伏せの現場に近づくところです」

「了解、以上」

無線の会話に耳を傾けて、横向きになってすわっていたポラードが訊《き》いた。

「われわれは、待伏せの現場にどれぐらいで着くんだ？」

ルイスは、地図を調べて、答えた。

「約二〇〇メートルです。途中で、ジョージ中隊を通り抜けるでしょう」

「よし、行こう、坊や」

ポラードは運転手に言った。ジープはのろのろ進みはじめた。何分も経たないうちに、彼らは、道の近くにいるジョージ中隊の兵隊たちを見た。ジョージ中隊は、一人一人の間隔を二メートルずつとり、前面四五〇メートルに広がって前進していた。

若い中尉が近づいてきたので、ジープは止まった。

「われわれは、ほとんど現場に来ています」中尉は、敬礼して言った。

「待伏せ現場は、その台地のすぐ上に違いありません……」

彼の言葉は、中隊通信係からの声にさえぎられた。

「ハロー、イーグル。こちらはレッドバード。われわれは現場に来ています。敵の気配はまったくありません。しかし、五〇戸ぐらいの小屋を見つけました」

「ようし、行こう」

ポラードは、ジープの側面から足を出しながら言った。ポラードとルイスは、中隊の前進部隊が日本人の野営地を見つけたというところへ向かって、ジャングルを斜めに突っ切った。

「こいつは驚いた！　見てみろ！」

尾根の一番上の岩の間から出て、眼下の傾斜地に並んでいる小屋を見たポラードが叫んだ。

「中尉」

彼は、小隊長に言った。

「ここの小屋の正確な数を知らせてくれ！」

それから、彼は、谷の反対側のジャングルに蔽《おお》われた土手を見た。

「掃討を続けろ。しかし、あの尾根に気をつけろ」

彼は中尉に言った。その後、ポラードとルイスは、ジープに戻って、四つの中隊全部が、この日の作戦の指定位置に着くのを待った。

午前九時になって、チャーリー中隊に、他の三つの中隊で作られた箱を閉じるように、上へ登る命令が出された。ポラードとルイスは、タッポーチョの頂上で、ソートン中佐と合流した。そこからは、箱の中を見下ろすことができた。

「頭を下げていろ」

ソートンは、彼と一緒にいる兵隊たちに警告した。

「もし、チャーリー中隊が発砲すると、彼らの弾丸はこっちへ向かってくるからだ。また、ジャップが、われわれの間を通り抜けようとしないかぎり、撃つな」

熱い太陽が、山頂に露出している岩を無慈悲に焼いていた。しかし、誰も、数メートル離れたところにある木陰へ移ろうとはしなかった。誰もがこの罠の仕上げを目撃したかったのである。何発かの銃声は、はるかに下の方で聞こえたが、彼らのすぐ前の五〇〇メートル近く続いている広い草原地帯には、敵が動くなんの徴候も現われなかった。

「いったい、奴らはどこにいるんだ？」

ポラードが、隣りにすわっているルイスにつぶやいた。二人は、敵や味方から撃たれるのを防ぐような形で突き出ている岩の陰にすわっていた。

「この山岳地帯は広大です。われわれは、そのほんの一部を締め上げただけです」

ルイスは答えた。

「もし、彼らが逃げていれば、今ごろは、どこにでもいられますよ」

彼らは、中隊間でときどき交わされる会話を聞いていた。ほとんどは、それぞれの位置を確かめて、友軍を撃つことになるのを避けようとする交信だった。エーブル中隊だけが、報告する価値のあるものを見つけた唯一の中隊だった。しかし、それも、年をとった日本人の夫婦を捕虜にしたというだけのことだった。

それから一時間経つうちに、当初の緊張は去っていた。そして、チャーリー中隊の海兵隊員たちの列が彼らの下の草原地帯に現われたとき、この〝箱〟作戦の罠が失敗したことは明らかになった。

「全員に、戦闘態勢を解いて」

ポラードは大隊長に言った。

「徒歩で、それぞれの出発点へ戻るように言え」

ポラードの〝箱〟作戦の唯一の成果だった民間人の夫婦は、民間人が抑留されていた収容所に隣接する、合衆国海軍の手で運営されている病院へ連れて行かれた。収容所では、戦闘が始まってから捕虜になったおよそ一万二〇〇〇人の日本人、沖縄出身者、朝鮮人が、ほとんど雨露をしのぐだけの急造の建物に収容されていた。それに隣接している病院は、西南の海岸に面していて、アメリカ海軍の医者と一緒に、抑留者の治療に当たる日本人の医者や看護婦も働いていた。

夫の脚が、潰瘍《かいよう》性の病菌にすっかり冒《おか》されて治療を必要としたため、その妻も、夫が入院する一日か二日、病院にとどまっていてよいとされただけだったが、最初のうち彼女は、アメリカ人に殺されることになると思い込んでいた。彼女の恐れは、日本人看護婦訓練生の一人に、アメリカ人は、民間人の捕虜に対して乱暴もしないし、殺しもしないと保証されたことで、どうにかおさまった。

それで元気にはなったが、まだ恐れの捌《は》け口を必要としていた彼女は、その看護婦訓練生に、自分たちの山の生活や、大場大尉に指揮されている集団のことを話した。ところが、その看護婦訓練生が大場大尉のことを知らなかったのに驚いて、彼女は、大場大尉の戦闘指揮官としての能力をいろいろ話して聞かせ、コーヒー山での勝利を誇らしげに話した。

若い看護婦訓練生は、ひじょうな感銘を受けて、その話を、仲間の看護婦や病院の従業員たちに話して聞かせた。まだ日が暮れないうちに、その話は、米海軍の医者の耳にまで達した。

その夜、ハーマン・ルイス少佐は、師団司令部の将校たちが住んでいた八角形のテントの間を、ジョージ・ポラードのテントまで、急いで歩いて行った。

「大佐殿」

彼は言った。

「例のジャップの集団について、情報をつかみました」

寝台に横になって、コールマン・ランプの光で本を読んでいたポラードは、肘で身体を起こして言った。

「どういう種類の情報だ？」

「昨日、われわれが捕まえた民間人の一人が、あそこでは、日本軍の大尉が、三〇〇人の人間を率《ひき》いており、そのうち半数は軍人だと言っているんです。彼女は、昨日まで彼らと一緒にいたけれども、夫の脚が動かなくなったので落伍したというんです」

「クソったれめ！」

ポラードはつぶやいた。

「三〇〇人だって！　いったい、どうして、今までそのことがわからなかったんだ？　そいつは、今、やつらがどこにいるか知ってるのか？」

「わかりません。まだ、誰も彼女を尋問していませんから。われわれは、その話を、日本人看護婦から聞いたススペ病院の医者から聞いたんです」

「彼女は、夢を見ているのかもしれん。しかし、徹底的に調べてみる価値はある。言語部からホワイト大尉を借りてきて、明日の朝出かけよう」

三人が民間人収容所の中へ車で行ったときには、朝の暑さはまだ始まっていなかった。これまでほとんど島のこの部分を訪ねる必要がなかったポラードは、その規模と混雑ぶりに驚いた。

「あきれた！　何人ここにいるんだ？」

「約一万二〇〇〇人です」ルイスは答えた。

「それから、チャランカノアにチャモロ族が約二〇〇〇人います」

「あの四本張っただけの有刺鉄線では、雄豚《おす》の乳首みたいに役に立たないぞ」

大佐は、収容所を囲っている柵を見て言った。

「そうなんです」

ルイスも同意した。

「でも、彼らが行くところがどこかありますか？」

「どこもない、と私も昨日の夜までは思っていた。しかし、今は、そう確かではなくなったな……」

カリフォルニア州モントレーの海軍日本語学校を卒業したホワイト大尉は、その老夫人から、彼らがすでに知っていたよりもわずかに詳しい情報を得た。

彼女が、大場大尉に、捕まったとき場所をしゃべってはいけないと言われていたことを思い出したのは、ずっと後だった。しかし、実際に救われたということもあって、少なくとも彼女は、そうはしなかった。彼女はホワイトに、自分は山にいるときずっと記憶がなかったとか、彼らがどこにいたか全然わからないなどといってだまさずに真実を話したのだ。

彼女は、大場大尉に母性愛的な関心を持っているようで、彼のことや、彼がどういうやり方で彼らを組織し、守ったかということを、進んで話した。そして、彼女と彼女の夫が、集団が別の場所へ移ろうとするとき、落伍したのは、大場大尉のせいではない、と彼女は言った。最後に、ホワイト大尉が、みんなはどこへ行こうとしていたか知らないか、と尋ねると、彼女は、知らない、と答えた。

そのときになってやっと、彼女は、自分が大場大尉の指示に従っていることになると思って、満足だった。

実際に、彼女は、彼らの行き先をまったく知らなかったのだけれども……。

17　大掃討

――昭和十九年十一月

　アメリカ海兵隊第二海兵師団麾下《きか》の三つの歩兵連隊――第二、第六および第八連隊――のマークをつけたジープが、計画作戦部事務所脇の小さな駐車場にいっぱいに詰まっていた。事務所に使われているカマボコ兵舎の入口には、上に〝D‐3〟（計画作戦部）と読める小さな印がついていた。

　ポラード大佐は、傘下《さんか》の全連隊長および副官が席に着くまで、建物の外で待っていた。

「起立！」

　ポラードが部屋に入ると、部屋の中にいた数十人の将校の方を向いてすわっていたルイスが叫んだ。全員一斉に立ち上がって、ポラードが彼らの間を通って自分のテーブルに着くまで、不動の姿勢をとった。

「休め！」

　ポラードは、テーブルに着くと号令してすぐ続けた。

「すわってくれ、諸君」

ひとしきり、足や椅子を動かす音がする。彼はその音が静まるのを待って立ったまま話しはじめた。

「実は今、われわれは難問を抱えている。ルイス少佐が私に伝えてくれた報告によれば、その問題の根源になる人物の名前は〝大場〟という。日本の陸軍大尉だ。彼は、山の中でおよそ三〇〇人の人間を従えている。少なくとも、そのうちの半数は武装している。そして、わが兵士たちに発砲してきている。

ワシントンからは、〝すでに四カ月前に確保したという報告のあったサイパンで、どうして軍事行動がとられているのか〟と尋ねてきている。大場と彼に従う一団をやっつけないかぎり、この島を確保したことにはならないのだ。

それをすること、それは、諸君が果たさなければならない任務なのだ」

ポラードは、透明なプラスチックのオーバーレイを重ねた壁の地図の方へ歩いた。オーバーレイの赤い線は、タッポーチョにつながるジャングルに蔽われた山々をほぼ包含《ほうがん》するサイパン中央部の一定の地域を囲んでいた。そのほかの線や数字は、各連隊傘下の大隊別の行動範囲を示していた。

「大場の活動範囲はこの地域、つまり縦約六キロ横約五キロの地域に限定されている」

ポラードは地図を指しながら続けた。

「これは、三〇〇人の人間が隠れるには、かなり狭い地域である。したがって、われわれは、彼らを見つけられないはずはない。私は、この地域に対して、全師団による掃討作戦を進めたい。この五キロの幅に、わが海兵隊員がほぼ一メートル間隔で横に並んで、一センチの隙間もなく六キロ間を調べるのである。

掃討作戦の開始は五日後とする。計画作戦部は目下、諸君たちに対する命令を作成中である。諸君は、二日以内に、その命令を受け取るであろう。各連隊は前線形成のための要員を出すとともに、あとの隊員を予備として待機させることになる。

いいか、諸君。今日から一週間以内に、山にいる大場とそのほかのジャップを一人残らず収容所に入れるか、墓の中へたたき込むのだ。個々の具体的問題については、諸君が命令を受けた後、個々に協議する。

何か質問は？　なければ、以上だ」

集まっていた将校たちが建物を出て行くと、ポラードはルイスを見た。ルイスは、これでいいというように頷きながら、翻訳をつけた何枚かの日本語のビラが入っている封筒を開けていた。

「ご覧になりませんか？　言語部が作ったビラです。これを空から山じゅうに撒《ま》けば、何人かは山から下りてくると思うんですがね」
ポラードは、ニヤリと笑って手を振った。
「遅過ぎるよ、ハーム。もう、そんなものは必要ないんだ。五日後には、どっちにしても、あの連中はそっくり山からいなくなるんだから……さぁ、何か食いに行こう」

東のマジシェンヌ湾に沿った第二師団駐屯地の端から、西海岸沿いの平地までの間は、距離にすれば約五キロだが、谷や山やジャングルになっていて、平坦な土地はない。その間に、五〇〇〇人の海兵隊員を隙間なく並べるのは容易ではなかった。各中隊を運ぶ兵員輸送のトラックが所定の出発地点と駐屯地の間を何回となく往復して、三時間近くかかった。

各中隊は、それぞれ前面二七〇メートルを捜索範囲として割り当てられていた。配備についた中隊長たちは、いずれも、自分たちの側面が隣りの中隊と切れ目なくつながっているかどうかを確かめていた。頭上では、軽観測機が旋回して、ときどき急降下していた。すでに陽《ひ》は昇って、暑い日射しが照りつけはじめている。出発地点に着いた海兵隊員たちは、日陰を探して、すわったり、身体を横たえていた。彼らの口をついて出る言葉は不満ばかりだった。

「またまた、アテもない獲物探しか？　おれは、もう、このクソおもしろくない山を這い回るのは勘弁《かんべん》してもらいたいよ」

　自分のヘルメットに頭を載《の》せて横になっていた若い海兵隊員が、眼をつむったまま、誰に言うともなく言った。

「まったくだ！」

　誰かがそれに答えた。

「ここらの山の中にいるのはシラミのたかった浮浪者ぐらいのもんだ。忘れちまえっていうんだよな」

　その日の朝九時、大場は木谷と久野を連れて、タコ山の頂上に登っていた。前日、大場がかねてから収容所の日本人と連絡を取らせていた兵隊から、その日、大規模な米軍の掃討作戦があるという情報が入っていたからである。昨夜のうちに、大場はその情報を〝二番線〟の永田、タッポーチョの金原、崖山の堀内にも伝え、相互に連絡を取りながら、適宜《てきぎ》応戦の場所を移して敵を駆逐しようと方針を決めていた。しかし、「これまでとは違う大掃討」とは聞いたが、どれぐらいの規模のものかわかっていなかった。大場は、事前に、その規模の見当をつけておきたかったのである。

その大場の目的は、午前十時にはかなえられた。二番線野営地の上の山と、タッポーチョを結ぶ稜線に一斉にアメリカ兵が現われたのだ。しかもその現われ方は、単に現われたというだけではなかった。まるで兵隊でつくった壁のように、長い稜線をびっしり埋めつくしていたのだ。

「おい！　あれを見ろ！　すごい数のヤンキーだ！」

「ほんとです」

木谷も久野も顔をひきつらせて答えた。三人ともあっけにとられて、まるで稜線が動くように少しずつ前進してくるアメリカ兵を呆然と見守るだけだった。

「あれェ！　あそこにも……」

突然、久野が頭のてっぺんから出すような声を出した。久野が指差していたのは、タコ山の南約四キロの、ガラパンの平地とジャングルの境界線になっているところだった。そこにもアメリカ兵が横に並んで、二番線の下方まで続いていた。

大場がかねてから最も恐れていた殲滅《せんめつ》的な掃討作戦であることがはっきりした。蟻《あり》一匹這い出すこともできないような布陣ではないか。しかも、これまで大場たちが使ってきた山々をすべて包囲している……。

これまでにも幾度か米軍の掃討は受けている。しかし、それはいつでも一つの山を対象としたものだった。したがって、大場たちは、あらかじめ逃げ道を考えておいて適宜攻撃を加えることができたのである。しかし、今日の掃討は、それが通用するようなものではない。

大場は木谷を呼んで意見を求めた。

「木谷！　どうする？」

「これで応戦したら、敵の網の目から脱出することはできないでしょう」

木谷が答えた。大場の判断も同じだった。

いったん応戦して所在をつかまれたら、数人ならともかく、三〇〇人の集団が敵の網をくぐり抜けられるとはとうてい考えられなかった。応戦はできない、とわかった。しかし、応戦しなくても、敵はシラミつぶしに進んでくるのだ。どうすればいいのか。大場は、忙しく、行動可能半径内のあらゆる地形を考えた。しかし、三〇〇人が隠れられるところはなかった。どこか抜けられる道はないか？　それもなかった。どうしようもない。

再び、応戦しかないと思ったとき、大場の頭に、突如、掃討するときのアメリカ兵の姿が浮かんだ。足場が悪くて視界がきかぬジャングルを進むとき、彼らは銃を構えて全神経を前と下にだけ集中している。上を見ない。大場は咄嗟《とっさ》に「それだ！」と思った。上に隠れるのだ。その場所はある。大場はタコ山の南側の断崖を思い浮かべた。

「応戦中止だ。退避する」

彼は、木谷と久野の顔を見て言った。しかし、昨日の夜、永田や金原や堀内とは応戦すると打ち合わせている。至急、作戦の変更を伝えなければならない。単にタコ山では戦わないということを伝える必要があるだけではなく、ほかのところでも、下手《へた》に戦って発見されるきっかけを作らないようにしてもらわなければならなかった。

大場の計算では、敵の前線は、今から一時間後には二番線へ、三時間後にはタコ山へ、午後二時ごろには崖山へ達する。大場は、その場で、木谷に二番線とタッポーチョへ、久野に崖山の堀内のところへ出かけて、作戦の変更を伝え、納得させるように命じた。

「二人とも急いでくれ」と彼はつけ加えた。

軽観測機は、タッポーチョ山頂から三キロ南になる山岳地帯の上を低く飛んでいた。ジョージ・ポラード大佐は、前席にすわって、片手に機内通話《インターコム》のマイクを持って操縦士に指示しながら、もう一方の手に師団の通信網と同調させた無線のマイクを握っていた。

「ハロー、ブルーバード。こちらはイーグルだ。わかるか？」

「ハロー、イーグル。こちらはブルーバード。はっきり聞こえます。どうぞ」

「全部隊の出動準備は完了したか？　どうぞ」

「Ｏ・Ｋです。どうぞ」

「よろしい。出動の命令を伝えよ！　私は、前線の前を飛んで、なにか特別な行動をとる必要があるかどうかを見て行く。どうぞ」

「了解、イーグル。了解です。ブルーバード、通信終わり」

五キロにわたって延々とつながっていた前線のあちこちで、無線は前進の命令を伝えた。しかし、前進はゆっくりだった。なんの障害もない地域を進む部隊も、切れ目のない前線を維持するために、前進の困難なジャングル地帯を進む部隊に歩調を合わせなければならなかったからである。


タコ山は、ガラパンに面した西側がほとんど絶壁になっていた。高いところは三〇メートル、低いところで数メートルの断崖が続いていたのである。そして、その崖の中間に、ところどころ岩が突出して岩棚《テラス》になっているところがあり、上部は下から伸びたジャングルの木で蔽われて、空からは見えないようになっていた。

大場が隠れようと考えたのは、そこだった。上を歩くアメリカ兵は物騒《ぶっそう》な崖の淵《ふち》までは来ない。下を歩くアメリカ兵は上を見ないということに賭けたのだ。必ずそうなるとは保証できない。しかし、ほかに大勢の人間を隠せるところはない。それに賭けるしかなかった。

大場は、タコ山の野営地へ戻ると、民間人の指導者の大城を呼んだ。

「大城さん！　すぐ避難準備だ」

彼はそう言うと、今見てきたアメリカ軍の陣容を話し、応戦を中止して断崖の岩棚でアメリカ軍が通り過ぎるのを待つことにすると説明した。

説明しながら、大場は、それでアメリカ軍の眼を逃れられるという保証は何もないことを感じたが、大城は、何も訊《き》き返そうとせずに「わかりました」と答え、自分たちの野営地へ小走りに戻って行った。

民間人たちもみんな、その日、大掃討があるらしいという噂は聞いていた。そのため野営地には不安がみなぎっていたが、走って帰ってきた大城の指示を聞くと、再び動揺し、ざわついた。大城は、全民間人を一〇のグループに分け、なるべく断崖の中央部の幅のある岩棚へ乗るように割り当てた。しかし、民間人たちはなかなか動き出さなかった。

民間人たちがいつまでも退避しないので、大場が民間人の野営地へ行ってみると、大城ほか何人かの者がすわり込んでいる一〇人ぐらいの民間人に、声を荒らげて説得していた。大場は、その中に奥野春子がいるのもわかった。

大場が来たのに気づいた大城は、大場に近づいて言った。

「彼らは恐くて断崖の上にいられないというんです」

　大場がすわり込んでいる人たちの方を見ると、彼らは老人や子どもを抱《かか》えた女性たちで、長い時間、断崖の岩棚に立ってはいられない。それぐらいなら、もう殺されてもいいと言っているようだった。大場は、岩棚へ下りるのを恐れている人たちの一人に、奥野の年とった母親がいるのに気づいた。奥野は母親を残して自分だけ断崖へは行けないので、一生懸命母親を説得していたのだ。

　大場は、聞いているうちに、岩棚へ下りるのを恐れている人たちの言うことも無理はないと思った。実際、彼らが、長い時間、下でどんなことが起こるかわからないのに、狭い岩棚で声を立てずにじっとしていられるとはむしろ考えられなかった。彼らが怯《おび》えて声を出したら、全員見つかってしまう。連れて行かないほうがいい。彼らは非戦闘員だ。かたまって、無抵抗で見つかれば、敵もすぐ殺しはしないだろう。そうなると問題は、彼らが断崖の方を気にするような近くで捕まってもらわないことだ、と大場は思った。

「置いて行こう」

　彼は言った。

「ただし、彼らには、できるだけ断崖から遠ざかるように二番線の方へ行ってもらおう」

　彼には、奥野が母親と別れて岩棚へ行くことにはならないとわかっていた。彼女とは再び会えなくなると思ったとき、彼は、一瞬、それを痛みのように感じた。

間もなく、民間人たちは岩棚へ向かいはじめた。岩棚へ下りることを恐がった人たち、それに付き添わずにいられない人たちは一七人、大城によく言い含められて、二番線へ向かっておぼつかない足どりで歩きはじめた。その中に、奥野春子の姿も入っていた。

それより前、久野伍長が崖山へ駆けつけると、堀内は、崖山の頂上で軽機関銃の手入れをしていた。堀内に従っているほかの二人も銃の手入れをしていた。

久野は「堀内一等兵！」と呼びかけようとしたが、思い止《とど》まった。大場に「堀内はもう兵隊ではない。単独で、アメリカ兵の一〇〇人斬りを誓っている合法的な殺し屋なのだ。無理に軍隊の秩序の中へ入れようとするな」と言われていたことを思い出したからだ。彼はせめて「堀内！」と呼び捨てにしたかったが、くれぐれも堀内の機嫌を損《そこ》ねないようにと言われていることを思い出して、仕方なく「堀内さん！」と民間人を丁寧《ていねい》に呼ぶときのように呼びかけた。

「隊長が言われたのですが……」と彼は自分が見てきたアメリカ軍の配備を話し、とうてい応戦して逃げられる状況ではないことを説明してから言った。

「昨夜決めた応戦は中止し、全員避難することにしたから協力してくれということです」

堀内は軽機関銃を手入れしている手を休めずに聞いていたが、アメリカ軍の数がもの凄いことを説明したところでニヤリと笑って「そいつぁいい。少しまとまって殺《や》れるな」と言っただけだった。

久野は、止めてくれと言っていることが、まるでわかっていないと感じて、もう一度はじめから説明しなければならなかった。途中、堀内が苛々《いらいら》してきているのはわかったが、久野は、三〇〇人が敵に見つからずに済むには、できるだけ静かにして早く通り過ぎてもらうしかないことを一生懸命説明した。すると、堀内は久野の言葉が終わらないうちに、完全に苛立って怒鳴った。

「わかった。お前の隊長に、わかったと伝えろ！」

それ以上繰り返したら、堀内を怒らせるだけだった。久野は、ただ「頼む」という言葉だけを繰り返して引き揚げた。帰り道、久野は、あれで堀内を説得したことになるだろうか、と不安だった。しかし、あれ以上は誰にも彼を説得できないはずだと自分を慰めた。しかし、あいつがすべてを目茶苦茶《めちゃくちゃ》にしてしまうかもしれないという不安は消えない。彼は、自分がこれ以上はないほど卑屈にご機嫌をとったことを思い出して、「堀内の奴、いい気になりやがって」と口惜《くや》しがった。

久野がタコ山の野営地へ戻ったときには、すでに民間人は岩棚の上へ下りていた。間もなく、二番線とタッポーチョへ連絡に行っていた木谷曹長も、二番線とタッポーチョにいた部隊を連れて帰ってきた。

大場は、木谷が戻ると、彼に、タコ山の兵隊を含めて兵隊たち全員を、断崖の岩棚に適当に配分するように命じ、自分は、久野伍長、岩間《いわま》軍曹のほか六名を連れて、一番下手《しもて》の崖を下りた。そこは一二メートルほどの崖が二段になっており、下段の上部が、地上三メートルぐらいの高さで、四平方メートルぐらいの広さになっていた。幅も一メートル近くはあったが、完全に平らではないから、腰を下ろすことはもちろん、自由に身体を動かすこともできない。最も安全に乗っているには、壁の方を向いて、壁のでっぱりをつかまえているしかなかったが、大場たちはその上に、谷に背を向けて立った。

しばらくすると、二番線から二人の兵隊が遅れて駆けつけてきた。しかし、岩棚がほとんどいっぱいになっているのを見ると、彼らは、大場たちから三〇メートルほど離れた谷に生えていた大きな木に登りはじめた。大場は、首を回してそれを見ながら、それでい い、としきりに頷いた。

そのとき、大場たちの頭上を蔽っている木の枝すれすれに軽飛行機が通る音がした。大場は、たぶん、その軽飛行機にこの掃討作戦を指揮している男が乗っているのだろうと思いながら、その音の動きを追った。

「ハロー、ブルーバード。こちらイーグルだ。第六連隊第二大隊に伝えよ。前方二〇〇メートルの場所に岩が凹凸した山があり、その西側は入り組んだ渓谷になっている。その一つ一つを徹底的に調べよ、とだ。どうぞ」

「了解、イーグル。確実に伝えます。ブルーバード、通信終わり」

ハーマン・ルイス少佐は、師団指揮所とともに、山を登ったり下りたりして、上着は汗でぐしょぐしょに濡れていた。彼は、百キログラムの無線機を背中にくりつけて彼についてくる無線通信士はどんなにきついだろうと、気の毒に思いながら言った。

「クォーティー！　第六連隊第二大隊を呼んでくれ。ゲーツ大佐に伝えなければならないことがある」

無線通信士は、応答があるまで、何回か呼び出し信号を送った。やっとつながると、彼は、受話器型のマイクロフォンをルイスに渡した。

ゲーツ大佐の声はか細く、雑音で途切れがちだった。指揮所と三七〇メートル西の第六連隊第二大隊の作戦地域の間には、山が一つあったからである。

「われわれは、もうその山に近づいている」とゲーツは答えた。

「しかし、西側の谷を全部調べるには、しばらく時間がかかるだろう。ほかの部隊には、われわれが連絡するまで、前進しないで待っていてくれるように言ってくれ。どうぞ」

「了解、イエローバード。こちらブルーバード。通信終わり」

三〇〇人が岩棚に乗ってしまってからも、アメリカ兵の姿はなかなか現われなかった。しかし、いつ現われるかもしれないという片時も緊張を緩《ゆる》められぬ長い時間が続いた。したがって、大場たちにはもっと長く感じられたが、実際には一時間半ほど経ったとき、下手五〇メートルの谷の中ほどに、ぽつんと一人の迷彩服を着たアメリカ兵の姿が見えた。と思う間に、その数は次々に増え、たちまちのうちに横にずらっと並ぶ散兵線となった。一番近いアメリカ兵は、大場たちがいる断崖に沿って歩いていた。その兵隊から二メートルずつぐらいの間隔で、アメリカ兵はずうっと谷の向こうまで続いていた。おそらく、崖の上にも続いているに違いなかった。

全員、迷彩服と迷彩をほどこしたヘルメットをつけ、銃を腰に構えて、一歩一歩、前方に注意を配りながら進んでくる。一番近いアメリカ兵は、手を伸ばせばヘルメットに手が届くのではないかと思われるほど、眼下を通っていた。

もし、アメリカ兵の中で一人でも上を見る者がいたら、もし、岩棚にいる者の中で、声を立てたり咳き込む者があったら、万事休すである。大場たちは磔《はりつけ》にあっているようなもので、格好の標的になり、なんの抵抗もできないままたちどころに撃ち落とされてしまう。大場は、上から首を回してアメリカ兵の動きを眼で追っていたが、アメリカ兵の前進はゆっくりで、なかなか断崖の下を通り過ぎてしまいそうもなかった。大場には、そんなに長い時間、上にいる者が誰も声を出さず、下にいる敵が誰も上を見ないとは考えられなくなった。彼は、とんでもない避難場所を選んだと悔いた。

しかし奇跡的にも、誰も音を立てる者はなかった。依然として、アメリカ兵の中で気づく者もいない。断崖の下を通り過ぎるまで、あと何分か？　早く行ってくれ。大場は神に祈らずにはいられなかった。

やっとアメリカ兵が通り過ぎても、しばらくは誰も動かなかった。本当にもう大丈夫だろうか。大場は確かめようとしてもう一度首を回した。そのとき、首の後ろで何か動いた気配を感じた。大場の身体の中をアドレナリンが走った。

岩間軍曹が、上の段からさらに一メートル半ほどの小さな突起によじ登ろうとしていたのだった。彼はその出っぱりを足がかりに、首を出して崖の上の野営地の様子を探ろうとしたのだ。

岩間が崖の上へ首を出したとき、ちょうど野営地の捜索を終わったアメリカ兵が三人並んで崖の方を見た。あわてて岩間は、咄嗟《とっさ》に手元にあった小石をつかんで、できるだけ遠くへ投げた。小石が木に当たる音と同時に、ダッダッダッと銃が鳴った。アメリカ兵が小石が立てた音に向かって発射したのだ。

そのとたん、ドシンと大きな音を立てて、岩間が大場たちのいた岩棚へ飛び下りてきた。大場は心臓が止まりそうになった。思わず「馬鹿者！」と怒鳴りつけそうになったが、声を出すわけにはいかなかった。

しかし、このままではすみそうもない。どうしようか？ と思い迷ったとき、突然、谷の上の方から機関銃の連射音が聞こえてきた。流れ弾丸《だま》が、大場たちの前のタコノキを引き裂《さ》いた。

音は、まぎれもなく九九式の軽機関銃だった。堀内だ！ 黙って手を出さなければ、アメリカ兵は気づかず完全に通り過ぎようとしていたのに、とうとう耐えきれずに攻撃したのだ。これで、この谷からアメリカ軍は立ち去らないだろう。首尾よく隠れきるのは不可能になった。

「あの馬鹿が！」

大場は、堀内を呪わずにはいられなかった。

とにかく、こうなったら磔《はりつけ》のような格好でアメリカ兵から撃たれるのをじっと待っているわけにはいかない。戦うしかないだろう。そう思いながら、大場は腰をかがめて、岩棚を下りようとした。

そのとき、彼は九九式の連射音と、そしてそれに応戦するアメリカ軍の銃声が急速に遠ざかっていくのに気がついた。一時は谷の中でこだまするように響いていたアメリカ兵の声や、動き回る音も遠のいていた。それは堀内たちがかなりの速度で崖山の方へ後退しているのを意味していた。それにつられて、アメリカ軍は列を乱して一斉に崖山の方へ向かっていったのだ。

このときになって、大場は初めてわかった。そうだったのか。堀内は、岩間の投げた小石が触発した銃声を聞き、このままでは岩棚にいる者が発見されると判断して、敵を崖山へ誘導したのだ。そうだ。彼は、初めから声をひそめているだけの大場の避難計画を心許《こころもと》なく感じ、万一のとき、われわれを助けるつもりで、崖山へ通じる道の谷の上部に、潜《ひそ》んでいたのだ。

「あいつ……」

大場は〝やられた〟と感じながら、堀内に感謝した。

今や、アメリカ軍は完全にタコ山から立ち去っていた。再びここへ戻ってくる気配はない。大場は、全員を野営地へ戻らせるように、木谷に指示した。

長い緊張から解放されたざわめきとともに、兵隊や民間人が崖を登りはじめた。

遠くなった銃声を聞きながら、大場は、堀内たちが、崖山の地形を利用して、無事に逃げきってくれることを祈らずにいられなかった。

「怯《おび》えてよたよたした民間人一七人か！」

ルイスが渡したD-2（情報部）報告書を見て、ポラードは鼻を鳴らして言った。

「あの野郎は、われわれを出し抜きやがった。指の間からすり抜けたんだ。われわれは馬鹿扱いされたんだ。そうだろう、ハーム」

ルイスはすぐには答えなかった。ポラードが、大場を捕まえることに職業的関心以上のものを持っていることを知っていたからである。つまりポラードは、その前日、ワシントンから無線連絡されてきた昇進リストに、自分の名が載《の》っていることを期待していた。ところが、准将《じゅんしょう》の星は与えられなかったのだ。彼はそれを大場のせいだと感じたに違いなかった。

「なんとかあいつを捕まえる別の方法を考え出さなきゃならんな……」

そこで、初めてルイスは口を開いた。

「新しいビラを使ってみてはどうですか？」

「さし当たって、ほかに名案もない。それをやってみよう」

18　収容所への潜入

——昭和二十年一月

ルイスのビラが大場の部下たちに与えた効果は、期待とはほど遠かった。大場たちは、敵が卑劣にもウソをついてきたと怒って、不足していた用便の紙にビラを使っただけだった。

しかし、大場は、大部分の部下たちほどには、はっきりウソだと信じきれず、日本の大都市の焼跡を偵察機から撮《と》ったものだ、と書かれている写真を検討せずにいられなかった。

「佐野！」

彼は、満州からずっと一緒だった若い一等兵に言った。

「お前は東京の出身だったな。この写真を見て、これが東京のどこかわかるか？」

ビラが東京だと称しているその写真は、まだ煙が立ちのぼっている光景を写しているだけだった。ところどころにコンクリートの建物が残っており、その住宅地だったと思われるところは、灰燼《かいじん》に帰しているかのようだ。道路だけが、黒い焼跡を縦横に仕切る白っぽい線になっていた。

若い一等兵は、ビラをじっと見てから、指で二本のかすかな線をたどって、思い切ったように言った。

「これは、小田急《おだきゅう》線と京王《けいおう》線になるかもしれません。そうだとすると、これは、新宿《しんじゅく》の近くだということになります。しかし、これではよくわかりません。隊長殿、本当に日本は爆撃されていると思いますか？」

「わからん。だが、もしそうなら、連合艦隊もこの島へは来られんだろうな」

大場は、六人の兵隊——久野、鈴木、内藤、清水、佐野、岩田——には、とくに気を許していた。彼らとは、隊のほかの兵隊に対してよりあけすけに話をしても、その話が漏れないこともわかっていた。

彼は、その六人と手分けをして、二番線の下の開墾地で働いている日本人農夫から戦争についての情報を探ってみたが、働いていた日本人たちは、彼らよりもっと日本のことは知らないようだった。

しかし、大場は、民間人の収容所には、詳しい情報をつかんでいる者がいるに違いないと思った。そこまで行ければ、きっと情報は得られると思った。最初のうち、彼もそんな無鉄砲なことはとうていできないと思っていたのだが、考えているうちに、やってやれないことではない気がしてきた。彼は佐野一等兵に「神福大尉を呼んでくれ」と言った。

大場は神福大尉に、敵のビラのこと、戦争がどうなっているか、われわれにはわからないこと、われわれの情報は欠如し過ぎていることを話してから、自分の方針を打ち明けた。

「私は、今夜、民間人の収容所へ潜入して、戦況がどうなっているか確かめてくる」

神福大尉は、何回も頷いてから言った。

「私も一緒に行かせていただけませんか？」

「いや、それは駄目です。二人で行ったら敵に発見されやすくなります。あなたはタコ山の責任者として、ここにいてください。二、三日で帰ってきますから」

大場はその晩、真夜中に〝二番線〟の下の畑から下りる道を選んで出発した。彼は、畑を見下ろすジャングルの縁《ふち》で立ち止まった。敵の気配はなかったが、畑の西へ回って、敵の野営地のすぐ近くまで続いているジャングルの縁沿いに進んだ。

彼は、収容所がススペ湖の西にあることは知っていたが、正確にはどこにあるか知らなかった。

彼がジャングルを抜け出たのは、道路から一〇〇メートルほど離れたところだった。その時間でも、道路にはまだ車が走っていた。道路の向こうの建物の窓が明るく見えた。彼は、ところどころにあった草むらの陰に数分うずくまっては、前方の様子を確かめて進んだ。彼がアメリカ軍に占領されている平地に出たのは、それが初めてだった。

道路の縁で、どちらの方向からも車が来なくなるのを待ち、走って道路を横切った。砕いたサンゴを敷きつめたその白い道路は、彼がいた山岳地帯と敵の国との国境を表わしているようだった。

彼は、明かりのついている建物を避けて、左手へ歩いた。月はなく真っ暗で道はよくわからなかった。彼がやっと見つけた道は最近の雨でぬかるんでいた。

突然、近くで人の話し声がしたので、彼は立ちすくんだ。注意深く見ると、眼の前数メートルのところにいくつか煙草の火が見えた。もう逃げるにも逃げられない。彼は咄嗟《とっさ》に小道から一メートルほど離れた草原へそっと倒れ込み、伏せながら近づいてくる者にピストルを向けた。

三〇人ぐらいの黒人の兵隊だとわかった。隊伍を組んでいるようだったが、駐屯地の中だから、日本人がいるなどとは思ってもいないらしく、話したり笑ったりして歩いていた。

彼らが行ってしまってから、彼はできるだけ南へ向かって歩いた。すると軟《やわ》らかい泥道がしだいにぬかるみとなり、足を上げるたびに、空気を吸い込む音を立て、足にまつわりつくようになった。身体に当たるのが、湖のまわりに生えている水草だということもわかってきた。左へ行けば、土地がもっと高くなって歩きやすいことはわかったが、そっちへ行っては湖の東側へ行くことになりそうだった。

　西の方には、明かりのついている建物が並んでおり、危険だと思ったが、彼は、思い切ってそっちへ向かった。建物に近づいたところで、彼は、いったい何の建物だろうかという好奇心に駆《か》られて、一番近い建物に近づいた。彼が山の上から見た半円の建物に違いなかった。建物は波形の鋼鉄でできていて、横に窓がいくつもついていた。

　彼は、一番近い窓に忍び寄って、そうっと頭を上げて中を覗いた。ちょうどそのとき、部屋の向こう側で本を読んでいたアメリカ人が顔を上げて、眼と眼が合った。彼らは二秒以上互いにじっと見つめ合った。大場は、そのアメリカ人を拳銃で撃たなければならない、と思った。しかし、その結果は間違いなく死をもたらすことに気づいた。

　彼は、ゆっくり頭を下げると、できるだけ音を立てずに、急いで立ち去った。あのアメリカ人がきっと騒ぎだすと予期して、同じような建物を幾棟も通り過ぎたが、なんの音も聞こえなかった。彼は不思議な気がした。あのアメリカ人は、あのまま、また本を読み続けたのだろうか?……

彼は、湿地帯の北の端を歩き続けて、轍《わだち》の跡《あと》がある道へ出ると、南へ向かった。東の空が白みかかってきたのを気にしながら、その道を四〇〇メートルほど進んだとき、頭上を四発の大きな飛行機が通り過ぎた。飛行機は、明るくなりかかった東の空にくっきりとシルエットを映《うつ》して、湖の向こう側の飛行場に着陸した。

間もなく、前の方に、三本の大きなパンノキがぼんやり見えた。何かのときの目印として憶えておこうと、彼は注意深く見た。すると、その中の一本が有刺鉄線の塀の角の柱になっていることがわかった。塀があるとすると、向こうは何だろうかと中を見ると、ブリキと木でできた小屋がごたごた建っているのが見えた。彼は、これが収容所に違いないと思った。

人の姿はまったく見えない、と思っていると、一〇メートルほど先の住居から人が出てきて、体操のようなことを始めた。女だった。彼はその女性の方へ歩いた。彼が近づくのに気づくと、その女性は手を振って、小声で言った。

「隊長さん！　こっちですよ」

そのとき初めて彼は、その女性が奥野春子であることに気づいた。彼女は、大掃討のとき捕まった一七人の民間人の一人だったのである。

彼女は、三本の有刺鉄線の間を開いて、彼を塀の中へ入れると、「こっちへ」とささやいて、近くの小屋の入口へ彼を案内した。

夜明け前の薄暗い光の中に、小さな部屋の中で、一〇人ぐらいの人が寝ているのが見えた。彼女は「静かに」というように唇に指を当てながら、何人かの身体を注意深くまたいで、大場を一番奥の、ほかの人からは見えなくなる隅へ導いた。

「ここで、お寝《やす》みください」

どうも彼女の寝具だと思われる毛布を指して、彼女はささやいた。

「話は後にしましょう」

大場はその言葉に従った。久しぶりに家の中で寝て、彼はぐっすり眠った。

大場が眼を覚ましたのは、入口に近い表の部屋から興奮した声が聞こえてきたときだった。彼は、毛布の下に拳銃を隠してから起き上がると、自分がいた部屋と表の部屋を仕切って垂れていた灰色の布をずらして、表の部屋を見た。奥野が「大場大尉が寝ているんですから、静かにして」と言っているのが聞こえた。

彼は、どうせ自分がいることがわかっているなら、早く日本人の有力者に会うほうがいいと思って、表の部屋へ出て行った。出てみると、入口の近くに日本人が数人立っていた。彼がぎこちなくお辞儀をすると、彼らも同じように頭を下げてから、一人一人、口ごもりながら自分の名前を名乗った。

「よくいらっしゃいました、大場大尉。あなたにいらしていただいて光栄です」

彼らの中心になっているように見える、大場と同じぐらいの年輩の人物が形式張った言い方で言ってから、訊いた。

「ここにいらしたのはなんのためですか？」

その訊き方で、大場には、彼が、米軍にとって島の最大のお尋ね者である大場を匿《かくま》ってしまったことを心配しているのがはっきりわかった。

「私は、戦争がどうなっているか知るために来たんです。米軍は、宣伝ビラを撒いて、山にいる者にいろいろな噂をバラ撒こうとしています。私は、あなた方から真相を聞きたいと思って来たのです」

中心人物らしい男は、それを聞くと、部屋にいた者に外へ出るように言い、「しかし、誰にも、ここに特別なお客さんが来ていることは言うなよ」とつけ加えた。後に、大場は、この男が本山《もとやま》という名前で、非公式にだが、収容所にいる日本人の指導者になっていることを知るが、このときはまだ、そこまではわからなかった。
二、三人残ったところへ、色の浅黒い鼻筋の通った青年が入ってきて、仲間に加わった。本山の紹介では、青年は土屋《つちや》という名前で、実は憲兵だったが、民間人を装ってこの収容所に入っているということだった。

土屋という青年は、臆することなく大場に言った。

「自分は、河原《かわはら》大佐の命令で、島を脱出する船を手に入れるために、ここへ潜入したのです。ところが、その準備はできたのですが、今度は、河原大佐がどこにおられるかわからなくなってしまったのです。大場大尉殿！　河原大佐に代わって、大本営へ連絡に行かれませんか？」

大本営へ連絡？――どうやって、そんなことが？　と思わず訊き返しそうになったが、大場はそれを口に出さず、本山の方を向いて、戦争についてどれぐらいわかっているか訊きだした。

それから、半日以上、大場は、本山、土屋ほか二人の民間人に、アメリカ兵から何を聞いているか、聞いたことにどういう裏づけがあるかを詳しく訊いた。その日の朝、大場が見た大きな銀色の飛行機が、Ｂ29と呼ばれていることも、本山の説明で初めてわかった。アメリカ兵によれば、あの飛行機が毎日、日本本土を空襲しているということであった。

大場はポケットから、東京を爆撃した跡だという写真説明がついている二枚のビラを出して見せた。

「ウソです」と土屋が即座に言った。

「ここから日本まで、途中給油もしないで行って戻ってこられる飛行機なんかありません」

大場は、アメリカ軍が占領したと思ったら二週間も経たないうちにできた道路のことを思い出した。しかし、彼は何も言わなかった。自分は、何が起こっているのか知るために来ているのであって、議論をしたり何かを教えるために来ているのではない、と思ったからである。

「土屋さんが言うとおりだと思いますよ」

本山は土屋に賛成してから、締めくくるように言った。

「日本の海軍は、よそでアメリカ軍を撃退するのに手間《てま》どっているのでしょうが、そちらで勝利をおさめたら、きっとサイパンを奪還に来ますよ」

「そのために、私は戦っているのです」

大場は思わず力をこめて言った。

「そのとき、私たちの部隊は、敵の陣地の後ろから攻撃するつもりです。そのときにはヤンキーどもの防御を粉砕するために、ぜひあなた方にも協力してもらいたいと思います」

奥野春子が、薄いけれども熱いお茶を運んできたので、話は途切れた。彼女はその日、何回となく、そうしてお茶を運んできた。

彼女がお茶を淹《い》れている間に、大場は、自分が今、心の中で思っているよりも自信たっぷりな話し方をしたことに気づいて、ひどくみじめな感じになった。

その後、土屋の脱出計画が話題になった。土屋は民間人を装っただけでなく、収容所に鰹《かつお》を供給するために修理して使われだした二隻の鰹船の作業員になることに成功しているということだった。そのうちの一隻で脱出するというのだ。

「少なくとも、それで硫黄島《いおうとう》まで行けます。そうすれば、あとは飛行機で日本へ行けます。そうしたら、参謀本部にサイパンの実情を報告し、できるだけ早くサイパンを奪還するように説得するんです」と土屋は言った。

「どうやって、その船を手に入れるのかね？」

大場は、つい、その考えに刺激されて訊いた。

「船は、ここに魚を供給するために、毎日海に出るんです。私は獲ってきた魚を船から下ろすために、毎晩船に乗り込んでいるのです」

「船に護衛はいないのかね？」

「両方の船に、一人ずつ武装した水兵が乗っています。しかし、そんな水兵は簡単に片付けられます。そうして、夕方船を乗っ取れば一晩は見つからずに航海できます。翌日の夕方には、硫黄島に着きます」

日本に帰ることができる！　もう一度妻や子どもと会って、それから連合艦隊がサイパンを奪還する攻撃の案内をする！　それは何カ月も持ったことのない積極的な希望だった。大場は、心の中で、すぐにもその計画に賛成したい気持ちが動くのを感じた。しかし、彼を生き続けさせ、戦い続けさせてきた生来の用心深さは、その衝動を締め出した。

「まあ、考えさせてくれ」

彼を頼っている山の人たちの生活を、そんな危なっかしい計画の代償として捨てられるわけがない、と改めてはっきり思いながらも、言下に否定できず彼はそう答えた。

夕食は、土屋が奪って逃げようと言っている漁船が獲ってきた鰹と、かつて大場たちが依存していた隠し場所から運び出された米が使われていた。

本山や土屋たちが部屋から帰ったのは、日が暮れてからずいぶん経ってからだった。大場は、奥野にすすめられて軍服を脱ぎ、ステテコのようなズボンを借りて、奥野と一緒に、みんなが身体を洗えるように作ってあった井戸の脇の洗い場へ行った。

そこで彼は、ひさしぶりに、本当の石鹸で身体を洗った。洗いながら、彼は、彼の横で身体を洗っている奥野のしなやかな身体をできるだけ見ないようにするのに苦労した。ほかにも何人か、その時間に身体を洗いに来ている者がいたが、大場や奥野に注意を払う者はなかった。午後の太陽の熱で、水は生温《なま》くなっていたが、彼は、こんなに気持ちよく水を浴びたことは今までないような気がした。奥野は、彼の頭や身体に後ろから水をかけてくれた。あまりの気持ちよさに、彼が溜息を漏らすと、彼女はくすくす笑った。

彼らが奥野の部屋の前まで戻ってくると、土屋が待っていた。

「大尉がここにいるのが、わかったようです」と彼は興奮した口ぶりで言った。

「そんな！　ダメよ！」

奥野は思わず口走った。

「どうして、米兵にわかったと思うんだ？」

大場は冷静だった。

「事務所の前に、アメリカ兵が何人か来て、本山さんに至急事務所へ来るように言っているんです」

大場が奥野の耳許《みみもと》でささやくと、奥野は頷いて家の中へ入って行った。それから、大場は土屋に向かって言った。

「出て行くには早過ぎる。しばらく事務所を見張ってくれ。そして、米兵が捜索しはじめるようだったら、教えてくれ」

その間に、奥野はブラウスとモンペに着替えて細い路地を事務所の方へ歩いて行った。

大場は家の中へ入ると、自分の服を探したがなかなか見つからなかった。しかし、見つけてみると、誰かが洗って、蚊帳《かや》の中に吊るして乾かしてあった。彼は、アメリカ兵が収容所の中で人を捜し出すなんてことは、そんなに簡単にできないと、かなり確信があったので、蚊帳の中に敷いてあった毛布の上で横になった。すると、つい、うとうとっと眠ってしまった。

奥野の柔らかい手が頰に触れたのを感じて彼は眼を覚ました。

「大丈夫よ」と彼女は言った。

「あなたを捜していたわけではなかったわ。明日、新しい水道管を敷設《ふせつ》するための作業員を集めていたのよ。朝までゆっくり眠っていいのよ」

彼は寝たままだったが、眼をはっきり開けて言った。

「いや、そうはしていられない。私は、もう、知りたいことは知った。夜中までここにいたら、帰る」

間もなく、彼がかけていた毛布の中に、奥野がすべり込んでくるのを、彼は感じた……。

彼は、入ってきたときと同じ手口で収容所を出た。つまり、奥野に有刺鉄線の間を広げてもらって、その間から出たのである。入ってきたときと違っていたのは、彼のポケットの中に、彼女が押し込んでくれた石鹼と剃刀《かみそり》と薬が入っていることだった。

彼は収容所を出ると、前夜のように、アメリカ軍駐屯地の方へは行かず、湖の方へ歩いた。湖のほとりに、今は使われていない小屋が建っていた。彼は、その小屋の蝶番《ちょうつがい》がとれかかっている扉を外《はず》すと、それを湖に浮かべた。そして、何回も押して浮き具合を試してから、その上に身体を横たえ、サーフボードに乗るように手で水をかいて、湖の向こう岸の敵がいそうもないところへ向かった。

湖を半分ほど横切ったとき、飛行場の滑走路を走っていた巨大な飛行機が、暗闇の中で火を噴くガスを吐き出しながら、轟音《ごうおん》を立てて飛び立つのを見た。本当にあの飛行機は日本まで飛んで行くのだろうか？　本当だとしたら、日本の防空網をどうくぐり抜けるのだろうか？　と思いながら、彼は、飛び立って行く飛行機の数を数えた。四四機まで数えたとき、滑走路は静寂に戻った。彼は黙々と水をかき続けた。

間もなく、対岸の水草にぶつかった。足が湖の柔らかい底に着くまで、彼は、注意深く即席のいかだを推《お》し進めた。

彼が期待したように、そのあたりには敵の気配はまったくなかった。彼は無事にタコ山へ戻ることができた。

19 水兵

——昭和二十年一月

その朝、久野伍長と谷口《たにぐち》という名の民間人は、タコ山の北側で、約二キロ離れたタナバク港の中とその周辺の動きを監視していた。小さな上陸用舟艇が、埠頭《ふとう》と港の外に錨《いかり》を下ろしていた二〇隻あまりの船の間をしきりに往復していた。

左手の前方では、ずらりと並んだブルドーザーが、かつてはガラパンの町を作っていた瓦礫《がれき》の山を、ゆっくり海へ押し出していた。

海岸の道路では、トラックとジープが、たえず白いサンゴの埃《ほこり》の雲を巻き起こしていた。そして、かつてただジャングルだったところには、この数週間の間に、カマボコ小屋の町が出現していた。

彼らのはるか下の、彼らのいる場所からは見えないところで、沖に停泊した貨物船サビック号から上陸した二人の水兵が、海軍休養地からタッポーチョの麓のジャングルに通じる山道を登りはじめていた。一人は肩にM-1ライフルを掛け、もう一人は、四五口径拳銃を、西部劇のカウボーイのように、腰からずり落ちそうに低くぶら下げていた。

「やれやれ、こんな道を歩いたって何も見つかりゃしないぞ。誰も行ってないところへ行かなきゃ」

　拳銃を下げている米兵が言った。

「そうだなぁ。クソ！　こんなジャングルの中をただ歩き回ったってしょうがないよなあ。もっと小さな道を見つけるまで、とにかく登ってみよう」

　二人の若者は、久野と谷口の監視所にしだいに近づいていた。一人は、錆びた日本軍の鉄兜《てつかぶと》を見つけていた。彼らを見つけた久野たちから、二人が、二〇〇メートルと離れていないところまで近づいたとき、一人の水兵は、心配してもう帰るつもりになっていた。

「おい、どこまで行く気なんだ。この暑さじゃ死んじゃうよ」

「えっ、なんだなんだ。お前は鉄兜を見つけたから、もう止めたくなってるんだろう。とにかく、あの山を調べてからにしよう」

　彼ら二人が、タコ山に近づいてきたので、久野は谷口に、タコ山へ戻って、米兵が来たことを急ぎ報告するようにささやいた。谷口は、野営地へ通ずる山道の方へ傾斜を滑り下り、何も木の生えていない原っぱを走って横切った。そのとき、米兵たちは、ちょうど、一五〇メートルほど下の林から出て、それを見た。背の低いほうが、拳銃を引き抜いて日本人を撃ちはじめた。谷口は最初の銃声で草むらに飛び込んだ。

「やったぞ。行ってみよう。ほやほやの記念品が手に入るぞ」

背の高いほうは、まわりのジャングルを見回してから、ライフルを構えた姿勢で、すでに数メートル先にいた友だちの後を追った。

谷口は、恐怖をつのらせて、彼らが近づいてくるのを見ていた。彼らは、武器も持たずに草むらに横になっている彼の方へ真っすぐ向かってくる。谷口は半ばうろたえた状態で草むらを盾《たて》にして、後ろへ這っていった。それから立ち上がったかと思うと、一番近いジャングルの中へまっしぐらに飛び込んだ。

「いたぞ」

背の高いほうが、銃を上げると、そのときにはほんの数メートルしか離れていなかった谷口の背に発砲した。

そのとき、ほとんど同時に、二発目の銃声が響き、その米兵は、信じられないような顔をして、地面に崩れるように倒れた。

彼の友だちは、山の上の方を見て、すすり泣きながら、「ひどいことしやがって。畜生!」と言うと、久野がいた山の上へ向かって撃ちまくったが、久野の射撃のほうが正確だった。

銃声を聞いた大場は、木谷のほか二、三人の兵を連れて南側へ駆けつけたが、途中で谷口に会った。彼らは一緒に、依然として歩哨勤務を続けていた久野のところへ行った。二人のアメリカ水兵の死体は、久野が撃ったままの姿で横たわっていた。

彼は、簡単な担架《たんか》を作らせ、彼らの監視所がアメリカ軍の注意を引くことがないよう、アメリカ海軍の休養地に近い山道にその死体を置いてくるように命令した。部下たちが水兵の武器を取り、ほかに弾薬を持っていないかどうか、ポケットを探り、水兵たちの靴を脱がせているのを、大場は黙って見ていた。

20　北部偵察

――昭和二十年二月

大場は毎日、ほとんどの時間をタコ山の警備と、自分たちの部隊や民間人たちの弱点を点検することで過ごしていたが、彼が最も信頼をおく部下は、久野、清水、鈴木、佐野、岩田、内藤の六人と木谷曹長だった。ときどき、夜、夕食を食べた後とか、食糧徴発に出る前など、大場は、彼らと中国での思い出話にふけったり、一緒に戦ったときの経験を話し合って過ごした。

ちょうど、大場と岩田と佐野が地獄谷の近くの衛生隊陣地で過ごしたときのことを話し合ったとき、大場は、あのときの部隊の者でほかにも生き残って、島の北部に隠れている者がいるんじゃないかという気がしてきた。その夜、眠る前、彼は、明日の夜、あの地域をもう一度訪ねてみようと決心した。

岩田と佐野も大場に同行したいと言ったが、大場は、南部と違って、島の北部へは六カ月以上誰も行ってないのだから、用心しなくてはならない、と断わった。大場は、拳銃と、三日分の食糧を持って、日が暮れるのを待って北に向かって出発した。彼がこの偵察をただちに実行することにしたのは、その夜が満月だったからだが、月の光のおかげで、彼は、音を立てずに、動くことができた。

彼は、いつものように、いつでも発射できるように拳銃を手に持って歩いた。道は、アメリカ軍が占領していると思われる地域を避けて、よく知らない谷から谷を通った。暗く光の届かない谷では地図を見ることはできないので、以前、部下たちと鶏を食べた近くの広い道路を横切ったとき以外、自分の位置を確かめることはできなかった。

その道路を横切ってから数分経ったとき、彼は、突然、水がぽたぽた落ちる音を聞いて、立ち止まった。間断なく続くその音以外にはなんの音も聞こえなかった。一歩ずつ探るように足を運んで、音の正体に近づいてみると、高さ三メートルほどの組み立てたものが見えた。その上にある容《い》れ物から水が落ち、月の光に反射して、銀色の光の線が見えた。大場は、さらに大胆に、その構造物を調べてみると、その容れ物から綱が一本下がっているのがわかった。

下は、粗末な床で、板の間に隙間があいていた。試みにロープを引いてみた、すると水がザーッと落ちてきて彼の服を濡らした。彼は西洋のシャワーのことは聞いていたが、見るのは初めてだった。彼はその構造物のまわりを歩き、付近に敵がいないことを確かめると、服を脱いで、水槽らしい容れ物の下に立ち、綱を引いた。太陽の余熱でまだあたたかい水を浴びながら、彼は思わず笑みを漏らした。

さっぱりした気分で再び服を着た大場は、そこからまた狭い道を北へ向かった。彼は、それまでのように用心深く進んだが、気分は、はるかに軽くなっていた。シャワーを浴びたことを考えると、無鉄砲なことだったと思い返したが、敵のものをまんまと使ったことに一種の喜びを感じていた。

一〇〇メートルも行かぬうちに、彼は、道からちょっとそれたところに、月の光にかすかに反射している三つの西瓜《すいか》のようなものがあるのに気づいて、足を止めた。すると、それがかすかに動いた。それで、それが敵のヘルメットだとわかった。大場がいるところから一〇メートルも離れていない。しかし、明らかに別の方向を見ている。ただ、前でも後ろでも、一歩動けば、彼らに察知されそうだった。

シャワーを浴びて刺激された大胆な気持ちがまだ残っていたせいか、彼は、いきなり、拳銃でその人影を撃ちながら、二メートルと離れていないところを走り抜けた。まんまと悪ふざけに成功した少年のように、突然、彼は声を立てて笑いだした。走って行く彼の耳もとを弾丸がかすめていったが、彼は大きな声で笑い続けたまま向きを変えてジャングルの中に飛び込んだ。

急いで拳銃の弾丸を詰め替え、下草の陰にかがむ。数分経《た》っても、追跡の気配も、ほかの歩哨が駆けつける気配もないとわかったところで、彼は、飛び込む前の道を横切って、三人の米兵はいったい何を警備していたのだろうかと思いながらジャングルの中を進んだ。

夜光時計の針が真夜中を指したとき、彼は以前彼がいた救護所を見下ろす尾根の上に立っていた。かすかな光の中でも、何も残っていないことはわかった。彼が部下を収容するために作った退避壕の跡《あと》もなかったし、また幸運にも敵のいそうな気配もなかった。

彼は傾斜地を下りて衛生隊陣地の跡を通り抜け、彼が予備の軍服や中隊の金、拳銃を、七月七日〝玉砕〟攻撃に出撃する前に隠した場所へ向かって歩いた。彼が、身の回り品を詰め込んだ窪みは、敵に発見されて拳銃も金もなくなっていた。しかし、軍服は、雨にさらされて泥だらけになっていたが、窪みの中にあった。彼は、シャツとズボンをできるだけ固く巻いて、乾燥食糧を入れて持ってきたガスマスクの袋に詰め込んだ。

彼は、そこで、空が明るくなるまで休んでから、自分の指揮所だった洞窟を通り過ぎて、あのとき、敵の戦車が近づいてくるのを見た丘の上まで登り続けた。それからさらに、北の景色が見えるはずの丘を選んで、その頂上まで登った。

ときどき島を横断するトラックやジープが走っている、侵攻の前にはなかったまた別の新しい道路と、三キロ離れているマッピ岬の付け根にいくつかの新しい建物が並んでいるのを除けば、マッピ岬へ向かって上り坂になっている広い斜面は、ほとんど変わっていなかった。

彼は、突出した岩の間が空地になっている場所を見つけて、近くの木から枝を取ってきて太陽を防ぎ、そこで眠った。

一時間後、彼は冷たい雨で起こされた。彼は、覆いかぶさるような形になっている岩の陰へ移って、そこで乾燥食糧を食べながら、下ののどかな景色を眺めた。やがて重く垂れ下がっていた雲は通り過ぎて、太陽が、再び耐えがたい暑さとともに戻ってきた。

大場は、地図を調べて、できるだけ東に進み、それから、タッポーチョへ向かって戻ることに決めた。丘の麓を回って東へ延びる小道に出るまで、丘の東側の険《けわ》しい斜面を下りた。大きな木の陰になっている湿った土の道は、タコ山の近くのとげとげしたサンゴが散らばっている道よりはるかに歩きやすかった。

歩いているうちに、突然、彼は、柔らかい土の上に、もう一つの足跡があるのに気づいた。膝をついて、それを調べてみて、それが、一時間前の雨の後にできたものだとわかった。重い角ばった靴底の特徴は、アメリカ軍の靴だということを物語っていたが、アメリカ兵がこんな山の中を一人で歩くことはないと考え、彼は足跡を追いはじめた。

足跡は、北へ向かう狭い山道へ曲がった。そのために、足跡をたどるのは困難になった。しかし、大場は、拳銃を構えた姿勢で追い続け、ときどき立ち止まって、聞き耳を立てた。およそ二〇〇メートルほど進んだとき、何人かの人間がいるのが見えた。彼は、急いで、道の傍《かたわ》らのジャングルに飛び込んだ。

そこには、竹と幅の広い木の葉で間に合わせに造った小屋があった。そのまわりに、八人の日本兵がいて、一人が火を焚《た》いているのが見えた。大場は、隠れた場所から、数分、彼らを観察した。彼らが武器を持っていないのは、見てわかっていたが、彼は、安全を期するために、「おーい、おれは日本兵だ。撃つな！」と叫びながら出て行った。

驚いた日本兵たちは、大場の姿を唖然として見つめていた。一番近くにいた一人が、大場の階級章を見て、飛び上がって敬礼した。

「おれは、第一八連隊の大場大尉だ。お前たちは、どこの者か？」

そこにいた八人は全員工兵第二五連隊の兵隊たちだった。彼らはマッピ岬近くの連隊司令部が潰滅してから、ここに逃げてきていた。

「指揮官は誰だ？」と大場は訊いた。

一人の上等兵が進み出て、二週間前、指揮官だった米谷《よねたに》中尉が死んでからは自分が指揮をとっている、と答えた。

彼らは大場に食事をすすめた。大場は彼らが大量の日本軍の食糧と、アメリカ軍の缶詰を持っていることに気づいた。

米谷中尉は、アメリカ軍が侵攻してきたとき、食糧を洞窟に隠させた。そのおかげで私たちはさし当たって食糧の心配はない、と上等兵は言った。大場は自分の部下の行方が気になっていたので、彼らに、この周辺に他に生存者はいないかと訊いた。彼らは、その日まで、自分たちがこの島の唯一の生き残り日本兵だと考えていた、と答えた。また彼らは、敵に発見されるということについては比較的呑気《のんき》だった。八人いるのに、小銃は二丁しかなかった。アメリカ兵はこのあたりまでは来ないから、銃を必要としたことはない、と言っていた。大場は自分の部隊の一部をこの地域に移動させることも考えてみたが、このあたりはジャングルがところどころにあるだけだから、大きな集団は隠れられないと、その考えを捨てた。それから、二日間、彼は工兵たちとともに過ごしてから、タコ山に戻った。

タコ山では、かつてタッポーチョの責任者だった金原少尉が、どこかで殺されたのか捕まったのか、消えてしまっていた。

21　米軍説得工作

――昭和二十年三月

作戦将校が、第二師団言語部の作った最新の宣伝ビラの英訳文を読み上げている間、ハーマン・ルイス少佐の指はポラード大佐の机を神経質にコトコト叩いていた。彼は、ポラードがどのような反応をするかわかっていたので、それに対する返答を用意していた。

「ハーム」

大佐はそれを聞き終わると、椅子の背に身体をもたせかけて口を切った。

「君はこの一カ月、こういうやくざなビラを山の中に撒き続けてきたが、どういう効果があったんだ。私の知るかぎり、一人のジャップも山から下りてこない」

「そこですよ、大佐。ビラの効き目はあなたが言うとおり少しもない。しかし、どうしてだかわかりますか？　連絡が取れないからですよ。双方が交流できる手段がないからですよ」

「どうすればいいというんだ。奴らに電話でも引いてやるっていうのか？」

「私は真面目《まじめ》ですよ。考えてください。お互いの考えを交換しないで、どうやって相手の考えを変えられるんですか？　まあ聞いてください。私は大場大尉とどうすれば連絡が取れるかわかりました。たぶん彼は下りてくることになると思います」

「ほう、頭のいいことだ。そいつを聞かせてくれ」

「私は二人の捕虜を知っているんです。一人は昔、大場をよく知っていた兵隊で、もう一人は、すこし英語を話せますが、ガラパン小学校の校長だった人です。校長のほうも、大場をよく知っています。大場が昨年、彼の学校に駐屯していたからです。この校長は最近、死んだと思っていた自分の二人の子どもが、大場の野営地にいるということを聞いて、子どもたちを連れに山に行かせてくれないか、とわれわれに頼んできています」

「それで……」

ルイスが事実を呑みこませるために間《ま》をおくと、

「どうやって大場を降伏させられるというんだ？」

ポラードは言った。

「その二人は、二人とも日本が戦争に負けかかっていることを知っているんです。だから二人は喜んで山中へ大場を捜しに行って、大場に降伏をすすめるつもりがあるんです。それは効果があると思うんです」それから、自分の提案の公式承認を得るために、ルイスは

「いかがでしょうか？　大佐殿」とつけ加えた。

「ハーム、君はいい男だけれど、君のＤ‐２（情報部）ゲームは紙屑だよ」

ポラードは息をついて煙草に火をつけ、考える時間をとった。そして二回、ゆっくり吸うと、それを天井に向かって吐き出した。

「しかし、いまいましいことに、ほかに有効な手もない。それをやってみるか」

国原《くにはら》伍長は島の最後の消耗戦の間、わずかではあったが、大場大尉とともに戦ったことを誇りに思っていた。彼は七月七日の突撃で負傷し、捕《とら》えられていた。最近、国原は、大場大尉の名声が上がってきたので、それを自分に結びつけたくて、大場との自分の経験を繰り返し人に語っていた。そのたびに彼は話を少し作っていた。捕虜収容所の通訳ボーレン軍曹は、日常業務でルイス少佐を訪ねたとき、たまたまその話をルイスにしたのである。

そこから数百メートル離れた、もうすこしくつろいだ雰囲気の民間人収容所の中で、四〇歳になる元ガラパン小学校長、馬場誠《まこと》が収容所事務所の椅子にすわっていた。彼は呼び出されて、ルイス少佐が来るのを待つように言われていたのである。彼は自分の二人の子ども、エミ子と昭を山から連れてきたいという請願が聞き入れられたのかもしれない、と期待していた。最近、アメリカ軍に捕えられた昔の隣人が、彼を訪《たず》ねてきて、子どもたちが大場大尉と一緒にいることを教えてくれたのである。

その部屋のたった一つの机にすわっていた若い中尉が、ぱっと立ち上がって、入ってきた将校に敬礼するのを、彼は好奇心を持って見ていた。彼には、彼らが交《か》わした「グッド・モーニング」という言葉はわかったが、それ以外は速過ぎて理解できなかった。中尉が彼の方を指すと、入ってきた将校は彼をじろじろと見ながら、なにごとか訊いていた。馬場は彼らが何を話し合っているのか不安になった。

少佐は、部屋に入ってきた金髪のちぢれた髪の兵隊に何か言った。すると兵隊は彼の向かいにすわった。

「ダレカ、アナタニ、コドモタチガ、ヤマニ、イルト、イイマシタカ？」と、その兵隊は、ひどいアクセントの日本語で訊いた。その兵隊が馬場の答えを理解できなかったので、馬場はもう一度ゆっくりわかりやすい日本語で答えた。するとその兵隊は、少佐にうながされて、彼がなぜ大場を知っているのかということや、子どもたちのことを尋ねた。

翌朝早く、馬場は、タッポーチョ山の斜面の途中までジープで送られた。捕虜収容所の国原伍長と、昨日、彼に質問した髪のちぢれた兵隊が一緒だった。兵隊は、米軍機が日本を爆撃したという記事と写真が載っているいくつかのアメリカの新聞を馬場に示した。馬場は、大場大尉に、山の中にいても無益であるということ、降伏しても、手厚く扱われるということを知らせて説得してみる、と約束した。彼らの後ろにもう一台ジープがついていて、それには、昨日会った少佐のほかにもう一人将校が乗っていた。

ジープがジャングルの入口で止まり、少佐が彼らのジープの方に歩いてきた。

「ここからはあなたたち二人だけです。もし彼が山を下りようとしなかったら、せめて休戦の旗のもとで彼が私と会うつもりになるように説得することを忘れないでください。私が人間対人間として彼と話をしたいと言っていることを伝えてください」

少佐は、馬場にわかるようにゆっくりしゃべった。

ハーマン・ルイスとポラードは二人の日本人がジャングルの中に消えてゆくのを見送った。

「幸運を祈っていましょう」

ジープへ乗りながら、ルイスが言った。

「そうだな」とポラードは答えた。

「だが、馬鹿馬鹿し過ぎるだろうな」

日本人が二人来たと報告する伝令は、すでにタコ山に向かって走っていた。彼ともう一人の歩哨は、その二人がアメリカ軍のジープで着いたのを見ていた。

馬場と国原はできるだけジャングルの縁《ふち》へ回りながら、タッポーチョ山を目ざして真っすぐに登った。三〇〇メートルも行かないうちに、「止まれ！」という厳しい声に呼び止められ、彼らは立ちすくんだ。

大場は、伝令がその男たちをスパイという言い方で表現したとき、部下が、その男たちを殺したがっている、と思った。だが、スパイならば、アメリカ軍のジープで山の中腹まで登ってくるはずはない、と大場は考えた。彼は理解に苦しんだ末、たとえ後で殺すことになるとしても、とにかく会って話してみたいと思った。

彼は久野伍長を呼んで、二人が捕えられているところへ鈴木と一緒に行くように命令した。

「お前が付き添って、その二人をここに連れてきてくれ。しかし、その二人が捕まってからどんなことを言ったか、先に鈴木を報告によこしてくれ」

一時間ほどすると、鈴木が帰って来た。

「二人とも大尉殿を知っているそうであります。一人は伍長で、昨年七月、アメリカ軍への突撃のとき大尉殿の指揮下にいたと言っております、もう一人はガラパン小学校の校長で、そこにいたときから大尉殿を知っていると言っております。校長は二人の子どもを連れにきたと言っています」

大場はすぐ反応を示した。

「救護所に行って、看護婦の青野にただちにここへ来るように言ってくれ」

青野が現われると、彼は子どもたち二人を民間人野営地へ連れて行き、彼が呼ぶまで、子どもたちと一緒にそこにいるように命令した。

「子どもたちの父親だという男が訪ねてきたそうだ。私は、彼との話をすませるまでは子どもたちに会わせたくない。それに、子どもたちにも、彼がここに来ていることを知らせたくない」

彼は青野が丘の向こう側に子ども二人を連れて行くのを見守った。

二人の〝スパイ〟は拳銃を突きつけられて連れてこられた。民間人のほうは地面に膝をついて、子どもたちに会いたいと嘆願した。

「大尉殿、私たちは、あなたの部下たちが言うようなスパイではありません。私は自分の子どもたちを連れにきたのです。子どもがここにいると聞いたのです。どうか子どもたちを私と一緒に帰らせてください」

大場は、すぐ、この男が彼がサイパンに着いた最初の三週間、宿営していた学校の校長であるとわかった。彼が知っていた学校長が彼の目の前に跪《ひざまず》いてひれ伏しているのを見て、困惑した。

もう一人の伍長だという男には、彼は見覚えがなかった。その男は彼に敬礼をし、今は不動の姿勢をとっていた。彼は〝POW〟と染めた青いデニムを着ていた。

「この二人はアメリカ兵に連れられて丘まで来たのです」と久野が言った。

「二人をスパイとして処刑すべきです」

「どうしてスパイだと言えるのか？」と大場は訊いた。

「彼らは敵の宣伝文を持ってきています」

そう言うと、久野は、何枚かのアメリカの新聞と、この数週間のあいだに彼らも見たビラを何枚か、出して見せた。

彼らのまわりに集まった兵隊たちも、それに賛成する声を上げた。

「静かにしろ！」と大場は命令した。

「久野伍長、部下たちは退《さが》らせろ。久野はここにいてくれ」

四人だけになってから、大場は言った。

「馬場さん、立ってください。召使いみたいな真似《まね》は止めて、もっと男らしくしてください。なぜ、敵はあなたが山の中に入ることを許したのですか？　なぜ、この男があなたと一緒に来たのですか？　危ないじゃないですか？」

校長はゆっくり立ち上がった。

「私たちは、あなたに、アメリカ軍に投降するようにすすめるために来たんです」

彼はつかえながら言った。

「アメリカ軍は、日本はもう敗けそうなのだと言うんです。投降してくれば、ひどい扱いはしないと言っています」

大場は頭の毛が逆《さか》立ってくるような感じがするのがわかった。いったいこの男たちはなんという日本人なのだろう。この男は日本軍兵士に降伏をすすめるほど敵に魂を売ってしまっているのだ。この男が子どもたちを連れにきただけだったら、大場もこの男の願いを容《い》れてやる気になったかもしれなかった。しかし、彼に祖国を売れとすすめにきたと聞かされて、彼は、兵隊たちの手前も納得するわけにはいかなかった。

「おい、伍長」と大場はまだ硬くなっている国原に向かって言った。

「彼の言うことに間違いはないか？」

このとき、指揮所にいた四人は誰も、青野がここに近づいて彼らの会話を聞いていることに気づかなかった。

「はい、そうであります」と国原は答えた。

「米軍側は、米軍が日本を爆撃している写真をあなたに見せるように私に言いました。彼らは戦争はもうすぐに終わるのだから、あなた方も山の中で戦いを続けるのはもう止めたほうがいいと言っています」

「嘘つきめ！」という甲高《かんだか》い声がして、四人が振り返ったと同時に、看護婦の青野が怯《おび》えきっていた国原に向かって突進し、身体ごとぶつかって、ナイフを彼の胸に突き刺した。

「裏切り者」

彼女はそう叫ぶと、大場が止めに入る間もなく、倒れかけた国原にもう一度ナイフを突き立てた。

大場が彼女を払いのけたので彼女は後ろへ倒れた。

「なにをする！」と大場は叫んだ。

「岡野を呼べ。この男を介抱してやれ」

泡立つ血が国原の口から流れ出した。彼は何か言おうとしたがむせかえるだけだった。彼は助けを求める眼差《まなざ》しを見せただけで、何も言わずに横に倒れた。

青野は立ち上がると、死にかかっている男を上から見下ろしてから、踵《きびす》を返して民間人野営地の方へ戻って行った。途中で彼女は、ほとんど何も入っていない救急袋を下げて駆けつけてくる岡野に会った。青野はそれを彼の手から引ったくって言った。

「あんな男のために無駄にしないでよ」と彼女は鋭い声で言った。

「あれは裏切り者よ」

　衛生兵は負傷者の胸の出血を止めようとしたが、ゆっくり溢《あふ》れてくる内部からの出血に対しては、どうすることもできなかった。

　大場は部下たちに国原を埋葬するように命じてから、馬場に、子どもたちを山から下ろすのは危険が多過ぎると説明した。子どもたちにわれわれの場所について秘密を守らせるのは無理だ、と彼は言った。

「アメリカ側は、子どもたちをだまして、われわれがどこにいるかを探り出すヒントを、聞き出せることになるだろう。われわれの食糧の貯えは少ないから、いずれはすべて民間人を山から送り出すことになるだろうが、そのときまで、あなたもここにいたらどうか？」

「とにかく、子どもに会わせてください」と馬場は答えた。

「そうすれば、私も決心できます」

「それはできない。あなたがもし帰るなら、子どもたちが可哀そうだ。それに、それは危険でもある。ジャングルのはずれまであなたに護衛をつけることはできるが、部隊の中にはあなたを殺さなければならない、と信じている者もいる。そういう者が、あなたがアメリカ側に着くまでに、どこかで待伏せするかもしれない」

「しかし、私の子どもたちは元気なんでしょうか？」と校長は訴えるように訊いた。

大場はかすかな笑みを浮かべた。彼は校長に同情したが、部隊の安全のほうがもっと重要だった。

「二人とも元気ですよ」と大場は答えた。その瞬間、彼は蒲郡にいる彼自身の息子は元気だろうか、と思った。

「エミ子さんは看護婦になる勉強をしていますよ。昭君はババヌキで私を負かしたりしていますよ」

「しかし」と彼は真剣な表情になった。

「決心してください。あなたはここに残りますか。それともどうしても収容所に帰りますか？」

「私は約束をしてきました――」

「わかりました。子どもは機会を見て私が責任を持って下ろします」

それから彼は、久野に向かって言った。

「先生を最初に見つけたところまで送ってくれ。間違いがないように注意しろ」

大場は、馬場には彼がなぜそうしたかわからないだろう、と思った。そして、彼が子どもたちに父親が来たことを知らせぬほうがいいと言ったことも納得できないかもしれない、と思った。

22 民間人下山

――昭和二十年三月

食糧の問題が、急速に大問題になっていた。彼らがかつて頼っていた数々の隠し場所が、アメリカ軍に摘発整理されてしまったからである。山の果物さえ、見つけるのが困難になっていた。そして、民間人収容所の農場の警備も、掃討作戦で〝二番線〟野営地が発見されてから、増強されていた。

大場は、依然として、数日ごとに農場に対して襲撃隊を送っていたが、大場隊が、そこを守っていた黒人部隊の眼をかいくぐるのは、ますますむずかしくなっていた。敵の野営地への食糧徴発斥候《せっこう》が、彼らの主要な食糧供給ルートになっていたのだが、その回数が増えるにしたがって、犠牲も大きくなっていた。

青野は、大場に、今驚くべき勢いで広がっている皮膚病は、栄養失調が原因で、自分のほうには、もはやそれを治療する薬はないと告げていた。

生き残る問題に頭を悩まされて眠れなかった大場は、ある夜、いつも寝場所にしていたタコノキの根の中に広げた帆布の上で起き上がった。

彼は、軍刀をつけ、拳銃を点検しながらも、自分が何をしようとしているのか、はっきりわかっていなかった。ただ、何かしなくてはいけないということだけを感じていた。彼は、その日の夕方、永田が農場襲撃隊を率《ひき》いて出たことは憶えていたが、ほかにとくに急に活動しなければならない理由があったわけではないのに、野営地を出て、農場の方向へ歩いて行った。

ただ一人で、大場はタッポーチョの東の斜面に沿って迂回《うかい》するなじみの山道をたどってから、前の〝二番線〟野営地への谷へ下って行った。かすれた雲の後ろを通り過ぎた半月が、細い道の草のない部分をかすかに照らしていた。大場は用心深く、道の暗い部分を、ほとんど音を立てずに通った。彼はゆっくり歩いた。彼の眼は、絶えず敵の気配を探っていた。耳は、待伏せを表わす雑音に聞き耳を立てていた。

タッポーチョのすぐ南の谷を下りながら、彼は立ち止まって、かがみ込んだ。暗闇の静けさは変わらなかった。しかし、彼の中で何か危険を知らせる予感があったのだ。彼のじっと動かなくなった手に蚊が止まって、血を吸いはじめた。ゆっくり、服のすれる音も立てないように、大場は、もう一方の手で蚊を追い払ったが、前方の谷に向けた眼は動かさなかった。彼は、拳銃を下げて、一方の足の上に置くと、もう一方の膝を突いて、そのまま数分動かなかった。それから、立ち上がると、さえぎるものがなくなる谷の樹木限界線に沿って走る小さな道を見つけ、数メートル後戻りした。

その道へ迂回すると、三〇分余計にかかることになるのを、彼は知っていた。しかしこれまで、彼の中で用心せよ、という赤い旗が翻《ひるがえ》るのを感じたとき、それに従って道を変えて、失敗したことはほとんどなかった。彼の部隊でもあまりにも多くの者、とくに民間人が、夜、割合いに通りの広い山道を歩いているとき、敵の待伏せで殺されていた。昼間の米軍巡察隊は、歩哨によって、山に入るときから十分監視していたため、被害はむしろ少なく、夜の待伏せ攻撃によるほうが、はるかに被害が多かったのである。

大場は、谷の側面をたどりながら、何回も、自分の身体の中に感ずる警告の確証を得ようとして、立ち止まった。しかし、何も発見できなかった。〝二番線〟に一〇〇メートル足らずの、いつも斥候が作戦を開始するところへ着くと、彼は、右へ曲がり、野営地をぐるりと囲むように大きな輪《わ》になっている道をゆっくり進んだ。夜だったら、自分も歩哨に見つからないように一周することができる。ということは、敵も野営地をひそかに取り囲み、夜明けに攻撃の火蓋《ひぶた》を切るつもりで待機することができるのだ。

彼はそれを十分知っていた。野営地に入る前にその周辺を偵察するのは、彼をそれまで生かし続けてきた慎重な行動と同じように、彼にとってすでに習慣になっていたのである。最後に、彼は、野営地から一〇〇メートルほどのところにある草の生えている場所を選んで、横になった。明るくなってから安全を確認し、野営地に入っていけるまで待つためである。

自動小銃の断続的な連射音が、彼を、まどろんでいる状態から一挙に目覚めさせた。後に続いた沈黙の数秒間に、彼は、兵器はブローニング自動小銃だと確認し、距離は、数百メートル南だ、と判断した。菜園かな、と彼は思った。何が起こったのか、ぜひ知りたかったが、味方の襲撃隊も敵も、過剰な警戒心から、神経を苛立《いらだ》てているのだと思うと、動くのは気が進まなかった。彼は、夜明けを待つことにして、また、草の中で横になった。

数分後、農場の方向から、何か動く音がした。何人かが、ひそかに下草の間を通って、彼が横になっているところへ向かって進んでくる音だった。彼は、じっと待ち、それが永田たちなのか、敵なのかを確かめようとした。彼らが通り過ぎるのを待ち、彼らがタッポーチョへ向かって北進するその後をつけた。間もなく、彼は、かすかな月の光でも見えるぐらいの距離に近づいた。彼らは、肩に袋をかついでいた。

「おい！」

彼は、聞こえるぐらいの大きさでささやいた。

「待て」

サツマイモと、ほかに菜園から盗《と》ってきたものを入れた袋をかついでいる四人の男を率いていた永田は、徴発隊の先頭から彼の方へ歩いてきた。

「何があったんだ？」

大場は訊いた。

「奴らが、大原《おおはら》さんを撃ったんです。農園から出る寸前に、彼は袋を持って立ち上がったんです。それで、奴らに撃たれたんです」

そう言って、しばらくためらってから、永田はつけ加えた。

「しかし、私は、奴らが大原さんを殺したとは思えません。彼らが大原さんを抱くようにして連れて行くのを見ましたから……」

大場は、瞬間的に、その問題を考えた。タコ山の位置を自白するかしないかわからない民間人が、敵の手に握られた。もし、彼が、野営地のことをしゃべってしまったら、数は減ったがまだ野営地にいる一二〇名の民間人と約八〇名の軍人の生命は失われるかもしれない。

「行こう！」大場は命令した。

「急いで！」

大場は、タコ山への最短コースの小道を一列になって進み、永田を先頭とする徴発隊の後についた。彼の頭の中は、この問題をどう解決すべきかということで一杯で、いつものように拳銃を構えることも忘れていた。タコ山の人口は、今でも人であふれている。それなのに、主要な食糧源は絶たれてしまった。今後、ますます米軍の貯蔵品を攻撃することに頼らざるを得なくなる。その結果は、ますます捕虜を増やし、野営地の発見される危険は多くなってくる……。

タコ山に着くまでに、大場は、唯一の対策を心に決めていた。

「大城さんに、すぐここへ来るように言ってくれ」

彼は、久野に指示した。

「そして、お前は、彼と一緒にここへ戻ってきてくれ」

「明日の朝」と、大場は二人を前にして言った。

「大城さんは、民間人全員を連れて山を下りてもらいたい。出て行くときは、白旗を掲《かか》げて、撃たれたり、負傷者が出たりすることがないように、あらゆる努力をする。民間人は全員、あなたについて行ってもらう」

民間人の強力な指導者であり、多くの大場の部下の兵隊たち以上に優れた戦士だった大城は、その理由を訊かないで、理解した。彼は、ただ、わずかに頭を下げて、言った。

「わかりました」

大城が、民間人野営地で命令を伝えている間に、大場は救護所へ出かけて行った。青野は、馬場の子どもたちと話をしていた。

「私たちは行きたくありません」

大場が近づくと、彼らは口を揃えて言った。小さな昭は、大場が立っていたところへ走ってきた。

「ぼくは、もう、兵隊になっても大丈夫だよ。ぼくもここにいられるように、ぼくを兵隊にしてください」

大場は、少年のくしゃくしゃの髪に手を置いてかき回してから、彼が山を下りなくていいと言ってくれることを期待して、大場の顔を見ている青野とエミ子のそばにすわった。

「君たちに会いたがっている人がいるんだ」

彼は、これまで自分たちの両親はアメリカ軍の侵攻のときに殺されたと思っている子どもたちに言った。

「君たちのお父さんが収容所にいるんだ。そして、君たちが来るのを待っているんだ」

二人の子どもが浮かべた笑みと明らかに感激している様子を見て、大場は、もう一つの問題も解決したと思った。青野は、子どもたちが今聞いたニュースを夢中になって話すのを見て、大場に言った。

「私は、捕虜になんかなりたくありません。それに、私には、手当てをしなくてはならない患者がいます」

「これは降伏するとかしないとかいう問題じゃない」彼は答えた。

「いかに生き残るかという問題だ。君があくまで下りるのがいやなら、例外を認めよう。君の助けが、これからも必要だから」

数人の兵隊を含めた一二〇人余の民間人は、夜が明けるとともに、移動しはじめた。何人かの老人は、大場の部下たちに担《かつ》がれて歩いた。

行列は、敵の活動を避けて、大場がそこで止まるように命じておいた農場のすぐ北まで、できるだけ速く歩いた。

大城は、借りた白いシャツを木の枝に縛《しば》りつけると、ほかの二人と一緒に菜園へ向かって歩き、公然とその中へ入った。

三人は、そこで、呼び止められるか、あるいは撃たれるかと思いながら、一分以上じっと佇立《ちょりつ》していた。それから後ろを振り返り、ジャングルの縁から見守っている大場と木谷に頷いて、数百メートル離れている道路へ向かって真っすぐ歩いて行った。三人が誰だかわからなくなるぐらい小さくなってからも、白い旗は、はっきり見えていた。

彼らが道路に近づくと、最初に、トラックが止まった。それから、三人の民間人と奇妙な白旗に唖然としたのか、ジープが止まり、それに続いて数台のいろいろな車がブレーキをかけて止まった。大場は、アメリカの兵隊たちが大勢、三人を囲んでいるのを、双眼鏡で見た。見ていると、三人はジープに乗せられ、ジープはスピードを上げて去って行った。

「連れていかれましたよ。あとの連中をどうしますか？」

白旗がジープの中に消えたのを見て、木谷が言った。

「もう少し成行きを見よう。われわれは兵隊を何人連れてきている？」

「一五人です」

「全員、あの駐屯地の周囲に配置しろ。敵の部隊が動く様子があったら報告させるんだ」

大場は、三〇分近く、ジャングルの縁のすぐ内側に伏せて、双眼鏡で、下の道路を見ていた。ときどき、まわりの地形も見回した。そのとき、数台のジープの列が、彼が大城を最後に見た道の傍らに止まるのが見えた。一台のジープから、背の高い大城が、まだ白いシャツを持ったまま降りるのを見て、彼は思わず頰をほころばせた。

「戻ってきた」

彼は、双眼鏡を眼から離さずに、木谷に言った。

ほとんど間を置かずに、制服を着たアメリカ兵の少数部隊が、大城を真ん中にして、菜園の方へ向かって山を登りはじめた。アメリカ兵の半数は、小銃を持っていたが、そのほとんどが、銃を構えないで、肩に担いでいた。

彼らが、およそ二〇〇メートル離れた菜園の向こう側に着くまで、大場は眼を離さなかった。彼らは、そこで止まり、しばらく何事か相談していたかと思うと、そのままそこに残り、まだ白旗を掲《かか》げている大城だけが歩きはじめた。

「アメリカ兵を監視していろ」

大場は、双眼鏡を木谷に渡しながら言った。彼は、大城がジャングルに入りこみ、敵からその姿が見えなくなるまで待って、大城を呼び止めた。

「どうしたんだ？」

「彼らは、われわれを収容所までトラックで運ぶ手配をしました」大城は笑いながら言った。

「私は三〇分したら、全員道路へ出ているからと、約束してきました」

大場は、いったん敵に捕まったらどういうことが起こるのかという恐れで緊張している一方、長く続いた山中の試練が今終わろうとしていると、ほっとした感じですわっていた民間人の集団のところへ歩いて行った。大場が集団のそばまで歩いて行くのを、全員の眼が追った。

「みなさん」

彼は、後ろの方にいる者にやっと聞こえるぐらいの、静かな感情を抑《おさ》えた声で言った。

「みなさんを、およそ一万二〇〇〇人の隣人や友人——場合によれば家族——が住んでいる収容所へ移す手筈《てはず》が整いました。長い間、名誉ある抵抗を共にしてきたみなさんが、山から出て行くことは、われわれ全員にとって、深い悲しみです。祖国は、日本人として最後まで頑張ったみなさんの大和魂《やまと》を必ずわかってくれるでしょう。みなさんは山を下りなければならなくなった理由をよく知っていると思います。みなさんは、降伏するのではありません。連合艦隊がサイパンを奪還にくるときまで、われわれが抵抗し続けられるようにするために、山を下りるのです。

みなさん、米軍は、諸君たちをだまして、山にまだ何人ぐらいの兵隊がいるのかとか、どこにいるかということをしゃべらせようとするでしょう。みなさんには、山に兵隊がいることは知らない、と言ってもらいたい——彼は、その言葉を十分理解させるために間《ま》を置いた——いくら訊かれても、自分が住んでいた場所がどこなのかわからないと言うのです。われわれの生命は——ここで、彼は再び間を置いた——みなさんがどれだけ秘密を守れるかにかかっているのです」

再び間を置いて、彼は、じっと聞き入っている人たちの顔を見回した。それから、彼は、ゆっくり上体を曲げて頭を下げた。

「みなさんの健康を祈ります」

大部分の者が、頭を下げた。女性たちの眼は涙でいっぱいだった。全員の中から、静かな感謝のつぶやきが上がった。

「大城さん、どうぞみんなを集合点へ案内してください」と大場は、言った。

彼は、自分が守ってきた男や女や子どもたちの長い列が、彼らの生涯の忘れられない一章を終えようとしているのを、じっと見守った。

「大尉さん！」

大場は、そのソプラノに近い声がする方を見た。いつものように裸足《はだし》だが、前の日よりも背が高くなったように見える馬場昭だった。彼は、大人たちが正式にするときのように、丁寧に頭を下げて言った。

「どうもありがとうございました」

大場は背筋を伸ばすと、同じように丁寧に頭を下げてから言った。

「君のお父さんによろしく」

23　崖山《がけやま》への移動

——昭和二十年三月〜四月

民間人を山から下ろしたら、ただちに、別の野営地に移るという大場大尉の計画は、三日続いた激しい雨のために延期された。雨は、ジャングルを濡らしただけでなく、兵隊たちの士気も湿らせた。民間人たちが突然いなくなったことは——とくにロマンチックな結びつきがあった者にとって——野営地に寂寥《せきりょう》感を与えていた。

その思いを感じていなかったのは、木谷曹長だけだった。彼の愛している女性は野営地に残っていたからである。しかし、彼のぎこちない接近に対する青野の冷淡な態度は以前とまったく変わらなかった。

堀内は、昨年十一月の大掃討で、海兵隊の大軍に追われてとうてい逃げきれないと思われたのに、見事に逃げきって、ときどきタコ山に顔を出していたが、彼も雨を避けて、兵隊たちの雨除けの中へ入ってきていた。彼は、敵が山へ入って来ないから、殺す数を増やせないと、どしゃぶりの雨に文句を言っていた。そのときまでは、彼は、三七人倒したと言っていた。目標までに、あと六三人だということだった。そして、一〇〇人殺すまで自分は死なない、と誓っていた。

野営地の中で、誰よりも雨に煩《わずら》わされなかったのは、以前造った〝神社〟を、雨を通さない住居に変えていた池上だった。一晩で〝治って〟から、比較的正常だったとはいえ、この元神主《もとかんぬし》は、ときどき、大場の命令が優れていると言って、大場を賞《ほ》めたりしていた。

冷たい雨が、ほとんど一日中降っていたが、大場たちの身体の中は、漬け物や乾燥した魚やアメリカ軍からの缶詰や温かい米の飯で温まった。空もしだいに晴れ間をみせ、雨もどうやら上がりそうだった。彼らの中の一人が、ジャングルの中で育つ果物の果汁を発酵させて造った〝椰子酒《やしざけ》〟の瓶《びん》を出して、それも彼らの口を楽しませた。

幾分なりともアルコールを飲んだことに元気づけられて、木谷は、残り物を一つの皿に盛ると、それを持って、今は誰もいなくなった救護所の近くで、青野が粗末な食事の支度をしているところへ歩いて行った。絶え間なく続いた民間人の患者がいなくなり、馬場姉弟も去ったことで、彼女の生活も、ぽっかり穴があいたようになっていた。

ときどき、彼女は、自分がなんのために山に残ることになったのかということさえ、忘れそうになった。今や、約八〇人の男の中のたった一人の女性となったことを自覚した彼女は、自分の殻《から》に閉じこもって、兵隊たちと食事を共にすることさえ拒否していた。

　ブリキの皿を持って、青野の救護所に近づくとともに、木谷の動作はしだいにこわばって、ぎこちなくなった。

「残り物だけど、あんたにだ」

　彼は、異常に無愛想な言い方で言った。

「それは、どうも。ご親切に」

　彼女は皿を受け取りながら、ちょっと頭を下げた。

　木谷は、彼女が何か親しい言葉をかけてくれるのを待った。しかし、青野は、火に掛けていた鍋をかき回すことに専念して、木谷を振り返らなかった。

　きまりが悪いのを隠して、木谷は咳をした。

「どうも風邪をひいたらしいんだ。何か持ってないか？」

　青野は、鍋をかき回すのに使っていた箸《はし》を脇へ置くと、布袋の中を探して、小さな白い錠剤を二錠出した。

「ただのアスピリンだけど、効くと思うわ」

　彼女は、それを、まだ、まごついている木谷に渡すと、また、鍋の方を向いた。

「ありがとう」

　木谷は、ちょっとためらってから、やっと言って、指揮所の方へ戻った。

木の間に張った合羽《かっぱ》の屋根の下で、寝そべっていた堀内は、木谷が袖《そで》にされたのを見て、嘲笑《あざわら》っていた。彼がいたところは離れているので、二人の間で交わされた言葉までは聞こえなかったが、木谷が落着きなく唐突に戻ってくる様子から、どういうことだったかは、明らかだったのだ。

この刺青《いれずみ》の無法者は、木谷が他の者より軍律を厳格に守るせいなのか、とくに木谷を嫌っていた。彼自身は、自分をもはや軍人とは考えず、ただ、合法的に人殺しができる境遇を楽しんでいたわけだが、堀内は、彼が山でアメリカ兵に加える攻撃に青野が感激していることを知っていたから、青野が木谷を撥《は》ねつけると、ますます自分に近くなってくるような気がして、彼女を自分の個人的な戦争に誘おうという考えにさえなっていた。機会をつかまえてそうするつもりで、彼は、木谷が戻ってからも、彼女の様子をずっと窺《うかが》っていた。

食事の後、彼女はタオルを持つと、民間人野営地だったところを通って、タコ山の麓の方へ歩いて行った。堀内は、彼女が見えなくなるのを待って、身体を起こし、何気ない様子で軍の野営地を通って、山の麓の方へ歩きはじめた。

青野は、岩の間から湧き出した水が作っている小川に沿って歩き、二メートルほどの小滝が落ちて浅い水溜りになっているところまで、歩き続けた。

彼女は、彼女の普通の服装になっていた軍のシャツを脱ぐと、そのきれいな水溜りの中で、それをゆすぎはじめた。リズミカルに繰り返される動作につれて、彼女の硬くしまった胸がかすかに揺れてはずんだ。彼女は、シャツをできるだけ固く絞ると、近くの藪の上にかけた。それから、裾を詰めてはいていたズボンを脱ぎ、冷たさに少し震《ふる》えながら、水溜りに足を踏み入れた。

一〇メートルほど離れたタコノキの根元にかがんで、堀内は、青野が着ているものを脱ぐのを見ていた。そして、一瞬、彼女の平らな下腹部を見て、動悸が速くなるのを感じた。彼は、森の向こうにある野営地の方を振り返った。野営地ははるか向こうで、二〇〇メートル以上離れていた。それから、彼は、タコノキの根元から足を踏み出すと、そんなことを思ってもいない女性の方へ歩いて行った。

「何しているの？　あっちへ行って！」

青野は、水溜りの端から彼女をのぞき見ていた彼に気づいて叫んだ。彼女は、濡れたズボンで裸を隠そうとしながら、浅い水の中で跪《ひざまず》いた。

堀内の欲情に燃えた眼は、彼女がしっかりつかんだズボンの間に見える腹部をじっと見て、離れなかった。彼の声は、ぼそぼそとして下卑《げび》ていた。

「どうして、お前は男を持たないんだ？」

「あっちへ行きなさいよ。ここから出て行って！」

青野は山を見上げた。しかし、助けがありそうな兆《きざ》しは何もなかった。彼女は悲鳴を上げたかった。しかし、そんな声は敵の耳に伝わるかもしれないから、上げられなかった。

「恐がるなよ。おれは、ただ、話したいだけだ」

堀内は、近づきながら言った。

青野は、恐れを隠して立ち上がると、嘲笑《あざわら》っている堀内の顔にズボンを投げつけて、反対側に走った。しかし、つるつるした水溜りの底で足を滑《すべ》らせ、彼女はよろめいた。そのとき、堀内のたくましい両腕が、万力《まんりき》のような力で、彼女を抱え込んだ。彼女の腕は両脇に押さえつけられて動けなくなった。なんとか逃れようともがけばもがくほど、彼の締めつけは強くなり、息が切れるだけだった。

彼の激しい息づかいが耳許《みみもと》でし、彼の身体が押しつけられるのを、彼女は感じた。堀内の〝般若《はんにゃ》〟の刺青をした腕は、鋼《はがね》の帯のようにビクともしない。彼女は、必死になって頭を下げた。眼の前に〝般若〟の角《つの》がくっきり見えた。それに、彼女は思いきって嚙みついた。彼女の口の中で生温かい血が広がるのがわかった。

彼は、「うッ」とうめいて、つかんでいる手を緩《ゆる》めた。彼女はさらに強く嚙み続けた。ついに堀内は、流れる血をもう一方の手で押さえようとして、手を離した。彼女は夢中で服を拾って山を駆け上がった。

彼女は、誰にも見られないように、前にいた民間人野営地の中を走り続けた。そして、途中で止まって、濡れた服を身につけた。

数分後、彼女は、食事に使った皿や鍋を洗いながら、堀内が、傷ついた腕の手当てをどんな顔をして受けに来るだろうかと想像して、おかしかった。

四日目の朝は、完全に晴れて、焼けつくような太陽が、濡れたジャングルを急速に乾かしはじめた。大場は、部下たちに、移動の用意をするように命じた。彼は、民間人のうちの誰かがうっかり野営地の場所を漏らすことを恐れて、部下たちを全員、新しい場所へ移したいと思っていた。

彼は、最も望ましい野営地の場所として、崖山を選んでいた。前年の大掃討作戦で堀内が逃げこんでからの一カ月間は、敵はその地域をひんぱんに巡察していた。しかし、部下の報告によれば、それ以来、敵がそこへ入って行く動きはないようだったのである。

彼は、神福と永田を呼んだ。

二人は、崖山という名を聞いて、顔を見合わせた。

「あそこは、危険ではありませんか？」

永田が訊いた。

「われわれは、あそこで、ワナにかかりそうになったんですから……」

「それは、下の谷でだ」

大場はさえぎって言った。

「今度の野営地は、山の頂上付近になる。いくつかある谷は、緊急の場合、それぞれ逃げ道になるんだ」

すでに彼と木谷は、前の週、崖山を偵察に行っていた。

「われわれは、敵が三方向の、どこから攻撃してきても逃れることができる」

彼は続けた。

「こっちの方角には、南はタッポーチョ山から、西はタコ山へ出る道まで、いくつも細かい道がある」

話しながら、彼は地図につけてあるいろいろな目印を示した。

「部下たちに、一時間以内に移動できる用意をさせろ」

大場は、伴野少尉の乾燥してしまっている親指を国旗につつんで腹に巻いて、予備の拳銃と弾薬を置いた。

昼近く、彼らは、崖山へ向かって一キロの道を歩きはじめた。堀内と彼の二人の部下も、八〇人の兵隊と青野で構成される移動部隊についてきた——ただし、三人は、あたかも大場部隊の正式の隊員ではないということを示そうとするかのように、ほかの者よりも一〇メートル後ろを歩いた。

彼らが五〇〇メートルも行かないうちに、タコ山は爆発したようになった。一連の爆撃で、空に煙がもうもうと上がったのである。迫撃砲の一斉射撃が、彼らの今までいた野営地に雨のように降り注ぎ、熱い砲弾の破片を、その下で一〇カ月暮らしたタコノキに浴びせていたのだ。彼らは、数分の差で、それを逃れていた。

民間人のうちの一人が、裏切ってか、だまされてかわからないが、野営地の位置をアメリカ軍に正確に教えてしまっていたのだ。今は、民間人はいなくなった。しかし、危険は依然としてあった。兵隊といえども、傷ついて捕えられたとき、自分たちがいた場所を漏らすことはあり得る。日ごろの訓練に背《そむ》かず、部下たちは、捕虜になるよりも死を選ぶことは間違いない。

しかし、降伏とか、万一、捕えられた場合、何を話し、何を隠すかということはまったく訓練されていない。

さらに、捕虜になった兵隊の家族は、その兵隊は死んだものと思い、また周囲も当然そう考えることが常識になっている。この精神的打撃に加え、さらにまた、捕虜の権利を規定しているジュネーブ条約についての知識が、日本兵にはまったくないために、日本の兵隊がしばしば、敵が望む情報を自ら進んで漏らすことがあるのを、大場は知っていた。

タッポーチョへ向かうジャングルの中を曲がりくねって進みながら、大場は、これらの事実を考えていた。そういう考えごとにふけりながらも、第二の性質になっていた彼の用心深さが欠けることはほとんどなかった。彼は、いつものように、手に拳銃を持ち、部隊の先頭に立って歩いた。彼らは、敵が、雨の後、巡察隊を出すのに丸一日かかることになるのを願いながら、二メートルぐらいの幅の山道をたどっていた。

第二連隊第三大隊キング中隊を指揮する二七歳の大尉ジャック・グリンスは、初めての巡察に出ていた。一カ月前まで、彼は、カリフォルニア州サン・ディエゴにある海兵隊訓練部の専任将校だった。彼は、あらゆる理由から、ごたごたに巻き込まれないかぎり、自分は、戦争が終わるまでそこにいることになる、と信じていたのだ。したがって、第二連隊への転任命令は、彼にはショックだった。彼は、ちょうど一週間前にサイパンに着いて、三日後、キング中隊を指揮することになった。

彼が日本人を見たのは、一時間前、巡察に出発したとき、野菜畑の手入れをしている日本人を見たのが最初だった。彼は、まったく感銘を受けなかった。もし、あの発育不全のO《オー》脚の生き物が敵の見本だとすれば、彼らがアメリカ海兵隊に対抗できるわけがない、と彼は思った。

彼が受けている命令は、タッポーチョのすぐ南の地域の敵の活動を偵察し、見つけた者は、捕虜にするか、殺せというものだった。

最初の一時間、巡察がうまく運んだとはいえなかった。彼は、まず、物凄い暑さに驚いた。数日来の雨が、岩にぬるぬるした苔《こけ》を生長させ、ジャングルを腐った植物でいっぱいにしていた。彼は、おかげで二回滑《すべ》ってころんだ。彼は、中隊に、小隊幅の列で前進するように命じた。しかし、間もなく、彼が遠くから見たうねるように続いている緑の葉は、危険な崖や谷を隠し、とうてい入って行けないジャングルになっていたため、そういう進み方はできないことを知った。彼は、北へ向かう狭い山道をたどるときには、一列縦隊を選ばざるを得なかった。

連隊の経験豊かな将校たちは、すでに数週間、山で武装した日本兵に遭《あ》ったことはないという理由で、巡察はおそらく条件に慣れる訓練以上のものにはならない、と彼に言っていた。グリンスは、彼らが間違っていることを願っていた。戦闘部隊に転任したからには、自分も戦いの英雄になりたい、と彼は思っていたのだ。彼は、なんとか、初めての巡察で、師団の話題になるような、そして、自分が勲章を得ることになるようなことが起こってくれることを願っていた。

彼が出した三人の尖兵《せんぺい》は、中隊の五〇メートル先を歩いていた。作戦指導書には、〝指揮所の前には、少なくとも一小隊を置くこと〟とあったが、彼は、先導小隊と一緒に進んだ。彼の無線通信係は、他の小隊に使われる周波数に合わせていたが、それまで、どの小隊も、交信しなければならないようなことは何も起きなかった。

キング中隊の前方二〇〇メートルのところを、グリンスがアメリカ軍に対抗できるような相手ではないと考えていた敵の長い列が、並行して歩いていた。交叉する山道にぶつかったところで、大場は地図を調べてから、崖山へ向かって、真っすぐ東へ進む合図を出した。彼が選んだ道は、崖山の西側の空地を通っていた。その山の側面は、しだいしだいに断崖のようになっていき、最後は、島ができるとき噴き出した岩で、ほとんど垂直な崖になっていた。高いところは三〇メートルぐらいある。頂上から西は浅いジャングルになっていたが、崖は岩の表面に頑固に付着している蔓草《つるくさ》と灌木だけだった。

あと半キロ進めば、岩の多い崖山の頂上で、最初の防衛体制を取りはじめることになる、と大場は考えていた。隊列は、右手に、小さな谷があるところを通り過ぎた。谷を過ぎると右手は崖だった。彼のすぐ後ろには、約四〇名の兵隊が続いていた。その後が、神福と残りの兵隊たちだった。堀内と彼の二人の部下も、神福の一番最後の兵隊から、数メートル離れて後についていた。

グリンス大尉の前方を進む三人の尖兵の先頭にいた一人は、密集した下草を通り抜けたとたん、地面に伏せた。後ろにいた二人は、何も見なかったが、それに倣《なら》った。最初の兵隊は、左手前方の崖の下を指さして、ささやいた。

「あそこで、何か動いた……誰かが歩いてたようだ……」

彼が言い終わらないうちに、右手前方から、何人かの日本兵が小さな空地に現われるのが見えた。

三人は、全員、射撃を開始した。M-1小銃で撃てるかぎりの速さで引金を絞り、新しい弾倉を薬室に放り込んで、彼らが発見した七、八人の日本兵に弾丸の雨を注いだ。しかし最後の二人の日本兵にとって幸せだったことは、三人のアメリカ兵が三人とも、攻撃の矢を先頭にいた刀を提《さ》げていた兵士に集中したことだった。そのため敵の視界に入っていた二人は、アメリカ兵の弾丸が彼らの仲間を撃ち倒している間に、敵の視界から逃げることができた。

グリンス大尉および彼と一緒にいた第一小隊の兵隊たちは、一斉に地面に身体を投げ出して伏せた。グリンスは、彼の近くに伏せていた白い顔の伍長を手招きした。

「部下を連れて、いったい何が起こっているのか、見てこい！　ほかの者は、そのまま伏せていろ！」

その分隊長と一二人の兵隊は、腐った下草の上で肘を使って、じりじり前へ進み出した。

今度は別の伍長に、グリンスは命令した。

「第二小隊に、われわれの左に移るように言え！　それから、第三小隊と第四小隊は、ここでわれわれに合流させろ」

言われた伍長は、命令を伝えるために、後方へ走った。

彼の前方での射撃量の増加は、彼が出した分隊が攻撃目標を見つけたということを物語っていた。敵の弾丸が、二五口径の甲高い連続音を伴って、彼の頭上の木の葉を吹き抜きはじめた。敵の射撃のほとんどは、右手前方から来ていた。

「ようし、行こう！」

彼は、第一小隊の残っていた部下たちに言ったが、自分の声が、まるで別人のように聞こえた。指揮する者が、敵の銃火のまっただ中を進むというのは、まったく自己保存の原則に反している。しかし、「立ち上がるな！」と彼はつけ加えたが、依然として別の人間のような声だった。頭の上の一発で飛び込んでくる死を免《まぬが》れるために、地面にへばりついて、右手前方の、彼のいるところからは見えないが、敵のいる方向へ、肘《ひじ》を使って進みはじめた。

左手で、第二小隊の小銃の銃声に続いて、手榴弾が爆発する音が聞こえた。恐怖が彼の胸の中で大きなしこりのようにかたまりはじめた。自分が、激しく息をしているのがわかった。どこかから、叫んで命令している声が聞こえた。彼は、なんと言っているか理解できなかった。せめて、誰の声か判断したかった。しかし、どちらもまるでわからなかった。こんなふうに、相手がどういう相手か知る余裕もなく戦わされるのは公平じゃない、と彼はつのる恐怖の中で思った。

叫び声は、第二小隊を指揮していた若い中尉が上げたものだった。彼は、二〇メートル先の崖の下に隠れた日本兵の集団に対して、部下たちに、散開して射撃するように命令したのだ。敵は、今の隠れ場所、崖から落ちてごろごろ散らばっている岩の後ろからほかへは動けない。彼には、彼らが全滅するのは時間の問題でしかないとわかっていた。彼は、崖に向かって、彼が持っていた三つの手榴弾のうちの一つを投げた。そして、それが爆発するのが聞こえるまで、地面に伏せていた。

グリンスは、自分および自分と一緒にいる者たちは、だいたい二、三〇メートル前進したと思った。敵の放つ銃声は近くなっていた。しかし、密集した下草のために、彼には、数メートル以上先は何も見えなかった。

神福大尉の身体は、アメリカ兵の弾丸の衝撃で、岩に撥《は》ね飛ばされた。彼の首の左側は引き裂《さ》かれて、頭が異様な形で右の肩の上にぶら下がっていた。その近くには、ほかに四人の死体が横たわっていた。いずれも、間違えようもなく無惨な殺され方をしたとわかる姿勢で、くしゃくしゃにうずくまったり、大の字になっていた。彼の小隊の生き残った者は、防壁になる岩や木や何か地上で高くなっているものを探して、そこから、しだいに数を増している敵に対して応射していた。しかし、そのうちに、アメリカ兵がどこにいるかわからなくなった兵たちが、パニックを起こし、道に沿って後退しはじめた。

「馬鹿！」

彼らに、堀内の怒鳴る声が聞こえた。

「こっちだ。早くしろ！」

刺青の無法者は、腕に持った機関銃を彼らに向けて、ジャングルの中へ入るように身振りで示した。何をすべきか命令してくれる者を持ったことにほっとして、七、八人が、堀内の後ろについて、ジャングルへ入った。彼らは、直後、右へ向きを変えて、真っすぐ、敵の銃声が聞こえる方へ向かって進んだ。

堀内は、自分たちの前進を隠そうとしなかった。彼は、自分たちが立てる雑音に頓着せず、可能なかぎりの速さで、もつれた蔓草の中を突き進んだ。天性の戦士である元ヤクザは、敵がすべての注意を道で発見した日本兵に向けている間に、敵の側面に進んだのである。

突然、彼は、ジャングルの中を腹這いになって、日本兵のいる道へ向かって進んで行くアメリカ兵たちを見た。一人も、彼の方を見ない。彼の機関銃が火を噴いた。そして、彼は、自分の軽機関銃の弾丸が撃ち込まれた死体の数を数えた。

ジャック・グリンス大尉は、機関銃の最初の連射音を聞いて、左にころがって、自分たちを撃っている男を見た。奇妙な腕をした男が、首から機関銃を下げて、いかにも凶暴そうににやっと笑いながら、彼と彼の部下たちに死を振り向けていた。

それが、戦争の犠牲者の統計に加わる前に、グリンスの頭に記録された最後の印象だった。

「ああ、大尉が……おれは……」

大尉の死体のすぐ後ろで、恐怖に満ちた声が叫んだ。他の者は、彼らを規則的な連射で殺そうとしている、突然現われたこの妖怪を撃とうとして振り向いた。しかし、そのうちの何人かが、そのサディスティックな笑いと腕前に、しびれるように魅《ひ》き込まれ、弾丸から逃れようとして、考えもなく手を上げただけだった。

後ろについてきた日本兵たちが、堀内のところへ着いたときには、生きているアメリカ兵は一人もいなかった。彼らは、堀内が「四五」と言ってから、唸《うな》るように「行こうぜ」と言うのを聞いた。

満州、支那で戦ってきた二九歳の歴戦の勇士、大場大尉は、いくつか岩が重なり、小さな山になっている陰に伏せて、自分の愚かさを呪っていた。彼は、全部隊を死の落とし穴へ引っ張り込んでしまったのだ。彼らの後ろは、切り立った岩の壁で、敵のなすままである。道に沿って逃げることは不可能だ。彼は、敵の銃口が火を噴くところへ向かって、岩の隙間から、拳銃が空《から》になるまで撃った。それから、彼の前の岩を削《そ》ぎ落としたり、頭上数センチのところでバシッバシッと鳴っている敵弾に身をさらさないようにしながら、ベルトに差しておいた予備の拳銃を引き抜いた。

彼の左では、佐野が血の海の中に横たわっていた。彼の頭は砕けて脳漿《のうしょう》が飛び散っていた。彼の小銃は、大場のすぐ前の道にころがっていた。大場には、道のそれ以上先は見えなかった。

おれ一人か？　と彼は思った。ほかに誰も見えないのだ。横になって、急いで空になった拳銃に装塡すると、前へ飛び出すために、身体の下で両脚を引き寄せた。彼は、死ぬことについては考えていなかった。ただ、敵が自分を見つける前に、できるだけ沢山の弾丸を敵に発射することだけを考えていた。一方の手から血がしたたり落ちた。尖《とが》った岩で切っていたのだ。

九九式軽機関銃の甲高い連続音が、立ち上がろうとしていた彼の動きを止めた。堀内だ！　彼がまだ生きている！

米軍、第二小隊の若い中尉は、機関銃の射撃音を右手後方に聞いて、それが〝南部《ナンブ》〟（アメリカ軍は九九式をナンブと呼んでいた）の銃声だとわかった。

「敵は、われわれの背後から攻撃してるぞ！」

彼は叫んだ。

「食い止めろ！」

彼の部下たちは、新たな脅威に対応しようとして隊形を変えた。何人かは、機関銃の咆《ほう》哮《こう》する方向一面の緑の壁に向かって、猛烈に撃ちはじめた。小銃を持った日本兵が、わずか数メートル離れたところに突然現われたとき、およそ二〇丁の小銃やブローニング・オートマチックが炸裂し、その日本兵が地に伏せる前に、彼の身体をほとんどずたずたにしていた。

大場は、何が起こったかを感じた。彼は、両手に拳銃を持って、まだどうするつもりもなく、立ち上がった。彼のいる高い位置から見ると、ほかの岩の積み重なっている後ろから、彼を見ている何人もの部下が見えた。彼は、自分のところへ来いというつもりで拳銃を振った。すると、崖の下一帯の隠れ場所から現われた予想外の人数に、彼は驚いた。彼は、立ち上がって、佐野の銃を拾い上げると、向きを変えて、堀内のために一時的に注意をそらしている敵から逃れるため、道に沿って、小走りに走りはじめた。

M-1銃の銃声も交じったおびただしい数のブローニング・オートマチックの銃声が、ジャングルの中に反響していたとき、第三小隊と第四小隊も、戦闘に加わるために前進してきた。彼らは、第二小隊と戦っている日本兵があまりにも少ないのに驚いた。日本兵たちは三人殺されて、ジャングルに蔽われた山の方へ撤退した。数が増えたアメリカ軍は、まわりの者の掩護《えんご》射撃を受けながら、一人ずつ、少しずつ後を追った。しかし、その前進も、最後は、山の下の身を隠すもののない空地で、食い止められてしまった。敵は、山のジャングルに蔽われた部分と険《けわ》しい崖の境になっている狭い谷から攻撃していた。

「谷の上の方を撃ち続けろ！」

空地の端に水冷三〇口径機関銃を据《す》えた機関銃分隊に、一人の軍曹が叫んだ。

「奴らを封じ込めるんだ！」

アメリカ軍の二分隊は、谷の右側を途中まで上ったうまく防護された場所から撃ってくる日本の軽機関銃に動きを制限されていた。

「あの野郎を機関銃で片づけろ！」

誰かが叫んだ。

「ミラー！　お前の分隊をあの斜面の反対側へ上げて、あん畜生を狙《ねら》うんだ！」

別の声が叫んだ。

およそ一〇分ほど、機関銃隊が、わずかに移動した場所から日本軍に猛烈な一斉射撃を続ける間、アメリカ兵たちは遮蔽《しゃへい》物の陰にとどまっていた。敵の銃撃が沈黙した。それでも、なおしばらくの間、軽機関銃の場所へ向かおうとしていたアメリカ軍の分隊は動かなかった。

米兵から投げ込まれた一つの手榴弾の炸裂にともなって、小さな煙の雲が上がった。敵の軽機関銃の場所に命中したはずだった。軽機関銃の音が絶えて六〇秒経った。数人のアメリカ兵が、用心深く立ち上がって、前進しはじめた。しかし、壊滅させたと思っていた日本軍の軽機関銃が再び火を噴いた。アメリカ兵たちは遮蔽物に飛び込まなければならなかった。

また手榴弾が爆発して、破片がアメリカ兵の間にも飛び散った。アメリカ兵たちは本能的に頭を下げた。

彼らが眼を上げたとき見たものは、誰もが生涯忘れられない光景だった。まさに異様としか表現しようのない青い片腕をぶらぶらさせた、血だらけの男が木も遮蔽物もないところへ歩いてきたのである。男は、肩から吊るしている蔓草で機関銃のバランスを取りながら、もう一方の腕で、アメリカ兵のいる下のジャングルへ向かって、気が狂ったように撃ち続けていた。

二〇人以上のアメリカ兵が、その刺青の男に銃弾を注いだ。男は、後ろへよろめいたが、まだ機関銃を蔓草で支えていた。しかし、彼の指は引金にかかったまま動かなくなっていた。男が死んでしまってからも、アメリカ兵の銃弾はいつまでも男の立っていた場所に降り注がれた。

大場は、久野伍長に、生き残っている者を崖山の頂上へ連れて行くように命じた。それから、彼と木谷は、彼らが戦闘した場所の上の山へ、迂回しながら頂上へ登った。崖の上部を蔽《おお》う深いジャングルに守られて、彼らは、米軍から攻撃された現場を見下ろすことができるところまで行った。

アメリカ兵たちが歩きながら、日本兵の死体を調べたり探したりしていた。二人のアメリカ兵が、谷から一つの死体の足を持って引きずってきて、仲間を呼ぶと、集まってきた者が、唖然としてその死体を見ていた。血まみれのシャツが上にずり上がって、鮮やかな刺青で彩《いろど》られた胴体が現われていた。それを見て、大場の血は憤怒《ふんぬ》で煮えたぎった。大場は拳銃を引っ張り出し、堀内の死体のまわりに集まっているアメリカ兵に向かって、弾倉が空《から》になるまで撃ちまくった。

大場と木谷は、崖山へ向かう山道をたどって、険《けわ》しい岩の間を登りながら、どちらも何も言わなかった。

大場が山頂近くに見つけた自然の要塞《ようさい》で、彼らを最初に迎えた者たちの中に、青野もいた。彼は、青野が、彼の傷ついた手を湿った布で軽く拭くのは認めたが、彼女が殺菌剤を使おうとすると、手を振り払った。

「そいつは、それが本当に必要な者のためにとっておけ」

そして、彼女を無視して言った。

「久野伍長を見つけて、彼にここに来るように言ってくれ」

「われわれは、何人失った？」

大場は久野に言った。

「現在、ここにいるのを数えますと、三六人です。半数はいなくなっています」

「おれは、崖の上から一一人殺《や》られてるのを数えた。その中に神福大尉も永田少尉もいた」

大場は、壮烈な戦死を遂げた堀内のことは言えなかった。

崖山までたどり着いた者のうち、三人が負傷していた。二人は銃傷で、一人は手榴弾の破片で受けた傷だった。大場は、青野と岡野が手当てをしているところへ行って、具合を訊いた。

「感染を防ぐことができれば、大丈夫だと思います」

青野は答えた。

「でも、それには、もう少し薬がないと」

大場は頷いて、力なく歩み去った。彼はまだ、部隊を悲惨な攻撃を受けることに導いた自分を責めていた。もし、ヤクザの堀内がいなかったら、誰一人逃げられなかったかもしれないのだ。

いつまで戦いを続けられるだろうか？　と彼は思った。数カ月前には、われわれは一五〇人だった。それが、今は四分の一になっている。アメリカ軍は、われわれがまだここにいることを知っている。われわれを皆殺しにするまで、彼らは攻撃を止めないだろう。防戦し続けて、そのたびに少しずつ死んでいくのと、戦友たちの死の敵を討つ最後の一斉攻撃をするのと、どちらがよいだろうか？

寡兵《かへい》をもってしても、われわれは十分に計画した攻撃を実施できる。それを、彼のおかげでわれわれが生命を助けられた刺青のヤクザの名の下《もと》に実行してもいい。そして、彼の目標だった一〇〇人に達するまでに必要な五五人のアメリカ兵の生命を奪ってやる……。

そのとき遠くで響いた爆発音が、彼の考えを中断させた。それは、先ほど米軍に襲撃された山の近くに、臼砲《きゅうほう》の砲弾が落ちている音だった。彼ら米軍は、われわれがまだあの付近に潜んでいると考えているためだとわかった。

彼は安心した。体制を再編する時間は持てそうだ……。

翌日の朝、崖山に、さらに六人たどり着いた。うち二人は重傷を負っていた。一人は、大場が前日の午後聞いた臼砲の砲弾で傷ついていた。

大場は、攻撃を受けた直後に感じた絶望感と自責の念から立ち直って、新たな決意をした。

われわれはまだ、戦闘能力のある兵士を、〝二番線〟の人員を含めれば四〇人以上持っている。われわれは敵が有利な状況のもとで遭遇して、ひどくたたかれた。しかし、おそらく、われわれが受けた打撃以上に彼らも死傷者を出しているのだ。そう簡単に絶滅されないだろう。堀内という有能な戦士を失ってはいるが……。

彼は歩哨システムの再編成、野営地周辺の防衛体制の整備、タコ山を出発する前に隠してきた食糧その他を回収する分遣隊の派遣、海岸平野部の米軍駐屯地から崖山の西側までの斥候派遣と忙しく動いた。

山は、丸い屋根状の上に、火山から噴き出した鋸状の尾根が載った形をしていた。彼が野営地を設営したのは、この尾根の切れ目になる隙間で、ジャングル帯の数メートルほど上に位置するところだった。空からの偵察を不可能にするまわりの岩の壁と、雨風を防ぐことができる洞窟との間に三〇メートルほどの空間があり、そこに大きなパンノキが林のように生えていた。

山の東側は、切り込んだような険しい谷になっており、そちら側から攻撃されることはないというだけでなく、必要があれば緊急脱出路がいくつもあった。

敵の哨戒巡察活動は、神福大尉たちが殺された戦闘以来、急速に増強されたが、その範囲は、〝一番線〟タッポーチョ山、タコ山野営地の周辺など、これまで大場たちの活動を発見したところに限られていた。

戦闘から三日後、収容所で会った土屋憲兵伍長がなぜか崖山野営地を突然、訪ねてきた。

「ここへ何しに来たんだ？」

大場が尋ねた。

「収容所の民間人たちが、あなたたちの食糧が欠乏していると言っていたのを聞いたし
……」と言いながら、彼は米とカニ缶を詰めた袋を肩から下ろして続けた。

「昨日、あなた方が大部分殺されたとアメリカ兵から聞いたんで、手助けするつもりで来たんです」

24　病院襲撃

――昭和二十年七月

青野は、うわ言を呻《うめ》き続ける兵隊の傍《かたわ》らに跪いていた。腫《は》れて緑色になった下肢からは悪臭が漂《ただよ》っていたが、彼女は、それを無視して、洗面器ですすいだ布を、そうっと、病菌に冒《おか》された足の上に置いていた。薬があって、正しい治療ができる病院だったら、足を失っても、おそらく生命を失うことはないのに、ここでは彼を助けられそうもない――と思うと、口惜しくて、彼女の眼には涙が溢れた。

彼女は、大場が、屋根を差しかけただけのその小さい小屋――救護所として使っていた小屋と別に、数メートル離れたところに作ってあった――へ入って行っても、顔も上げなかった。

「具合はどうだ？」

大場は尋ねた。

「助かりそうもありません。小島《こじま》さんや小根川《こねがわ》さんが助からなかったように」

彼女は、振り向いて、非難するような眼で大場を見た。

「兵隊としてではなく……」

彼女は、言葉を続けられなくなって、喉までこみ上げてくる嗚咽《おえつ》を必死になってこらえたが、やっと気を取り直して続けた。

「いい兵隊だったんですから、敵と戦って死ぬんだったら、幸せだったでしょう。それなのに、私たちが薬をもっていないために、こんなことで死ぬんです」

大場は、彼女の挑《いど》むような眼をじっと見ただけで、何も言わずに、外へ出て行った。彼は、救護所の前で、少しためらっていたが、中へ入って、青野と岡野が集めた情けないほどわずかな薬品類が入っている布袋を調べてみた。ほとんどの壜《びん》は空《から》だった。

その後、午後の暑さを避けて、部下たちが眠っているとき、大場は、自分の洞窟に、岡野のほかに二名を連れて来てくれるように、木谷に頼んだ。

「先週だけで、二人の人間が壊疽《えそ》で死んだ。林《はやし》も今死にかかっている。みすみす死んでいくのを手をこまねいて見ているわけにいかん。どうしても薬が必要だ」

彼らを集めて、大場は言った。

「手当てをすれば数日で治る傷が、薬がなくては、死にいたらしめ、結局、われわれを滅ぼすことになる」

大場は一人一人の顔を見て、彼らが状況の深刻さを理解したのを確かめるようにして続けた。

「そこで、おまえたち四人に、今夜、山の麓の大病院へ行って、われわれが必要とする薬を盗《と》ってきてもらいたいんだ」

「しかし、何を盗ってくればいいか、わかりますかねぇ」木谷が言った。

「岡野がわかるだろう。一番の問題は、薬局がどこにあるか見つけることと、その中へ入ることじゃないか」

「それは、たぶん、入口の近くだと思いますよ」

岡野が進んで言った。

「処方箋《しょほうせん》を持ってくる外来患者に便利なところですよ」

「林を救える薬もあるか？」

「痛みを和《やわ》らげる薬はありますが――」

衛生兵は答えた。

「彼を救える薬はありません」

大場は、しばらく、洞窟の外のジャングルを見つめてから、頷いた。

「いいだろう。お前たちは今夜行ってくれ。空の背嚢を持って行って、一杯にして帰ってくるんだ」

　岡野は、救護所の外にすわって、自分が欲しいと思っている薬を思い出すように、ときどき中を見ながら、小さな帳面にメモしていたが、青野を呼んで、列挙した薬の名前を点検し、ほかに彼女が必要だと思う薬の名を加えるように頼んだ。

　そのとき、彼は、今夜の使命を説明して、その帳面に書き出した薬は、実際には、全部探している時間はないだろう、とつけ加えた。

「包帯と脱脂綿を忘れないでね」と、青野は、薬品名を点検してから言った。

「傷を手当てして、悪い菌を防ぐようにできなければ、薬だけあっても十分役に立ちませんからね」

　彼女は、そう言って、死にかかっている林のところへ戻ったが、ずうっと岡野が薬品の一覧を作っているのを見ていた。

　午前零《れい》時少し前、大場は、木谷、岡野ほか一緒に病院襲撃に出る二人に静かに言った。四人のうち、三人は小銃を持ち、木谷は、左肩に布の袋を掛ける一方、右肩にアメリカ軍のブローニング・オートマチックを掛けていた。

「お前たちは、この任務がわれわれの生存にとっていかに重要か、わかっているな」大場はもはや、連合艦隊が来るときの援護という最終目的については言わず「くれぐれも用心してくれ」と言っただけだった。そして、彼らが暗闇の中に消えて行くのを見守った後、ゆっくり、救護所から数メートルと離れていないところを通って、自分の洞窟へ帰った。

青野は、救護所の中で横になっていたが、彼女の眼は、野営地の中を通って行く大場の黒い影を追っていた。木の葉の間から漏れる十三夜に近い月のかすかな光が、大場が自分の洞窟に入って行くまで、眼で追うことを可能にしていた。

彼女は、大場が完全に洞窟の中へ入ってしまうまで待つと、静かに立ち上がって、木谷たちが向かった方向に歩き出した。そして、野営地を出たとたんから、険《けわ》しい下り坂で、見えない岩やころがっている石に何回も足を滑《すべ》らせながらも、ころばないように注意して、歩きだした。

彼女の前方では、それ以上に用心深く、ゆっくり、木谷たちが、アメリカ陸軍野戦病院を見下ろすことができるジャングルの端へ向かって山道を進んでいた。月の光は、樹木のないところだったら、楽に歩けるぐらいの明るさだった。

しかし、先頭の木谷の後について歩いていた三人は、月明かりの差し込まないジャングルの鬱蒼《うっそう》とした中を歩いて、もっぱら、先頭にいる木谷の足音だけを頼りにしていた。ときどき、彼らは、いつ遭《あ》うかもしれない敵の哨戒巡察の足音が聞こえないかどうか、立ち止まって耳を澄ませた。

するると、後方のどこかで、石のころがる音がした。彼ら四人は、いずれも、そっと地面に伏せて、銃口を背後へ向けた。数秒すると今度は、前よりも多くの石がころがる音に続いて、地面に身体をぶつけたドサッという音、「ああっ!」という悲鳴が聞こえた。

「そこにいるのは誰だ?」

木谷が声を圧《お》し殺しながらも、厳しく誰何《すいか》した。

「私よ。青野よ」

闇の中から、彼女の声が答えた。

四人は、青野が彼らの方へ歩いてくる音に耳を澄ませた。

「何をしているんだ? どうしてこんなところにいるんだ?」

彼女が近づいてきたとき、木谷が小声で訊《き》いた。

「私、あなたたちと一緒に行くわ」

彼女は自分でも驚くほど自信に満ちた声で、答えた。

「馬鹿! 何を言っているんだ。野営地へ帰れ!」

「いいえ。私はお役に立てるわ。われわれが必要な薬がわかるわ。私がいてよかったと思うわよ」

そして、木谷が答える前に、青野は、手を木谷の腕に置いて、今度は優しい口調でつけ加えた。

「お願い、私を一緒に連れてって。絶対に迷惑はかけないわ……」

手を腕に置かれて、木谷は、首筋の後ろにぞくぞくとしたものが走るのを感じ、身体が震《ふる》えた。彼は、突慳貪《つっけんどん》に腕を振り払って言った。

「よし。しかし、おれのすぐ後ろについて、絶対に音を立てるな！」

そう言うと、彼は後ろを向いて、野戦病院の光の方へ向かって、再び一行の先頭を歩きはじめた。

ウォルター・モルダフスキー一等兵は、歩哨勤務で歩く本来の方向とは反対側へ歩いていた。しかし、彼は、どうせ歩哨勤務をしなければならないとすれば、そこが一番いい場所だと思っていた。なぜなら看護婦寄宿舎が、周囲を囲っている金網のすぐ内側にあって、彼のいる位置が、寄宿舎の一階と二階の窓の中をそっくり見ることができる高さだったのである。たまたま、彼は、シャワーを浴びる準備を始めた素晴らしい身体つきの看護婦を発見し、完全に彼女に心を奪われてしまっていた。彼は、自分の横に小銃を立てかけて、金網の網目に指をかけてしがみついていた。

その彼の姿を、闇に潜んだ五人の日本人も見ていた。彼らの眼は、モルダフスキー一等兵に注がれていて、洋服を脱いだ看護婦に、ではなかった。

数分間の沈黙は、看護婦の部屋の電気が消されて、モルダフスキー一等兵が「畜生！」とつぶやき、自分の小銃を持って、巡回を開始したときに、破られた。彼の姿が、建物の角を回って、見えなくなったとき、木谷は、青野に、岡野の小銃を渡して、低い声で言った。

「ここから動くな。いいか、何があっても音を立てるな。われわれが援護を必要とするとき以外、これを使うな」

音もなく、四人の兵隊は、金網の手前に五メートルぐらいの幅で広がっている草地まで進んだ。そこから、木谷が腹這いになって進み、横へころがって、ベルトにつけていたペンチを出す間、ほかの者は、そこにじっとしていた。木谷は、ペンチと金網の下方の網を布でくるみながら、素早く、みんなが入れるように、網の下を切った。

寄宿舎の警備に点《つ》けてある明かりのおかげで、待機していた三人に木谷の合図が見えた。彼らは素早く、静かに木谷の待つところまで行った。

数分後、四人は、建物の陰を這って、囲ってある敷地の入口の方へ向かった。米兵の近づいてくる足音が聞こえると、彼らは、灌木の陰に潜《ひそ》み、アメリカ兵が通り過ぎるのをやりすごした。

「そこだ」

通路が交叉しているところへ着いたとき、岡野がささやいた。金属の笠がついた電球が、すぐ前にある建物の入口の上に書かれていた〝薬局〟という文字を照らしていた。

「おれについて来い」

木谷は、小声で言うと、その建物と直角になるように這いはじめた。一〇分後、彼らは、暗い薬局の裏口に着いていた。ほかのアメリカ軍の建物へ入るときに使ったかなてこを使って、木谷は、扉についていた大きな南京錠《なんきんじよう》の止め金をゆるめはじめた。釘《くぎ》が大きな音を立てないように、引き抜きながら、四人は、それまで以上に身をすくませた。それから間もなく、かすかな音を立てて、止め金ははずれた。

いったん中へ入ると、彼らは開けた扉を閉めた。灯りは消されていたが、部屋の中は、壁いっぱいに並んでいる棚の瓶《びん》や箱のラベルが読めるぐらい、近くの警備用の照明灯が照らしていた。岡野が、急いで棚に沿って動きながら、箱を選別する後を、ほかの三人は、布袋の口を開けて、ついて行った。

青野は、自分がまったく恐怖を感じないのに驚いていた。彼女が敵のこんなに近くまで来たのは、家族の死体と一緒にいた洞窟から逃げたとき以来、初めてだった。

彼女は、小銃を握って、病院敷地内の暗いところに眼を注いでいた。

そうしていて、彼女は、自分の左の方で何かが動いたのに気づいた。モルダフスキー一等兵が、左肩に小銃を掛けて、金網に沿って歩いてきたのだ。彼の眼は、すでに暗くなった看護婦寄宿舎の窓の方を見ていた。

青野は、胸の中の動悸《どうき》が激しくなるのを感じていた。彼女の耳には、自分の妹や母親を殺した爆発音が聞こえてくるようだった。心の中の一部で、彼女は、木谷が戻るまで、何が起きてもここを動かず、静かにしていなくてはいけないと必死に自分を戒《いまし》めていた。

しかし、長い間、片時《かたとき》も忘れたことのない憎しみと復讐の念に、自制心が負けた。彼女は、注意深く、岩の上に小銃の銃身を置くと、モルダフスキー一等兵の影が、病院敷地内の警備の明かりではっきり浮かび上がるのを待って、静かに引金を引いた。

突然の銃声で薬局室の四人が身体をこわばらせたと同時に、岡野は、布袋へ入れようとしていた二つの瓶を落とした。木谷が最初に気を取り直して、素早く裏口へ走り、外の様子を調べた。四人は、半分ぐらい薬品を入れた袋をかついで、病院から脱け出し、侵入口として金網を破ったところへ向かって全力で走った。

叫び声があちらこちらから聞こえた。建物の角を曲がるとき、木谷はバス・ローブを着た男に頭から衝突し、男を倒した。また銃声が響いた。青野だ、と木谷は思った。銃声が起こるたび、ほとんど間を置かずに、もっと大きいM・1銃の連射音と米兵らしい叫び声が上がった。

　木谷は、かろうじて切った金網をくぐり抜け、自分が背負っていたいっぱいになった袋を引きずり出した。いったん外へ出ると彼は、次に脱け出てきた男に袋を渡し、肩から小銃を下ろして、金網のすぐ横の地面に伏せた。少し先で二人のアメリカ兵が、真っ暗なジャングルに向かって銃を発射していた。その兵隊たちと木谷たちとの間に、歩哨の死体が一つ横たわっていた。

　木谷のすぐ後ろで、誰かが薬品袋を、金網の切れ端に引っかけたのか、金網全部ががたがた音を立てて揺れた。と、気配に気づいた二人の歩哨が振り返りざま連射した。金網の外の草地を横切りかかっていた岡野が、呻いて、身体をよじった。そして瓶が割れる大きな音とともに倒れた。

　木谷は、自分の後ろにいた男が、金網に引っかかった袋を外して、ジャングルへ向かって全力で走るのを見て、ブローニング・オートマチックで続けざまに援護《えんご》射撃した。走り出した男は、不運にも岡野の死体に気づかず、それにつまずいて転倒した。そして男が立ち上がる前に、米兵のブローニング・オートマチックから放たれた弾丸が、彼と彼がかついでいた薬品袋を突き抜いた。

　木谷は、自分の右の方で、青野らしい甲高い喚《わめ》き声がするのに気がついた。もはや、さっき倒した歩哨たちの姿は見えなかった。増援のため殺到する兵隊たちの声が聞こえた。

彼は立ち上がると、かがんだ姿勢で銃を撃ちながら、ジャングルへ向かって走った。蔓草と下草の間をよじ登っているとき、先にジャングルに着いていた者が、彼の名前を呼ぶのに気がついた。

「崖山へ急げ！」

彼は言った。

「おれも、すぐ行く」

彼は、左の方に注意を向けた。確実に数を増やした小銃や自動小銃の攻撃の中で、そこから、青野が米兵を狙撃しているのがわかった。ジャングルのため、彼には、アメリカ軍の歩哨たちの姿は見えなかったが、青野の小銃が敵に向かって火を噴くのが見えた。銃や足にからみつく下草を振り払いながら、彼は、敵に応射できる場所へ向かった。

そのとき、彼に、青野の姿が見えた。彼女は、片膝を立てて、操作できるかぎりの速さで、銃を撃っていた。

「止めろ！」

彼は叫んだ。しかし、彼の声は、大量に発射される小銃の轟音にかき消された。彼には、一瞬、彼女が後ろに倒れるのが見えた。

「青野！」

彼は叫ぼうとしたが、嗄《しわが》れた聞きとれない叫び声にしかならなかった。彼は、銃を放り出し、飛んでくる銃弾を無視して、青野が倒れたところへ突っ走った。

半分走り、半分這って、彼は、青野が倒れていた岩の陰にたどり着いた。そして、そうっと、彼女の肩へ腕を回して、彼女を抱き起こした。

「どうしてだ？　どうして……」

彼は繰り返しながら、優しく、彼女の口の端から首筋へ流れていた一筋の血を拭《ぬぐ》った。

彼女は眼を開《あ》けて、一生懸命焦点を合わせようとしていた。彼女の眼は、木谷がこれまで見たこともないように和《やわ》らいでいた。その眼が、やっと木谷の眼をつかまえると、涙でいっぱいになった。彼女は、うるんだ眼で、彼の愛を認めるように、かすかに笑《え》みを浮かべ、かすかに頷《うなず》いた。そして、ゆっくり右手を上げて彼の頬に触れた。しかし、その手はすぐに落ち、そのときには、彼女は眼を閉じて、唇に微笑みを残したまま、動かなくなっていた。

彼女を抱き締めて、「どうしてだ？」と繰り返していた木谷は、アメリカ兵の靴が青野の傍にころがっていた三八銃を踏んだときも気づかず、M‐1銃の銃剣が彼の胸を突き刺したとき、やっと涙でいっぱいの眼を上げた。

終章　敗《やぶ》れざるもの

――昭和二十年九月～十二月

一週間以上、奇妙に、アメリカ兵が山に現われない静かな日が続いた。大場の部下たちの中にも、アメリカ兵の巡察隊を見たという者はいなかった。

「いやな予感がする。嵐の前の静けさという感じだ」と大場は鈴木に漏らした。

「おそらく、連合艦隊が近づいていて、それが連中にわかったんで、防備に集中しているんじゃないでしょうか」というのが鈴木の意見だった。

その答えはやがて明らかになった。単発の単葉機が、小銃の射程距離がちょうど届かない高度で飛んできて、雲のように空が白く霞《かす》むほど、ビラを撒《ま》いたのである。ビラは木の梢に止まっては、風に運ばれて、ふわりふわりと地面に落ちた。

「戦争は終わった！」と、ビラは日本語で書かれてあり、「日本の指導者たちは、米艦ミズリー号上で、降伏文書に調印した」と続いていた。ビラは、その日を八月十五日とい い、日本軍の全将兵に、天皇の命令に従って、武器を棄てることを促《うなが》していた。

大場は、このニュースに愕然《がくぜん》とした。

「こんなことはあり得ない」

彼は、大場の洞窟にビラを持ってきた内藤に言った。

「きっと敵の謀略だ。彼らは、このウソをわれわれに信じさせるために、わざと巡察隊を出さないようにしているんだ」

彼は、ビラをくしゃくしゃに握りつぶして、訊《き》いた。

「兵隊たちはこれを見たか？」

「全員持っています」

内藤は答えた。

「今朝早く、飛行機が撒いていったんです」

「みんなに、これは敵の謀略だ、あくまで敵襲を警戒し続けるように言ってくれ」

大場は、その日から毎日、歩哨地点を巡って歩いた。歩哨たちも大場も、敵の動く気配をまったく認めなかった。そして、最初のビラから三日目、またしても大量のビラが撒かれた。そのときには、大場も、ビラの文句を信じたい気持ちになった。

もし戦争が終わったのなら、われわれは日本へ帰ることができる、と彼は考えた。まともな人生を送る見込み――その望みはとうてい不可能なこととして、とうの昔に彼の頭の中から消えていたのだが、このとき初めて、頭の中でちらついた。敵の周辺の警備は確かに緩《ゆる》んでいた。食糧徴発のための斥候《せっこう》でも、前は厳重に警備されて侵入が容易でなかった地域に、今では簡単に入っていけた。大場は、行動しやすい場所にするため野営地を再びタコ山に移した。

農耕に来る日本人たちからひそかに情報を得る努力はしたが、そのどれもが役に立たなかった。彼らはみんな、戦争は終わった、アメリカが勝ったと聞かされてはいたが、ほとんどの日本人はそれを信じていなかったからである。

いったい何が起こったのだろうか？　大場は、どうしても事の真実を知っておかなければならないと考えた。そして、誰かが民間人の収容所へ真相を確かめに行くしかない、と決断した。

十一月のある日、彼は、内藤、鈴木、清水、土屋の四人を集めて、その決意を告げ、その夜、自分が出かけると言った。

「しかし、もし、これが謀略で、敵が隊長殿を捕えたらどうするんですか？」と清水が訊き、土屋が言った。

「あなたは、指揮官として、そんな危険を冒してはいけません。私が行くのがいいと思います。私はすでに二度あそこへ行っていますし、収容所の日本人指導者たちをみんな知っていますから……」

大場は、収容所から脱走してきていた土屋の提案をしばらく考えてから、承知した。

「よし、今晩、土屋に行ってもらおう。できるだけ早く帰ってくれ。できれば明日の夜までにだ」

アメリカ軍の眼をくらませて苦もなく収容所へもぐり込んだり、自分の庭のように山を自在に動き回る不思議な能力を持っていた若い元憲兵は、真夜中少し過ぎ、何回も通った農場地帯にたどり着いた。ところが前には立っていたアメリカ軍の歩哨の姿が全然見えないことに気づいた。彼は、道路の近くのカマボコ兵舎をぐるりと回り、ススペ湖の沼地を歩いて、収容所の隅のパンノキに着いた。そこから、彼は、収容所から脱け出す前まで、一緒に生活していた若い未亡人の宿舎へ行った。

「ミッちゃん」

彼は、暗い部屋の中へ忍び込んで、ささやいた。

「えッ？　誰？」

その眠そうな声で、彼女が寝ていたところがわかると、彼は、彼女の手に自分の手を伸ばして言った。

「帰ってきたぞ」

翌朝早く、本山の宿舎へ向かって狭い路地を歩きながら、彼は自分がいなくなっていたことが一般には知らされていないことに気づいた。彼が挨拶すると、誰もが、いつもと変わることなく挨拶しているように返事を返したからである。

本山は、洗い場の細い溝《みぞ》にかがみ込んで、歯を磨いていた。

「よく帰ってきてくれたねえ」

本山は、空虚な笑いを浮かべて言った。

「ほかの兵隊さんたちは、どうしてます？」

「まだ、山にいますよ。どうしてです？」

「聞いていないんですか？　日本は敗《ま》けたんですよ。天皇陛下が戦いを止めるように命令されたんですよ。間もなく、われわれは国へ帰れるんです」

土屋は、誰が見てもわかるぐらい、がっくりと力を落とした。彼も、心の底では平和を待ち望んでいた。戦争が終われば、国へ帰れると思っていた。しかし、敗けたと聞いて、全身の力が抜けるように感じたのだ。

「山にいる者は、どうすればいいだろう？」

土屋は、本当にわからなくなって訊いた。

「山にいる人も、下りて来なくちゃならんでしょうねぇ。天皇陛下が命令されたんだから」

本山は、真剣な顔をして答えた。

音を立てて口をすすぎ、コップの水を溝に空けてから、本山は、彼が〝うち〟と呼んでいた自分の部屋へ土屋を案内した。

「まあ、上がってください。私が知っていることを全部話すから」

彼はそう言って、お茶を入れた。

土屋は、お茶をすすりながら、本山が、広島や長崎を壊滅した新型爆弾のことや、天皇陛下がこれ以上犠牲が増えることを防ぐために、戦争を止めるように命令されたと話すのを、黙って聞いてから、言った。

「どうして、そういうことが本当だとわかるんですか?」

「そこのところは、私にもわからない。しかし、アメリカ兵たちがそう信じていることは間違いないですよ。収容所の管理をしている連中のわれわれに対する態度が完全に変わっていますからね。南洋庁の無線技師をしていた菅沼伊佐美《すがぬまいさみ》さんは、明日、パガン島の天羽《あもう》少将麾下《きか》の守備隊の武装解除に行くアメリカ軍の通訳として同行するように、命令されているんですよ」

「パガン島は、今まで戦っていたんですか?」

土屋は信じられないように尋ねた。サイパンの一一〇〇キロ北にある小さな島の部隊が、アメリカ軍のサイパン攻撃のような猛攻撃を受けて、現在まで耐えられたとはとうてい信じられなかったからである。

「いや、あそこの部隊は、アメリカ軍に無視されて、全然攻撃されなかったんです」

「菅沼さんは、どこにいますか？　私は、菅沼さんにぜひ会いたいんです」

突然、土屋の頭の中にある考えが浮かんだのだ。まだ降伏していない将官が、抵抗を止めるよう自分たちに命令してくれれば、大場大尉も、全員を説得して山を下りるのではないだろうか。

「それはできません」

菅沼は、土屋が走り書きで書いた手紙を、パガン島の天羽少将に渡してくれるように頼むと、拒否して言った。

「私がアメリカ兵と一緒にパガン島へ行くのは、秘密なんですから」

「本山さん！」

土屋は、本山の方を向いて言った。

「菅沼さんに、大場大尉は上官の命令がなければ、部下を連れて山を下りないということを説明してください。これまで、戦争は終わったと言われても、言っているのは敵で、完全に信じられないでいるんだということをです」

「土屋さんの言うとおりなんだ」

　本山は菅沼に言った。

「あなたが、この土屋さんの手紙を天羽少将に持って行って、天羽少将から、山を下りるようにという命令を受け取って来ても、それはアメリカ軍に言わなければ、彼らにはわからないじゃないですか」

　しぶっていた菅沼も、なんとかしようと約束した。

　翌朝、夜明け前に、土屋はタコ山へ戻って大場に報告した。

「間違いありません。天皇陛下は、全戦線の将兵に、武器を棄て降伏するように命令されたのです」

　大場は、土屋から、菅沼を通じて天羽少将に命令を出してもらいたい、と依頼してきた話を聞いて、この男が、自分の気持ちをよく汲んで、機転をきかせてくれたことに感心した。確かに天羽少将から命令を受け取れば、日本が敗けたことを確認できたことになる。

　彼は、土屋と菅沼の約束を諒承し、土屋に、その日のうちにもう一度収容所へ行き、菅沼が持ち帰る命令を受け取って来るように指示した。

しかし、彼は、少しでもアメリカ側の謀略ではないかと思われるフシがあったら、ただちに打ち切って山へ帰ってくるように、と念を押し、続けて「戻るとき、本山と菅沼を一緒に連れてきてくれ。戦争が本当に終わったのなら、山へも自由に来られるはずだ。明後日の朝、二番線で私が会いたいと言っていることを伝えてくれ」とつけ加えることも忘れなかった。

確認は一点の疑問もないものとしなければならない。これまでこれだけ苦難に耐えてきたのに、最後に他愛なくアメリカ軍の謀略にかかってしまったら、これまでのことすべてが汚辱《おじょく》にまみれてしまう。確認は、どれほど慎重でも慎重過ぎることはない、と彼は思ったのだ。

それから、大場は、タコ山の周辺にいる者を全員集めさせた。急に天羽少将からの命令を受け取ったというよりも、どういう手続きを踏んでいるかという経過を打ち明けておいたほうがよい、と判断したのだ。

彼自身は、土屋の判断を信頼していたし、日本が敗けたことはほぼ間違いない、という気持ちになっていた。そう思うと、心の中で、殺し合いの日々は終わったのだとホッとする気持ちが動き、妻や子にも再会できるという希望が湧き出すのを感じた。しかし、山にいる大部分の者は、いきなり日本が戦争に敗けたと言われたところで、可能性としては理解できても、それを事実としてすぐには受け入れないだろう、と彼にはわかっていた。したがって、彼は、自分の心の中の感情を表わさないように注意しながら話した。

「われわれは、物量豊富なアメリカ軍に屈することなく戦ってきた。われわれは帝国軍人の名誉を守ってきたと信じている。しかし、われわれは、帝国軍人として、大御心《おおみこころ》にのみ沿い奉《たてまつ》るものである。もし、伝えられるように、われわれが戦いを止めることが大御心であるならば、われわれはそれに従わなければならない。

しかし、もちろんわれわれは流言にだまされてはならない。われわれは、然《しか》るべき上官からの正式の命令を受け取らないかぎり、戦いを止めるわけにはいかない。そこで、私は、パガン島で今もなお指揮をとっておられる天羽閣下に連絡を取る手配をした。その返事が二日のうちに手に入るはずである……」

衝撃を受けて息を呑む声にならぬ声が、一斉に漏れた。その中の何人かは、内心では、大場は戦争に敗けた噂を信じているのだと、思ったようだった。そういう意味のつぶやきが実際二、三漏れはじめた。

「ひどいデマだ！」

広瀬《ひろせ》という海軍の兵曹長が激しい口調で言うと、それを支持する者たちがわいわい騒ぎだした。その声を背に、広瀬は続けた。

「ヤンキーたちは、おれたちを持てあまして、おれたちが降伏するように謀略をしかけてきているんだ。大場大尉、あなたはまんまとそれに引っかかったんだ！　いや、自分が引っかかっただけじゃなく、おれたちまで引きずり込もうとしているんだ！」

「私は、何が起こっているか、私にわかったことを話しているだけだ」

「大尉に言っておく。もし、もう一度日本が敗けたなどと言ったら、おれは、天皇陛下の御名にかけて、大尉を殺すから、そのつもりでいてくれ」

大場は、まったく動揺する様子を見せず、脅迫した男の顔をじっと睨《にら》みつけた。そして、広瀬の視線が揺れ動いて、彼の視線を避けたとき、大場は「解散！」と号令を掛けた。

「彼は本当にそのつもりですよ」

鈴木は、大場の後について歩きながら、ささやくように言った。

「おそらく、隊長殿を殺して自分も命を断つというのが彼の考えです。私は、タッポーチョで、彼と何回も話し合ったことがありますから、よくわかるんです。あの男は〝葉隠《はがくれ》〟で知られる九州の出身で、何ごとにも〝葉隠〟の精神を強調しているんです」

「お前の言うとおりだろう」と大場は答えた。

「しかし、私は、アメリカ軍が言っていることをウソだとは言えないような気がしている。もし、そうだったら、いくら彼に嚇《おど》かされても、彼はほかの者を十分に納得させなければならない。しかし、今の段階で部隊を分裂させるようなことにはしたくないから、事実がはっきりするまでは、私も、これ以上は何も言わない」

そう言いながら、彼は、もし本当に戦争が終わったのなら、絶対に死にたくないと思った。一六カ月の地獄の生活からやっと脱け出せるかもしれないのである。

しかし、戦争に敗けたことを認めるのは、広瀬たちの反応を見ても容易ではない。彼は、洞窟へ戻ってからも、戦争に敗けたことを認める論理を一生懸命考えた。

「われわれが日本の兵士であることに変わりはない」と、彼はまわりにいた内藤、清水、鈴木の顔を順に見て言った。

「もし戦争が終わったとしても、われわれが日本人であることに変わりはない。とすれば、その場合には、国へ帰って新しい日本を建設することに協力するのが、われわれの義務だ。わが国は、これまで以上にわれわれを必要とするはずだ」

三人とも、大場が事実を知るために採ってきた手段を知っている者たちである。彼らは頷いて、自分たちも、そう考える、と言った。その努力の結果が、どういうものであれ、彼らが事実を受け入れるであろうことは間違いなかった。問題は、広瀬や広瀬と同じように考える連中だ。それに、どう対処すればいいのか？　彼は続けた。

「私は、私が下すどんな命令についても、全責任を持つ。もし、私の命令でお前たちが山を下り、万一、私が間違っていたことになるなら、私はただちに責任を取る」

そうだ。そう覚悟しなければならないのだ、と彼は思った。彼は、もはや、日本が敗けたという情報がアメリカ軍の謀略だとは思わなかった。しかし、もしそうだったら、もし欺されて部下たちを敵の手に渡すことになったら、切腹以外、取る道はない、と覚悟した。

大場は、翌日の夜は、内藤、鈴木、清水の三人とともに、二番線の野営地で過ごした。土屋が、二人の男と一緒に、ジャングルに向かって農場地帯を歩いてくるのが見えたのは、陽が昇ってから数時間経ってからだった。大場は、一人が本山であるのを認めた。

大場の前まで来て、しゃっちょこ張った挨拶をしてから、本山が言った。

「天羽少将の命令は、土屋さんにもお伝えしましたが……天羽少将は、サイパンにいる軍人軍属および民間人も、山で抗戦中であるを問わず——ここで彼は土屋をちらりと見た——でき得るかぎり速《すみ》やかにアメリカ軍当局に投降し、武器を引き渡すよう命令されました」

まさに大場が期待していた言葉だった。にもかかわらず、彼は、全身が麻痺《まひ》するような感覚が広がるのを感じた。その言葉を聞いて、これほどの衝撃を受けるとは思ってもいなかったのに、彼は一瞬、すわりこみそうになった。彼は、それを懸命にこらえて、立ち続け、菅沼に言った。

「菅沼さんは、土屋の手紙を天羽少将に持って行ってくださったのですね？」

「そうです」

「菅沼さんは、天羽少将と話をされたんですね？」

「はい。私は天羽少将と話をし、アメリカ軍に気づかれないように、土屋さんの手紙を少将に渡しました」

「少将は、返事を書いて渡してはくださらなかったのですか？」

「はい。それはありません。しかし、少将は、今、本山さんが言ったとおりに言われました」

「あなた方は、この昼日中《ひるひなか》、どうやって収容所を出てくることができたんですか？」

「アメリカ軍は、われわれがあなたに会いに行きたいことを知って、出発を許可したんです」

　しばらく沈黙があってから、大場は言った。

「お手数をかけておいて疑いたくありませんが、うかがったかぎりでは、これがアメリカ軍の謀略ではないという保証がありません。われわれは、天羽閣下からの文書による命令がないかぎり、山を下りることはできません」

会見は、始まったときと同じように、形式張った形で終わった。二人の民間人は山を下りて行ったが、土屋は、大場たちとともに残った。

五人は、〝二番線〟からタコ山へ向かって黙々と歩いた。彼らは、誰一人として、日本がアメリカに敗けたことを疑っていなかった。しかし、菅沼の話だけでは、山にいる者が全員納得することにはならないこともわかっていた。文書による命令が必要だ。しかし、それを要求することは、不可能なことを要求していることにならないか？　どうすればいいだろうか？　一人一人それを考えていた。二番線の野営地を出るとき、大場は、山を歩くときのいつもの癖で、思わず拳銃を引き抜いたが、それをまた拳銃入れに戻した。

途中まで来たとき、大場は立ち止まって土屋のほうを向いた。

「土屋は、英語を少しはしゃべるんじゃないのか？」

「少しです」

「アメリカ軍の司令部へ行ってくれんか。彼らに、私が天羽少将からの文書による命令をほしいと言うんだ。それがなければ、山を下りない、と言うんだ」

机の脇に取りつけられている野戦電話が鳴ったとき、ハーマン・ルイス中佐は、妻へ手紙を書いていた。彼は、六週間のうちに帰国することになるだろう。もし本国へ帰る爆撃機をうまく使えたら、クリスマスをそっちで迎えられるかもしれない、と書いたところだった。電話のベルが、彼の思いをサイパンに引き戻した。しかし、彼は、数回鳴るままにしておいてから、やっと取り上げた。

「部長殿」

電話の向こうの若い声が言った。

「ガラパンの近くの警備隊に、大場大尉のことで……大場大尉というのは例の山の中にいる男でありますが……誰かと話したいと言っている日本人が来ているということですが」

「その人物のことは知っている。その警備隊の場所はどこだ？」

ルイスは、急いでメモにその場所を書くと、電話を切り、すぐ別のダイヤルを回した。

「ジープをよこしてくれ、すぐだ」

彼は、ポラードにこの瞬間を味わわせてやりたかったと思った。ポラード大佐は、二カ月前、師団のほかの者たちが占領任務で日本へ出発したとき、本国へ帰っていた。彼は、彼が待ち望んでいた将官の星章を受けることなく去らなければならなかった。昇進したのが、ポラードではなくルイスであったとき、最後の日々に結ばれた二人の関係は、断ち切られてしまった。

それが今、自分は——とルイスは心を弾《はず》ませて考えた——二人にとってほとほと手を焼く強敵であった男と降伏の交渉に入ろうとしている……。そう考えて、ルイスは、〝降伏〟という言葉にためらいを感じた。そうだ、彼は降伏しようとしているのではない、どうしてあの男にそんなことができるだろう。彼は敗けていない。彼は、ただ、自分がもう戦争をしないことにする交渉を……彼の見事な戦いの終結を、交渉しようとしているだけだ。

警備中隊の司令部の前でジープにブレーキがかかると、白い埃《ほこり》の雲がルイスと運転手を包んだ。そこは、ガラパンの上の丘の中腹で、ジャングル地帯のすぐ下だった。二人の兵隊が、鼻と口を蔽《おお》う病院の中で使われるようなマスクをつけた若い日本人に小銃を突きつけていた。そのまわりに数人の兵隊が立っていた。ルイスは、その日本人が、彼が見た多くの捕虜のようにおじぎをしようとしないで、臆することなく、背筋を伸ばして立っているのに、すぐ気づいた。

「ルイス中佐だ」

ルイスが近づいたのを見て敬礼した黒人の中尉に、彼は言った。

「この男は、どこから来たんだ？」

「正確にはわかりません。とにかく野営地の中へ入ってきたんです。少しは英語をしゃべります。大場大尉とかいう者のことで何か言っていました。大場大尉とは、山にいるあの男のことですか？」

「そうだ」

「あれが大場だと思われますか？」

「わからん。ともかく、私のジープに乗せてくれ。彼を司令部へ連れて行く」

兵隊たちが、男に、ジープへ乗るように身振りで示した。男はジープに近づいたが、前席にすわればいいのか、後席にすわればいいのか迷って、立ち止まった。ルイスが後席を指して示すと、男は乗り込んだ。

ルイスは、敬礼して送る中尉に軽く答礼し、ジープが駐車場から出ると、振り返って、その捕虜を見た。捕虜といっていいのか？　とルイスは思った。戦争が終わって三カ月経っている。捕虜とはいえない……。

ルイスの事務室に着くまで、二人は、どちらも言葉を交《か》わそうとしなかった。そこへ入ると、ルイスは、訊問を速記させるために速記係を呼び、もう一人の兵隊に、伊藤《いとう》少佐を呼んで来るように言った。大きなマスクをはずした男は、ルイスが速記者にしてもらいたいことを説明しているのを、無感動に見ていた。しかし、それから数分して、まだ短剣を下げたままの日本の海軍少佐が部屋に入ってくると、明らかに驚いた顔をした。

「伊藤少佐」

ルイスは、相手の敬礼に応えてから言った。

「この男は、山から出てきて今捕まったところです。まず、あなたが誰であるかを彼に説明してから、私が彼に質問するのを手伝っていただけませんか？　私は、全部の会話を速記で記録しておきたいのです。どうか、あなたたちが交わすどんな言葉も、必ず英語で繰り返してください」

「わかりました」と答えると、その日本の海軍少佐は、土屋の方を向いて、日本語で言った。

「私は、海軍から派遣された海軍少佐伊藤昌です。戦争が終わったことについて、あなたに詳しくお話ししたい」

彼は、そう言ってから、英語でその言葉を繰り返した。

「日本は天皇陛下の直接のご命令で連合国に無条件降伏しました」

彼は続けた。

「われわれは陛下のご命令に従わなければなりません」

それから一時間、三人の間で、戦争を終結に導いたできごとについてさんざん質疑が繰り返され、土屋の頭の中にあった疑いは、完全に晴らされた。土屋は、大場大尉は部下たちを説得する証拠を必要としているということ、全員が納得しないかぎり彼は山を下りて来ないだろうということを、彼らに説明した。

　これに対してルイスは伊藤少佐に、土屋と一緒に山へ行って大場大尉に会ってもらえないだろうかと提案した。伊藤少佐はそれに同意した。伊藤もルイスも、明らかに自制して、大場の居場所を尋ねようとはしなかった。それが土屋にはありがたかった。

　その後、三人は、将校クラブで昼食をとった。その間、伊藤少佐は、土屋の質問に答えては、同時にそれをルイスに通訳した。土屋は、大場大尉に山から下りることを考えさせる、あるいは、彼が部下たちに武器を放棄することを納得させるには、天羽少将からの命令が正式署名のある文書でなければならないとしている大場の要求を二人に伝えた。

　その日の午後、土屋は伊藤少佐のテントへ連れて行かれたが、午後早々から、伊藤がランプを消して、もう寝《やす》もうと穏《おだ》やかに命令するまで、休む間もなく、いろいろなことを質問し続けた。

　翌朝早く、ルイスは、二人の日本人を、ジャングルのはずれまで送って、彼らがタッポーチョの南斜面の山道に消えるのを見守った。彼が、大場大尉に会うためにジャングルの中へ入って行く日本人を見送るのは、これで二度目だった。しかし、今度のこの二人は、きっと大場大尉を連れてくることに成功するだろう、と思った。

土屋と伊藤海軍少佐が近づいて来ていることは、彼らがタコ山に到着するずっと前に歩哨から報告があった。大場は、周辺に残存している日本兵の主だった者全員にタコ山へ集合するように命令を出していた。その前に彼は、ハグマン半島海岸の洞窟に何人かで潜伏していると知った田中少尉にも、伝令を出して、タコ山へ呼び寄せていた。この日、土屋が持ち帰る報告を、敗戦を知らないでいる日本兵に一人でも多く知らせておきたいという気持ちからであった。

整列して迎えた大場たちを前に、伊藤少佐は、自分は戦争が終わったことを知らせるために大本営から派遣された者だ、と名乗って、みんなが納得がいくように説明したいから楽にして聞いてくれと言い、そのとき集まっていた三〇名の兵士たちが車座にすわるのを待って、話しはじめた。

「残念だが、日本は、八月十五日、連合軍に無条件降伏した。その直接的な原因としては、連合軍が広島と長崎に新型の特殊爆弾を投下したことが挙げられる。この爆弾は、普通の爆弾と違って、一発で何十万人も殺戮《さつりく》する力を持っているものだった。降伏は、天皇陛下の直接のご命令によって決まったものだ」

疑いようのない情報源による言明である。集まった兵士たちは、広瀬兵曹長などを含めて、疑問点を質《ただ》すことも忘れて、衝撃のあまり呆然としていた。

大場が、やっと、伊藤少佐をお茶に誘ったことで沈黙が破られた。唐突だったが、大場も、ほかに何も言えなかったのである。それが時宜《じぎ》を得た発言でもあった。

席を移してお茶を立てた。といっても、ずっと以前に、農耕に来ていた日本人から手に入れて貯えてあったお茶であった。

土屋は、その席にも同席して、大場に、ハーマン・ルイス中佐からの手紙が入っている封筒を渡した。

「合衆国海兵隊ハーマン・ルイス中佐より大場大尉へ」という表書きのその英文の手紙には、英文の下に日本文の翻訳がついていた。

「この手紙によって、日本海軍から派遣された伊藤昌少佐を、私の意志を代表する軍使として紹介させていただきます。

あなたの軍使は下士官でありましたが、私は将校の待遇をもって迎えました。あなたも、私の軍使伊藤少佐を同様に迎えてくださることを希望します」というのがその内容だった。

「あなたが、わが野営地で、きわめて快適な待遇を受けた、と報告できるようにしたいのですが」

一緒にパパイヤを食べ、お茶をすすりながら、大場は伊藤に言った。

「ごらんのとおり、何もありませんので」

伊藤は微笑みを浮かべて言った。

「私は、このような状況のもとで、あなた方がこんなにも長く戦ってこられたことに感銘を受けておる。ルイス中佐は、あなたの戦いぶりをひじょうに讃《たた》えておった」

そして、少しためらってから、つけ加えた。

「明日、私と一緒に山を下りないか？」

大場は、自分たちの砦《とりで》の下にあるジャングルを見ながら、ゆっくり首を振った。

「いや、まだできません。もし、天羽少将がパガン島でまだ降伏していないとしたら、少将が、マリアナ諸島における最上級将校ですから、私の指揮官になります。どうか、ルイス中佐に、私は、天羽少将からの文書による命令を受けたときにのみ、山を下りるとお伝えください。山を下りるまでは、つまり少将が降伏されるまでは、われわれは依然として帝国軍人であり、その定めに従って行動しなければなりません」

「あなたの気持ちはよくわかります」

伊藤は厳粛《げんしゆく》な面持《おもも》ちで言った。

「今は、われわれにとって忍びがたきを忍ばなければならないときです」

彼は顔を上げて、大場を正面から見つめた。

「私は、自分の感情を麻痺させている。深く感じたり考えたりしない。そうしなければ、私がこの任務を果たすことはとうていできそうもないからです」

「われわれは、いずれも、義務を果たしているのだと思います」

大場はそう言って、伊藤が差し出した煙草を一本取った。

「ルイス中佐は、土屋伍長から、あなたが文書による命令を要求しているということを聞いて、できるだけ早くそれを得るように海軍に要求したと、昨夜私に言っていた。彼は、三日後には、それを手に入れられるだろうと言っています」

「それなら、そのとき、それを受け取りに誰かを差し向けます」

「ルイス中佐はまた、明後日の昼、ぜひあなたとお会いしたいと言っています。彼は、丸腰で来ると言っていました。そして、あなたにも同様にしてもらいたいと言っています。その会見場所に、彼は、土屋伍長が最初にやってきた基地を提案しているが、あなたがほかの場所を望むなら、どこでもいいということです。いずれの場合にも、彼は四人以下の人数で出かけると言っています」

大場はすぐには答えなかった。敵に対する本能的な不信から、罠ではないか、と警戒心が働いたのである。武装しないで敵の基地へ入って行くことは、降伏するのと同じことにならないか？　もし、自分の前にすわっているこの海軍少佐が、本当はアメリカの二世だったら、そして、すべてがウソだったら、どうなのか？　しかし、菅沼がパガン島へ行って天羽少将と話をしてきたということは疑えない……。

「いいでしょう」

大場は、しばらく経ってから、やっと言った。

「しかし、場所は、米軍基地ではなくしていただきたい。このタコ山のすぐ下の道でお会いしましょう。土屋伍長を先導に出して、お待ちします」

伊藤は、ルイスにそのように伝えることを約束するとともに、自分もアメリカ側の一人として出席したい、と言った。その夜、タコ山に泊まった伊藤は、この一年半近くの間に起こった数々のできごとについて、前夜、土屋に尋ねられたのと同じように話し続けなければならなかった。

翌朝、土屋は、伊藤少佐と一緒に、数日前銃を突きつけられたアメリカ軍基地まで行って、黒人の中尉に対し、伊藤少佐が、ルイス中佐と電話で話したいのだと説明して、話をし終えるまで待った。ところが、土屋が山へ帰ろうとすると、黒人の中尉は彼を捕まえようとした。

伊藤が、今は交渉が進行中で、土屋が山へ戻るのは交渉のために重要なことなのだ、と説明したので、中尉もしぶしぶながら納得した。しかし大場がお尋ね者であることが頭にこびりついている中尉は、大場を捕えて武勲を樹《た》てたいとかねがね思っていた。彼は部下の二人に、ジャングルの縁まで土屋について行くように命じた。

「大場を撃ちたくてうずうずしている連中に狙撃されないようにしてやるためだ」と理由をつけていたが、その実は、大場の居場所を確かめておこうと思っていたのである。

その夜、大場たちが野営していた狭い峡谷のここかしこで、焚火の焔《ほのお》がゆらめいていた。一年半を通じて初めて、彼らは敵襲の警戒から解放されて、火のまわりにすわり、これまで誰も二度と訪れることは期待しなかった自分たちの未来について話しはじめた。

すでに長い午後の間、彼らは最初に受けた衝撃から、自分たちがどうなるのか話し合ってはいたが、やっと自分たちが家族のもとへ帰れる、と信じられる気持ちになったのだった。長く抑え込んできた愛する者に対する気持ちが表に現われはじめ、それが会話の捌《は》け口になりはじめていた。

翌日の朝、大場は、歩哨地点への立哨を命じなかった。しかし、何人かは、それまでの習慣で自主的に歩哨に出た。日はゆっくり過ぎていった。一六カ月間の、それが正常になっていた緊張がなくなって、時間がずるずると経《た》って正午になった。そのとき、自発的に歩哨に立っていた二人の兵隊が戻ってきた。そのうちの一人は、肩を撃たれて傷を負っていた。撃たれたという話が伝わると、野営地に再び緊張がよみがえった。

傷を負った兵隊の周囲に集まって、多くの者は、アメリカ側がウソをついている証拠だと言いだした。

大場も、傷を負った兵隊の同僚に訊いて、彼らがガラパンを見下ろす歩哨地点から帰る途中の山道で、二人のアメリカ兵に出会《でくわ》したのだと知るまでは、疑っていた。しかし、わが方の二人が、ばったり顔を合わせてから、あわてて反対の方向へ逃げようとしたとき、アメリカ兵の一人が発砲したと聞いて、事件は怯《おび》えた者同士の偶発事故だと確信した。そこで大場は、その兵に、どういうことだったかを正確にみんなに、話すように指示した。彼らがすべてを正確に話すと、少なくとも聞いていた大部分は、事件は偶発的な出来事だったと理解したようだった。

約束の時間の一時間前に、土屋と鈴木は、タコ山から二番線に通じる道をさらに一〇〇メートル下って、ルイス中佐の一行を迎えた。二台のジープで登ってきたルイス中佐の一行は、土屋たちが待っていたところで下車し、あとは徒歩で登りはじめた。

大場は、その様子を上から双眼鏡で見下ろしていた。伊藤少佐を真ん中にして、背の高いアメリカ人の反対側にアメリカ軍の制服を着た日本人がいた。明らかに二世だった。アメリカ人の背の高さは、背の低い二人の日本人と並んでいるため、際立《きわだ》って高く見えた。ア

その場所だったら、伏兵を配置することもできないはずだった。彼らが登ってくるのを

確かめると、大場は、田中少尉、豊福《とよふく》曹長、清水一等兵の三人を連れて、小さな広場のようになっているところまで下りて行き、その中央に立った。あとの三人は後ろに立った。

やがて、二人のアメリカ人と伊藤少佐が姿を現わし、大場の五歩ぐらい前で止まった。

まず、土屋が格式張って軍隊式の敬礼をしたので、大場はそれに答礼した。それから、ルイスに対しては、まだ厳密には敵だと思っていたので、挙手の礼はせず、わずかに上体を傾けて目礼した。ルイスは、大場と土屋の厳格な敬礼のやりとりを不思議そうに見ていたが、次に、大場の眼が自分に向けられていることに気づくと、あわてて、ぎこちなく頭を下げた。

すぐ、二世が話しはじめた。

「ルイス中佐は、あなたがこの会見に応じてくれたことを感謝するように私に申しました。彼は、このような条件の下《もと》であなたにお会いできるのを喜んでいます。そして、今日ここで交わされる意思の疎通によって、サイパンにおける戦闘を終結できることを希望しています」

二世が話している間、大場とルイスは、それぞれ、注意深く相手の品定めをしていた。

ルイスは、一六カ月間にわたったあらゆる型の戦闘行為に果敢に抵抗してきたこの類《たぐ》い稀《まれ》な敵が、いかにも健康そうで元気に見えることにひそかに驚いていた。彼は、アメリカ軍の巡察隊が、パパイヤの木から全部実を取ってしまい、見つけられるかぎりのあらゆる水入れに穴を開け、日本兵から食物と水を奪うためのあらゆる手段をとったことを知っていたからである。

「もし、戦争が本当に終わったのなら、私は部下を連れて山を下りる条件を話し合うのにやぶさかではありません」

大場が言った。

「十二月の一日に下りられませんか？」

ルイスはそう尋ねて、つけ加えた。

「今日から、五日後です」

「パガン島の天羽少将から文書による命令を受け取ったときにのみ、私は少将の命令に従います。しかし、文書による命令を受け取れなければ、私は山を下りません」

彼は、二世が、彼の言ったことを英語で繰り返すのを待ってから、続けた。

「もし、われわれが山を下りるとしたら、私は、ほかにまだ戦っている日本兵がいないことを確かめるために、島の中を見て回りたい。それともう一つ、私の部下たちを、一つの部隊として一緒に収容してもらいたい」

「私はすでにわが海軍に、天羽少将から文書によるあなたへの命令を受け取るように要求しました」とルイスは答えた。

「したがって、明日には届くはずです。ほかの二つの要求に関しては、私は、あなたが島の中を見て回れるようにすること、および、あなたの部下たちが一緒にいられるようにすることを約束します。私は、あなた方は、あなたを含めて五〇人だと理解していますが、それで間違いありませんか？」

「間違いありません」

大場は答えた。

「しかし、そのうちの一人は、昨日、あなたのほうの兵隊の一人に負傷させられました。私は、彼をただちに病院に移してくれるよう要求します。また、あなたが、今日から五日間、いかなる米軍兵士も山に入らないと確約することを要求します」

「銃撃の件は、お詫びします」

ルイスは、三日前に彼が出した、いかなる戦闘員も山に入ることを禁じた命令が破られていたことを聞いて、明らかに驚いていた。

「私は、再びこういうことが起こらぬように、可能なかぎりのあらゆる措置を採《と》ります。また、あなたが、どこへジープを差し向ければいいか言ってくれれば、その負傷者を病院に連れて行くようにします」

ルイスには、田中の要求が明確にわからなかったらしく、二世に二言三言訊いてから言った。

まったく打合わせてこなかったことだったので、大場は、田中の突然の要求に驚いた。

条約を作成し、両者によって署名されなければならない」

「もし、われわれの間に戦いがなくなるなら、あなた方とわれわれ双方が同意する一種の
大場の後ろから田中がしゃべった。

「もう一つ問題がある」

「それは、できません。講和条約は、すでにわれわれ両国政府の代表によって、アメリカ
合衆国軍艦ミズリー号上で調印されました。ここで、もう一つ別の条約を調印することは
できません。残念ですが」
田中は、まだ何か言いつのろうとしたが、大場が振り返ってこれを制した。さらに田中
は何か言いかけたが思いとどまり、新たに、歩くのが不自由な老夫婦がいるので、負傷者
と一緒に収容してもらいたいと要求した。田中とともにハグマン岬にいた元ガラパン町長
木下《きのした》夫妻のことだった。山に残った最後の民間人だった。ルイスはそれも快《こころよ》く引き受け
た。
ジープが負傷者を乗せる場所を決めた後、両方の代表団は頭を下げ、アメリカ側の三人

は、ジープへ戻って行った。大場たちは、ジープが走り去るのを見てから、タコ山山頂へ向かう小道をたどった。

　田中の指示で、兵隊たちは、負傷した長野《ながの》一等兵を乗せる担架を急いで作った。アメリカ側は、彼らが野営地へ戻ってから一時間以内に双方が合意した場所へ病院用のジープを回すと約束していたのだ。

「よろしければ」

　担架が出発する間際《まぎわ》に、田中が大場に言った。

「私は、病院まで木下夫妻や長野に付き添って行きたいんですが。着いたらすぐ戻ってきます」

「それは、いい考えだ」と大場は答えた。

「向こうの様子を見てきて、教えてくれ」

　それから、彼は、長野一等兵の脇へ行って、けっしてお前は捕虜になるのではない。化膿《かのう》しかかっている傷の手当てを受けられることになったのだと、手短《てみじか》に説明した。

　その間、鈴木と清水は、兵隊たちに囲まれて、アメリカ側との会見の模様を順を追って克明に説明していた。

　田中と木下老夫妻、および負傷した長野を担架に乗せた兵隊たちがタコ山のすぐ下の狭い泥道へ着いたときには、二人用の寝台がついた病院用ジープが待っていた。車の傍には、二人の男が立っていて、日本兵が近づいていくと、そのうちの一人が前へ進み出た。彼は英語で何か言ったが、田中には意味がわからなかった。しかし、彼の態度と首に掛けていた聴診器から、彼が医者であることははっきりわかった。

簡単に診察して、長野の腕に皮下注射をしてから、彼は、長野をジープの中の寝台に移すのを手伝え、と手真似《てまね》で指示した。

医者と長野、および木下老夫妻がジープに乗り込んで、出発しようとしたとき、田中は前に進み出て「私も彼と一緒に行きたい」と言った。

医者にはその意味がわからないようだった。田中は要求を繰り返したが、今度は、しゃべりながら、自分と長野や木下夫妻を指しては、一つの輪になるような仕草で、やっとわからせることができた。

医者は、二台の寝台に並行して取りつけられている狭い長椅子にすわるように、田中に身振りで示した。しかし、田中が乗り込もうとすると、それを押し止《とど》めて、田中のベルトにつけていた拳銃を指《さ》して首を振った。

田中は、拳銃を抜くと、一緒に来た米兵の一人にそれを手渡してから、皮肉な微笑を浮かべて、ジープに乗り込んだ。

かつてガラパンの市街だったところを通りながら、田中は、自分の見ている景色がほとんど信じられなかった。彼が知っていた日本風の町並みは完全に変わってしまって、以前にはなかったカマボコ形の金属の建物が道に沿って整然と並んでいた。

彼らは、海岸線と並行して南へ走った。波打ち際の向こうに、錆びたアメリカ軍のタンクや車輛がさまざまな格好で傾いて海辺に浸《つ》かっていた。一六カ月前、日本軍の砲撃で爆破されて動けなくなったものだ。

数分後、彼らは、カマボコ兵舎に囲まれた、砕いたサンゴを敷いた車回しへ入った。制服を着た日本人の看護婦と、何人かのアメリカ人の男が、長野と木下夫妻をジープから降ろし、同じような建物の一つの中へ運んだ。

長野は、診察台の上に寝かされ、ジープに乗ってきた医者が血圧を測《はか》り、もう一人の医者が、肩のすぐ下の傷口を洗って調べはじめた。

田中は、そばに立っていた美貌の日本人看護婦に向かって「ここは、どういう病院なのかね？」と訊《き》いた。

「日本人の病院ですよ」

知らないのはどうかしているというように、彼女は答えた。

「運営しているのはアメリカの海軍ですけど、患者も、ほとんどの職員も日本人ですわ」

長野を診察していたアメリカ人の医者は田中を見てから、別の看護婦に英語で何か言った。彼女はそれに答えていたが、田中には何を話しているのかわからなかった。

「先生は、あなたも怪我《けが》をしているのかどうか訊いてくれっておっしゃっているんです」

と彼女が日本語で説明した。

「いや、私は彼の友人だ。もう、帰ろうと思っている」

彼の返事で、部屋の中のアメリカ人たちの関心が一斉に彼に向けられ、ちょっとした興奮を巻き起こした。彼らは、明らかに彼のことで会話を交わしはじめたのだ。

田中は不安になって、拳銃を置いてこなければよかったと思った。アメリカ人たちが自分を捕虜にするかもしれないとは、なぜか考えなかったのだ。もし自分が格闘してでも逃げようとしたら、この日本人の看護婦たちは逃げるのを助けてくれるだろうか、と彼は思った。

診察していた医者が、彼の前に立った。田中は身動きしなかったが、いつでもドアへ向かって走り出せるように筋肉を緊張させて身構えた。医者は、英語を話す看護婦に何か言った。彼女は頷いてから、田中の方を向いた。

「マローン先生は、あなたが帰るのは別に構わないけれども、食事をしてからにしないかと言っています。それから、あなたのお名前を聞きたいんですって」

「私は、独立歩兵大隊の田中少尉だ」数秒前には、いざとなったら殺すつもりだったアメリカ人に、昼食に招待されているのだとわかって、彼の軍隊口調は和らいでいた。相手が示している好意を拒否することはできない感じだった。

「どうかお待ちになってください」

看護婦は微笑みを浮かべて言った。

「昼食の後、山へお送りするそうです」

「わかった。ありがとう」

田中にはこの言葉以外の言いようは考えられなかった。

ここ二年間を通して、彼が新鮮な肉を食べたのは、それが初めてだった。出された食事は食べたことのないものばかりだったが、食べられないものではなかった。彼が一番驚いたのは、食後に出されたアイスクリームだった。

看護婦の菊地高子《きくちたかこ》は、通訳も兼ねて、彼と二人の医者がすわったテーブルに同席した。彼は、山の中の経験について訊かれるのに答えるのが忙しく、彼のほうにたまっている質問をする間《ま》はほとんどなかった。最初のうち、彼は、高子が二人のアメリカ人といかにも打ちとけて友だちのように話すのに驚いたが、そのうちに、自分が彼らを敵だと考えていた一年半の間に、この娘やそのほかのアメリカ軍に雇《やと》われている者たちは、彼らを友人だ、と考えるようになっていたのだとわかった。

これから先、世の中はこうなるということだろうか？　と彼は思った。あらゆる日本人がそんなに簡単に敵と仲良くなれるだろうか？　われわれは完全に敗けたことをあきらめるのだろうか？　われわれが持ってきた精神は、永久に要らないものになるのだろうか？

タコ山のすぐ下までジープに揺られながら、田中の心の中はそういう考えと、病院で得た思いもよらなかった印象がごた混ぜになって、かき乱された。

彼は、長野はその日の午後、手術を受ける予定であること、医者は間違いなく回復するだろうと言ったことを、大場に報告した。しかし、彼が心の中で考えたこと、未来に対する不安は打ち明けなかった。

翌日の十一月二十七日、田中は、アメリカ軍の駐屯地に再び行くことになった。今度は、大場の命令で、天羽少将からの命令書を受け取りに行くためである。彼は、真っすぐ警備隊駐屯地へ行った。彼は拳銃を身につけていたが、兵隊たちは彼の武装を解除しようとはせずに、そのまま、指揮官の黒人の中尉のところへ案内した。

「帰りまで、武器は預かっておこう」

黒人の中尉は、ルイス中佐に電話をかける前に、通訳を通して言った。田中は、その言葉に従って、弾倉から弾丸を抜いて、中尉に手渡した。中尉はそれを自分の机の引出しに入れた。

田中は、通訳を通して、今日届いているはずの天羽少将からの命令書を受け取りに来たと言った。中尉が、それを電話でルイスに伝えると、ルイスが三〇分後にやって来た。

「天羽少将の率いる部隊は、一週間以内にサイパンに来ることになっています」

ルイスは、表に英語と日本語で大場の名前が書いてある封筒を手渡しながら、田中に言った。

「天羽少将は、そのとき、大場大尉やその部下と会えることを期待していると言っています。そのときまでに、あなた方がみんな山から下りていることを望んでいました」

田中は、命令書と一緒に、その言葉も大場に伝えることを約束した。

「どうか大尉に、私が、十二月一日、四日後の朝九時に、この駐屯地の北の空地であなた方を迎えたいと言っていることを伝えてください。もしそれに反対でなかったら、明日の午後までに、ノリス中尉のところへ——と言って、ルイスは警備中隊の指揮官を指した——誰かをよこして、知らせてください」

田中は、そのとおりに伝えると答えた。

話が終わると、ノリス中尉は、引出しから田中の拳銃を取り出した。最初はどうも個人的に取り上げたようだったので、どうするつもりだろうと見ていると、ノリス中尉は、握りを田中の方に向けて返してよこした。相手がそういう丁寧な返し方をしてくれたので、田中は、弾丸を装塡するのは止めて、そのまま拳銃入れに戻して、タコ山へ引き揚げた。

大場は、田中が持ち帰った自分宛の命令書を読んだ。

命令書には——一、昭和二十年九月二日、日本帝国政府は天皇陛下の直接御命令に依《よ》り、陛下御勅許《ちょっきょ》の代表を通じ連合軍最高司令官元帥「ダグラス・マッカーサー」に無条件降伏せり。二、先任将校として本官は茲《ここ》に以上の点に基き貴下、貴下諸員及《および》各種武器或は装置のマリアナ群島サイパン島司令官アメリカ海軍少将「フランシス・F・M・ワイテング」の任命せる代表に無条件降伏すべく命令す——と書かれ、最後に「パガン島最高司令官　陸軍少将天羽馬八」の署名があった。

大場は、その命令書を、タコ山にいる全員が読めるように自分の洞窟の近くの木に掲《かか》げ、部下たちには、十二月一日のアメリカ軍との会見に備えて、身だしなみを整えるように命令した。そして、自分も、奥野春子が置いていった針と糸を使って、軍服のほころびを繕《つくろ》った。

自分たちの服が乾くのをフンドシ姿で待つ兵隊たちの間には、明るい陽気な空気が流れていた。また、アメリカ軍に引き渡す銃の手入れをするときも、みんな、さかんに冗談を言い合ったり、未来の計画を論じ合ったりしていた。

十一月三十日の夜、野営地の真ん中では大きな焚火が焚《た》かれ、料理自慢たちが、野営地最後の食事の用意をした。材料はすべて、アメリカ軍駐屯地から盗んできた缶詰だった。それを思いっきり使った食事の後は、できたての〝椰子酒《やし》〟の瓶が何本も開けられ、手から手へ回された。そして、まさに終わろうとしている、サイパンの忘れがたい生活の思い出やこれからの生活についての話が、果てしなく語り続けられた。

そのうち歌を歌い出す者が現われ、軍歌や、彼らが民間人であったころの歌まで夜を徹して歌われ、その声が、彼らの砦《とりで》の中でこだました。大場も椰子酒を飲んで歌の仲間に加わったが、民間の歌にはほとんど加わらず、率先して軍歌、とくに彼が好んでいた『歩兵の本領』を何回も歌った。

宴は夜明け近くまで続いたが、ほとんど一睡もしなかった者も夜が明けるとともに全員起床し、髭《ひげ》を剃《そ》った。

「田中少尉！」

大場は、ぶつぶつ文句を言いながら錆《さ》びた剃刀《かみそり》で伸び放題に伸びた髭を剃っていた若い少尉を呼び命令した。

「八時に軍装検査の準備をせよ」

大場は、自分の洞窟に戻ると、過去十数カ月の間にたまったアメリカ軍陣地に関する地図や見取図やメモを入れた包みを広げた。もう、これを必要とすることはない。彼は、その一枚一枚に簡単に眼を通しては、くしゃくしゃに丸め、最後に、まとめてマッチで火をつけた。白い紙が炎を上げて灰になってゆくのを見ながら、彼は、おれがここにいる理由は完全になくなったのだ、と改めて思った。

それから、彼は、伴野が死んだ日から持ち続けてきた日の丸で包んだ小さな包みを取り出した。アメリカ人は彼が友人の親指を持ち続けてきた理由を理解しないだろう、それを伴野の家族に届けることも認めないだろう、と彼は思った。彼は、自分の洞窟の奥の窪みに、それをうやうやしく置いた。そしてその前に伴野の拳銃を置き、頭を下げ、しばらく無言のまま祈りを捧《ささ》げた。

そのうちに、洞窟の外で、田中が兵隊たちを整列させている号令が聞こえてきた。彼は、軍刀と拳銃を身につけると、一回自分の服装を点検してから、太陽が燦々《さんさん》と輝く外へ向かった。

しかし、洞窟の入口を出たところで、彼は思わず立ち止まった。整列していた兵士たちの前に、眼に沁《し》みるような白地に赤の大きな国旗が、風になびいて、へんぽんと翻《ひるがえ》っていたのである。旗の一辺の長さが少なくとも二メートルはあった。このときのためということで、四日前に本山に依頼しておいたものだが、よくこんなに大きい真新しい国旗が残っていたと思われた。それを、二メートルぐらいの長い棒に結びつけて、広瀬兵曹長が捧げ持っていた。

思わず、感動に胸をつまらせて、大場は不動の姿勢を取り、赤く輝く鮮やかな日本の紋章に、長い、思いのこもった敬礼をした。

兵隊たちは、これまでのいつよりも軍人らしかった。ぼうぼうに伸びていた髪は刈られ、髭も剃られ、これも本山の手配で揃えられた新しい軍服に身を包んだ姿は、見違えるようだった。

「軍装検査の準備、終わりました！」

田中少尉の報告を待って、大場は列に沿って歩きはじめた。一人一人の前で止まっては、その顔を自分の記憶に焼きつけようとするようにじっと見つめた。この兵隊たちとのつながりが今終わろうとしていると思うと、彼は、奇妙に悲しかった。次の兵隊へ移る前に、自分が無意識のうちに腰から上をかすかに曲げて頭を下げていたことに気づいたのは、何人かが、彼に頭を下げ返したときだった。

検査が終わると、彼は、全員に話ができる位置に立った。田中の敬礼に答えてから、彼は全員に休めの姿勢を取るように言った。

「私は、今日まで諸君とともに軍務を遂行できたことを誇りとする」と彼は話しはじめた。

「諸君は見事に戦った。遺憾《いかん》なく武士道精神を発揮した。しかし、諸君も承知のように、戦いはすでに終わった。このサイパンにおいて、わが軍は玉砕し、ほとんどの戦友が戦死したことを考えると、誠に断腸《だんちょう》の思いであるが、天皇陛下の御命令により、ただ今より戦いを終結する。

諸君は、最後まで戦い続けたことを誇りとし、爾後《じご》は、健康に留意し、一日も早く祖国に帰り、新生日本の建設に邁進《まいしん》せられんことを望む。

ここに、天皇陛下の万歳を三唱する。

天皇陛下万歳！」

「バンザーイ！　バンザーイ！　バンザーイ！」

明るく、中には涙をたたえて、全員の万歳三唱が終わったとき、大場は言った。

「ただ今より、慰霊祭を執行する」

田中が頷《うなず》いて、反対側の端に立っていた内藤に合図した。以前は僧侶だった内藤は、彼らとともに戦い、祖国のために命を捧げた戦友たちにお経を上げはじめた。

全員、頭を下げ、彼らの生涯で、短くはあったが、測り知れない役割を果たした戦友たちのことを、それぞれ偲《しの》んだ。

大場はじっと地面を見つめながら、いつも微笑《ほほえ》みを浮かべていた気立てのよい伴野、死んだのか生きているのかわからなくなった兵隊の中の兵隊木谷、復讐の念に燃えてそのためについに命を落とした青野、社会的には無法者の烙印《らくいん》を押されるかもしれないが、彼自身の倫理的規範を持ち、全員の生命を救った堀内らのことを考えた。

内藤の読経《どきょう》が終わると、大場は「弾込《たま》め！」と号令をかけ、兵隊たちが銃の遊底を開けて弾倉に実包を装填《そうてん》するのを見守った。倒れた戦友たちを弔《とむら》う発砲の準備だった。

遊底を操作する音が静まると、彼は声を張り上げた。

「撃ち方用意！」

兵隊たちは、それぞれ、銃口を斜め上に向けた。

「撃て！」

大場は、「撃て！」の号令をさらに二度繰り返した。四〇人以上が一斉に発射した銃声は、山から山へこだまして、二キロ近く離れていたアメリカ軍の駐屯地にまで響いた。

約束の時間の一五分前、大きな日の丸を掲《かか》げた広瀬兵曹長を先頭に、部隊は、タコ山から〝二番線〟を通ってガラパンへ下りる道を行進しはじめた。広瀬の後ろに、第一小隊を率《ひき》いる田中少尉が続き、その後ろに、豊福曹長を先頭とする陸海軍の混成小隊が続いた。大場は、土屋とともに、隊列の最後を歩いた。

部隊が行進を始めて、五〇メートル近く進んだとき、若い元気な田中少尉は、「歩調とれ！」と号令をかけ、「軍歌！〝歩兵の本領〟！」と声を張り上げた。これでは、日本陸軍が演習の往《い》き帰りに慣行とした〝軍歌演習〟である。大場は内心「無茶な！」と思ったが、あえて止めようとはしなかった。

警備隊駐屯地近くのジャングルから彼らが現われたとき、彼らの弔銃《ちょうじゅう》に驚いて、また戦う気ではないかと思ったアメリカ兵たちは、道の横にずらりと並び、日本兵の行進に銃を向けていた。銃を向けているアメリカ兵を見て、広瀬の足どりは鈍《にぶ》った。彼は、これまでのまことしやかな交渉は、すべて、これから始まろうとしている虐殺のための罠だったのだ、と痛感した。一発の弾丸も持たずにわれわれは罠にかかった！と。

彼のすぐ後ろから「どうしたのか？」と田中の声が掛かった。

「馬鹿者！　行進を続けよ！」

そう言うと、田中は、歌っていた声をさらに張り上げた。そして、後ろを見て、彼に続く兵隊たちが彼の例に従うのを促《うなが》した。

山の中から響いた小銃の一斉射撃に驚き、続いて、ジャングルから高らかに聞こえてく

昭和45年12月１日、天羽少将の命令書に従い降伏した大場隊の降伏式の様子
Courtesy of the US National Archives and Records Administration/Department of the Navy

降伏式で整列する大場隊47名。日の丸を掲げているのは広瀬兵曹長
Courtesy of the US National Archives and Records Administration/Department of the Navy

る歌声に驚いたアメリカ兵たちは、自分たちが銃口を向けているのを無視して、銃を肩から下ろそうともせず、歌を歌い続けて行進する日本兵を見て、ポカンと立ちすくんでいた。

「おれたちは、まるでならず者になっちゃう」

アメリカ兵の一人が大きな声を上げて、銃を下ろした。

最後尾の大場は、ジャングルから空地に出て、ポカンとしているアメリカ兵を見るまで、どうして歌声が一段と高くなったのかわからなかった。しかし、アメリカ兵の様子を見て、すぐ事情を理解し、自分の部下たちの勇気に微笑んだ。この瞬間ほど、彼らを誇りに思ったことはなかった。

大場が、アメリカ軍の待っている広場に着くと、田中と豊福は、それぞれ自分の小隊に号令をかけて、二列横隊に並べた。大場には、ルイスと伊藤がいるのがわかった。しかし、その後ろにかたまっている大勢の顔は一人もわからなかった。

彼は、それぞれの小隊の前に立っていた田中と豊福の中間の少し前に歩み出た。兵隊たちは、弾をこめてない小銃を脇に持って、不動の姿勢で立っていた。大場は、二人の小隊長の方に向いて言った。

「銃を置いて、三歩退げよ」

二人が吠《ほ》えるように声を上げると、二つの小隊は、まるで一人の人間のように、銃を地上に置いて三歩退がり、微動だにせず再び直立した。

軍服を着ていない若いアメリカ人が、田中の前へ出てきて、カメラを構え、感情を昂《たかぶ》らせている少尉を写真に撮《と》った。

「馬鹿野郎！」

田中は唸《うな》るように言って、そのカメラマンの方に足を踏み出した。カメラマンは、そそくさと見物人の群れの中に逃げ込んだ。

大場は、ルイスの前へ進み出た。

二人は、それぞれの思いに打たれて、互いにしばらく見つめ合った。

大場の左手が動いて、軍刀の鞘《さや》を押さえ、右手が柄《つか》にかかった。

眼で大場の動きを追ったルイスの右手の指は、無意識に、官給の四五口径拳銃の拳銃入れ《ホルスター》に伸びた。大場の軍刀がきらりとひらめき、刃がルイスの顔の数インチ前を走ったとき、ルイスは思わずたじろいだ。しかし、大場は、刀の切先《きっさき》を空に向け、柄を額に当てて、ルイスに敬礼したのだ。

ルイスは手を挙げて答礼しながら、急にこみ上げてくる感動に胸をつまらせた。

一九四五年十二月一日、午前九時。

この一年半、実に五一二日にわたって、自分たちを出し抜き、あるいは裏をかいて自在にわれわれ米軍を翻弄《ほんろう》し続けてきたこの男と、私は今、サイパンでの長い戦いを止めようとしている……。

ルイスは、右手を下ろすと、その日本の英雄《ヒーロー》が差し出す軍刀を受け取るために、両手を伸ばした。

（**注**＝登場人物の名前は一部仮名になっています。著者）

著者あとがき

私は、今日の日本で、一九四五年（昭和二十年）以降に生まれた人たちの間では、日本にあった戦争についてあまりにも知られていないことが残念で、この本を書きました。

これを書く前に、私は、そういう年代の人たちに、戦争についてどういうことを知っているか尋《たず》ねて、個人的に調べてみました。ほとんどの人たちは、私は何も知らないとか、日本が敗けたことを知っているというだけでした。もっと重要なことは、多くの人たちの間《ま》に、戦争のことを言うのに恥じる感覚があるということでした。そして、その恥の感覚は、事実に基づいたものではなく、知識の欠如《けつじょ》に基づいたものでした。

この人たちは、自分たちの父や祖父や伯父《おじ》たちが、自分たちの国を守るために戦った精神について、何も知りませんでした。もっと驚いたことは、その人たちがしたことになんの尊敬の念も払っていないことです。

私は、このことをとても残念に思います。日本の兵隊は、よく戦ったのです。彼らは、世界の戦士たちの中でも、最も優《すぐ》れた戦士たちでした。彼らは、自分たちの国のために生命を捨てることを恐れませんでした。私は、そのことを、こういう兵隊たちと三年戦いましたから、よく知っています。

しかし、この本は戦争の物語ではありません。日本とアメリカの双方《そうほう》で、多くの人たちは、自分たちが作ったわけではない恐ろしい状況に、どのように反応したか、ということを書いた物語です。双方の人たちは、それぞれ信じていたことをしたのです。

私は、ここで、一人の日本の兵士のことを書きました。大場大尉は、どんな国でも誇りに思うに違いない人です。しかし、彼は、そういう大勢の人たちの一人に過ぎません。

この小説が、ほかの作家たちがほかのヒーローの物語を書くのを刺激することになるのが、私の望みです。

そうなれば、事実によって、現在の知識の真空状態は埋《う》められることになるでしょう。

また、先述の恥じる感覚は誇りに変わるでしょう。そして、それは、日本の歴史のこれまで書かれていないページを埋めることになるでしょう。

そして、それらのページは、今日の若い日本の人たちにとってだけでなく、その人たちの子どもや孫にとっても、誇りの源泉になるでしょう。

それが、私が最も強く持っている願いです。

一九八二年十一月　ドン・ジョーンズ

訳者あとがき

本書は、第二次大戦における日本の敗戦を決定的にしたサイパン島陥落――敗戦前に物心《ものごころ》がつく年齢に達していた人たちには、これが当時の東条《とうじよう》内閣の総辞職や、日本本土空襲が繰り返されるきっかけになったことは、よく知られていることであろう――の後、同島を占領したアメリカ軍の大軍を向こうに回して、ゲリラ活動を続けた大場隊の軌跡を小説化したものである。

著者のドン・ジョーンズ氏は、本書の序章でルイス中佐の仮面をかぶって出てくるように――本文中ではジョーンズ伍長として当時のまま出てくるのだが――当時、サイパン攻略の海兵隊員として、大場隊と戦い、その存在を目《ま》のあたりにし、強烈な印象を受けている。

したがって、本書の土台には厳然たる事実がある。そのため、本書は、ジョーンズ氏の第一稿の訳ができた時点で、来日したジョーンズ氏と私が愛知県蒲郡の大場さんの家を訪ね、一週間余にわたって厳しく事実問題をチェックした。

しかし、ジョーンズ氏には、大場さんに対して強烈なイメージがあって、それを明確にするために（あるいは複雑な状況を読者にわかりやすくするために）、一部フィクショナイズすることを譲らなかったところがある。たとえば、当時、大場さん自身は〝玉砕〟のみを考えていた、と言うのに対し、ジョーンズ氏は、それを〝生き残って最後まで戦う〟とした点である。

ジョーンズ氏は、この本を歴史の一ページと意義づけているが、それとは別に西部劇のヒーローのようなイメージも抱いているようだ。そして、それは当時のアメリカ海兵隊員たちの大場さんに対するイメージでもあるようで、〝勇気〟とか〝男らしさ〟を彼らがどう考えているか、なかなか興味深い。この小説には、具体的な事実を通して、圧倒的な力に抑《おさ》え込まれた戦いの様相、そういうときに生まれる状況、人はなんによって統率できるか、などについて、平和に慣《な》れたわれわれ日本人に多くの教訓を与えてくれると思う。

最後に、基本的な史実として異説があるかもしれないことについて、お断わりしておく。サイパン守備隊の陸海の最高指揮官であった四人の将官の自決について、本書では、地獄谷の司令部で四人が並んで自決する描写をしているが、作家の豊田穣《とよだみのる》氏が南雲忠一中将の生涯を書かれた『波まくらいくたびぞ』では、何人かの証言に基づいて、海軍の南雲中将と矢野少将は、斉藤中将、井桁少将とともに洞窟内では自決せず、突撃したと書いておられる。したがってこの点については、大場さんを通じて質《ただ》したが、大場隊の生き残りの中に、〝自分は南雲中将の顔は知らないが、斉藤中将、井桁少将と並んで二人の海軍の将官が自決されるのを同じ洞窟の中で目撃した〟という人物がいるので、本書では、その目撃談にしたがったものになっている。

一九八二年十一月

中村《なかむら》　定《さだむ》

文庫本のための訳者あとがき

ジョーンズ氏がサイパンにおける大場隊の戦績を小説にした『タッポーチョ』を公刊したのは、昭和五七年、当祥伝社からの日本語版が最初である。

英語で書かれた原著がないのに日本語版が出版されたのは、そうならざるを得ない経緯があった。私がジョーンズ氏から翻訳を依頼されたのは、ダブルスペースでタイプ打ちした英文原稿であるが、これを事実に基づいた小説として発表したかったジョーンズ氏は、どうしても大場さんの認証を得ておきたく、訳稿が出来上がると、あらかじめ当時蒲郡に住んでいた大場さんに送っておいてくれるように依頼してきた。そして一カ月後、当時パキスタンで勤務していたジョーンズ氏が来日、私とジョーンズ氏がすでに訳稿を読んでいた大場さんを訪ね、三人で訂正作業をしようということになった。

大場さんの口ぶりから推して、とても一日二日ではすみそうもなかったが、たまたま私の実家が浜松にあったので、われわれはそこから蒲郡に通うことにして、初版のあとがきにも書いたように、昭和五七年の六月二日から十一日まで、私とジョーンズ氏は私の実家から大場さんの家へ通い、ジョーンズ氏は英文原稿を、私は英文と訳稿を、大場さんは訳稿を前に置いて、毎日八時間ぐらい訂正を進めた。帰りは毎日、本文にも出てくる大場さんの奥さんのみね子夫人が蒲郡駅まで送ってくれた。

断っておくが、ジョーンズ氏は読み書きはできないけれども、日常会話ならほとんど不自由しないぐらい日本語ができたから、私の仕事は通訳の必要はなく、とかくドラマを面白くするほうにはしるジョーンズ氏の見方と大場さんの異議を調整することだった。

大場さんは、本文の戦いぶりでも示されているように、非常に慎重で、細心で、かなり細かく異議を申し立てた。大場さんにすれば、当時はまだ何人も生きていた隊員たちに自分が関わったことを知られたときの面目もあっただろう。といっても、大場さんが代案を出すわけではないから、結局、私がこれではどうかという日本文を示して、納得がいくと次へ進むという進め方をした。したがって、大場さんによる改訂は、日本文から確定していった。

それをすべて、その場で適切な英文にすることまではできなかったから、パキスタンに帰ったジョーンズ氏から、英語版を完成させるために、訳稿が決まったら送ってくれといってきた手紙が今も私の手元にある。

こうして出来上がった訳稿を見て、当時、祥伝社の編集長だった伊賀さんが出版に踏み切ってくれ、昭和五七年十二月に、日本語版の『タッポーチョ』が出版されたのである。

出版に合わせて来日したジョーンズ氏は、各方面に精力的に働きかけ、大場隊の生き残りを全員(一八名)サイパンに連れて行き、戦跡を訪ね、慰霊祭を行なう企画を立て、コンチネンタル航空の協力で実現した。これにはマスコミも数社同行、当時の新聞でも、かなり大きく取り上げられた。

同時に映画化の話もはじまり、私も数回立ち会ったが、その過程で、ハリウッドだったら配給先も多くなるから、原作料も大きくなることを聞き込むと、はじめから映画化を第二の大きな目標にしていたジョーンズ氏は、来日したその足でそのままハリウッドへ飛んで、映画化への売り込みを図った。しかし、ハリウッドでは、この小説があまりにも大場隊の中の動きが中心になっていて、日本で作るならともかく、米国で作るには適さない、第一、英文の出版物はないじゃないかと指摘され、映画化の意図は頓挫してしまう。

そのため、ジョーンズ氏はハリウッドの注文に答えられる英文著書を出版すべく、私にも、大場隊以外の日本兵の動きなどを調整してくれないかと依頼があった。しかし、あまりにも翻訳外の手数がかかるので、この段階で、私は協力を断った。

その後、ジョーンズ氏がどういう努力をしたか知らないが、一九八六年(昭和六一年、日本版『タッポーチョ』に当たるＯＢＡ：The Last Samurai が米出版社から出版された。

ジョーンズ氏も大場さんも死去されている今日、今回の映画化の努力をされた人たちに著作権継承者は、英語版の著作権を強く主張したらしいが、ジョーンズ氏が英語版の映画化を強く望んでいたことだけを知っている人たちの対応としては、当然であったと思う。

しかし、ぎりぎり大場さんが認めた事実という点からいうと、そこから遠ざかったものといわざるを得ない。ジョーンズ氏も、自分の小説を事実に基づいたものとすることは、欠かせない要件としていたのだから、そう大きく事実を変えているようなことはないが、英語版が日本語版のよりドラマタイズした翻案であることは間違いない。

こういう経過から、歴史上の事実が少しずつ事実から離れて伝えられる経過を見る思いがなくはないが、その中で、祥伝社が最も事実に近い初版そのままに文庫化されることは、十分意義があることと思う。

二〇一一年一月

中村　定

（この作品『タッポーチョ　太平洋の奇跡』は、昭和五七年一二月、小社ノン・ノベルから四六版で刊行された『タッポーチョ』を改題したものです）

タッポーチョ

一〇〇字書評

切り取り線

購買動機（新聞、雑誌名を記入するか、あるいは○をつけてください）	
□（　　　　　　　　）の広告を見て	
□（　　　　　　　　）の書評を見て	
□ 知人のすすめで	□ タイトルに惹かれて
□ カバーがよかったから	□ 内容が面白そうだから
□ 好きな作家だから	□ 好きな分野の本だから

●最近、最も感銘を受けた作品名をお書きください

●あなたのお好きな作家名をお書きください

●その他、ご要望がありましたらお書きください

住所	〒				
氏名		職業		年齢	
新刊情報等のパソコンメール配信を 希望する・しない	Eメール	※携帯には配信できません			

あなたにお願い

この本の感想を、編集部までお寄せいただけたらありがたく存じます。今後の企画の参考にさせていただきます。Eメールでも結構です。

いただいた「一〇〇字書評」は、新聞・雑誌等に紹介させていただくことがあります。その場合はお礼として特製図書カードを差し上げます。

前ページの原稿用紙に書評をお書きの上、切り取り、左記までお送り下さい。宛先の住所は不要です。

なお、ご記入いただいたお名前、ご住所等は、書評紹介の事前了解、謝礼のお届けのためだけに利用し、そのほかの目的のために利用することはありません。

〒一〇一-八七〇一
祥伝社黄金文庫編集長　吉田浩行
☎〇三（三二六五）二〇八四
ohgon@shodensha.co.jp

祥伝社ホームページの「ブックレビュー」からも、書けるようになりました。
http://www.shodensha.co.jp/bookreview/

祥伝社黄金文庫

祥伝社黄金文庫　創刊のことば

「小さくとも輝く知性」――祥伝社黄金文庫はいつの時代にあっても、きらりと光る個性を主張していきます。

真に人間的な価値とは何か、を求めるノン・ブックシリーズの子どもとしてスタートした祥伝社文庫ノンフィクションは、創刊15年を機に、祥伝社黄金文庫として新たな出発をいたします。「豊かで深い知恵と勇気」「大いなる人生の楽しみ」を追求するのが新シリーズの目的です。小さい身なりでも堂々と前進していきます。

黄金文庫をご愛読いただき、ご意見ご希望を編集部までお寄せくださいますよう、お願いいたします。

平成12年(2000年)2月1日　　祥伝社黄金文庫　編集部

タッポーチョ　太平洋《たいへいよう》の奇跡《きせき》

平成23年2月15日　初版第1刷発行

著　者　D・ジョーンズ
訳　者　中村　定
発行者　竹内和芳
発行所　祥《しょう》伝《でん》社《しゃ》
東京都千代田区神田神保町3-6-5
九段尚学ビル　〒101-8701
☎03(3265)2081(販売部)
☎03(3265)2084(編集部)
☎03(3265)3622(業務部)
印刷所　堀内印刷
製本所　ナショナル製本

ISBN978-4-396-31536-8 C0195

祥伝社のホームページ・http://www.shodensha.co.jp/

祥伝社黄金文庫

井沢元彦　誰が歴史を歪《ゆが》めたか

教科書にけっして書かれない日本史の実像と、歴史の盲点に迫る！　著名言論人と著者の白熱の対談集。

井沢元彦　日本史集中講義

点と点が線になる――一冊で、日本史が一気にわかる。井沢史観のエッセンスを凝縮！

井沢元彦　歴史の嘘と真実

井沢史観の原点がここにある！　語られざる日本史の裏面を暴き、現代の病巣を明らかにする会心の一冊。

奥菜秀次《おきなひでじ》　捏造《ねつぞう》の世界史

ケネディ暗殺、ナチスの残党、ハワード・ヒューズ…歴史を騒がせた5大偽造事件、その全貌が明らかに！

河合　敦　驚きの日本史講座

新発見や研究が次々と教科書を書き換える。「世界一受けたい授業」の人気講師が教える日本史最新事情！

渡部昇一　日本史から見た日本人・昭和編

なぜ日本人は、かくも外交下手になったのか？独自の視点で昭和の悲劇の真相を明らかにした画期的名著。